爱看月亮的猪

宋小君 著

中国友谊出版公司

图书在版编目（CIP）数据

爱看月亮的猪 / 宋小君著. — 北京：中国友谊出版公司，2017.9
ISBN 978-7-5057-4149-2

Ⅰ. ①爱… Ⅱ. ①宋… Ⅲ. ①故事—作品集—中国—当代 Ⅳ. ①I247.81

中国版本图书馆CIP数据核字（2017）第196355号

书名　爱看月亮的猪
作者　宋小君
出版　中国友谊出版公司
发行　中国友谊出版公司
经销　新华书店
印刷　北京嘉业印刷厂
规格　800毫米×1230毫米　32开
　　　10.5印张　285千字
版次　2017年10月第1版
印次　2017年10月第1次印刷
书号　ISBN 978-7-5057-4149-2
定价　36.00元
地址　北京市朝阳区西坝河南里17号楼
邮编　100028
电话　（010）64668676

序 你去四海乾坤问一问 我是历代驰名第一妖

在我年纪更轻的时候，我心很野，血很热，我停不下来。我总想着上路，有车就坐车，有马就骑马，有风就乘风。我想要去每一条河流上游撒尿，去时间的尽头留下记号；我想要所有见过我的人，说我浑蛋，说我不羁，说这个浑小子让人忘不了。

我怀揣着许多爱，想要更多爱，也想给更多爱。

我写诗，我歌唱，我身上的枪浸了酒，我随身带着情话和玫瑰，挺着胸膛邀请伤口，时刻准备着爱上与被爱上。

我想要遇见那些让我醉生梦死的美好女子，给我一身再也好不了的伤，毁我前程，误我终身，成为我灵魂上的紧箍，给我期待未来的理由，给我怀念过去的借口，给我只属于年轻人的爱，热的、烫的、莫名其妙的、毫无来由的。

我想对爱上我的姑娘说：你先爱为敬了，我也不会仗爱欺人，人生这么短，给你一辈子我也不亏。

我骑驴入剑门，我坐车过隧道，我坐飞机穿过云层，我乘船经过礁石、浪潮和岛屿，我在路上，我热切地期待着。

生活没有亏待我。

我见识过许多地方的风景，吹过不同味道的夜风，在无数个港口迎接黎明，把鞋印踩在好像永无尽头的柏油路上。醉酒鞭名马，情多情美人，我辜负过姑娘，也被姑娘辜负过。

这一切，我都没敢忘。

我记着，藏在心里，变成泉眼，一想起来就水流激射，那是我所有勇气和温柔的源头。

我体验到了爱情最好的样子，被爱情激荡着心里的滚烫，也被爱情折磨着身体和灵魂。

我变好，我变坏，但我长大了。

爱，让我自由。

我想给逝去的爱情写信，跟她道个歉、道个谢。

对不起，原谅我当时的幼稚、不解风情，不明白你眼神里为什么总藏着不安。

对不起，原谅我当初许给你的城池最终没能建成。

谢谢你，愿意和我一起，探索对方的身心，对抗生活里的坏人坏事，下雨天陪我淋雨，愿意和我吃路边摊，睡小旅馆，夜里占领我双人床的另外一边，和我一起勾画着人生的另外一种样子。

谢谢你，愿意豪气纵横地为我挥霍你的青春，让我千万不要客气，尽情享用你美好的灵魂。

爱让我满怀期待，让我不害怕，让我心里有了光。

四海乾坤，万代千秋，我活着，我爱着。

我妖气横行，我还在路上。

目录 | CONTENTS

—01

如果《西游记》是一个爱情故事

猴子爱过三个姑娘。

三个姑娘，就是猴子漫长的一生。

东胜神洲，傲来国，海中名山，花果山。山顶上，有一块顽石，受日精月华，渐成仙胎，风起时，石头崩裂，一只猴子生了出来，眼中精光炸裂，直冲斗牛，惊了正在天庭里小睡的玉皇大帝。

听完了千里眼和顺风耳的汇报，玉皇大帝打了个哈欠：天地生的一只石猴而已，有什么大惊小怪的。

猴子早就在石头里长大了，很快就和花果山里的猴群玩耍在一起。

一日，猴群去山涧里洗澡，只觉得水流奔涌，清凉入骨，个个爽得打了冷战。

猴子心神荡漾："不知道这是哪里的水，让人如此快活，我带大家去耍耍。"

猴子们循着水流，找到了源头，只见一派白虹起，千寻雪浪飞，竟然是一处瀑布飞泉。

猴群嗨起来："真是好水，直通大海，哪一个有本事的，钻进去找到源头，我们就拜他为王。”

猴子一听：“我进去，我进去。”

话音未落，就飞身穿过飞瀑，钻入洞中，忽听一声娇叱，那股飞瀑上一股水流直击而来，猴子躲不及，被打倒在地上。

飞瀑慢慢化成一个姑娘，一袭水做的衣裳，明眸善睐，看起来年纪不大，双眼瞪着猴子：“哪来的猴子，闯我洞府？”

猴子一见乐了：“这怎么是你的洞府？天生天养，谁见了就是谁的。”

姑娘不乐意了：“别胡说，我就是这里的飞瀑，这里当然我说了算。”

猴子笑了：“水做的妖精，我倒第一次见。”

姑娘也笑了：“光着屁股的猴子，我倒见了许多。”

猴子这才惊觉自己衣不蔽体，当即不知道如何是好，到处找树叶，想要遮蔽，却没有一片合适的。

姑娘笑得前仰后合，递给猴子一件树皮衣，猴子感激地接过来，问：“妖精可有名字？”

姑娘弹了一下猴子的脑袋瓜：“记着，以后见到女孩儿要叫姑娘，别妖精妖精的，讨打。”

说罢，姑娘踮起脚要走，又转头对猴子说：“记住了，本姑娘叫水花。以后，你可以在猴子面前做大王，但到了本姑娘这里，你就只能做个卒子。”

水花说罢，飞身入水，只留下一团水雾和一串笑声。

猴子愣在当地，迟迟反应不过来。

猴群纷纷跃入洞中，拜了猴子，称其为美猴王。

猴子们跳来跃去，热闹非凡，而这个刚当了大王的猴子，心里想的，却是一个水做的妖精。

白日里，猴群前呼后拥，美猴王好不自在。水花在飞瀑里看着，哑然失笑："到底是只猴子。"

到了夜里，趁着猴群睡着了，猴子到处找水花。

水花总是喜欢从身后拍猴子的脑壳，猴子转身去看，水花在夜里也亮晶晶的，好看得就像一个梦。

水花说："我们可是说好的，白天你称王称帝，晚上就只能是我的小卒子。"

猴子像是在梦里一样听话，点头答应。

水花想了半天，说："以后你就叫我女王大人吧。"

水花喜欢晚上的花果山，随便飞起一簇"水花"，就能带着猴子纵横水泽。

水花带着猴子直入大海，指给猴子看海上的月亮，问猴子："什么感觉？"

猴子生性顽劣，在水花面前却规规矩矩，想了半天："像又大又圆刚熟透的桃子。"

水花又忍不住笑。

要是没有水花抱着，猴子很怕水，但又忍不住天生好奇，央求水花："你带我去更远的海面上看看。"

水花脸上笑容不见，一伸手，一团水雾腾起，海面上升起一面透明穹窿。

猴子吃了一惊。

水花说："看到了吗？我生长在这里，一生就只能在这里，走不远了。"

猴子觉得难以置信："那要是想去更远的地方怎么办？"

水花正视着猴子："你想去更远的地方吗？"

猴子站起来，望向远处："平日里和孩儿们一起玩耍，晚上你又带我游水，我欢喜得很，只是……”

“只是什么？”

“只是，山高水远，天大地大，我好奇，想去看看，学一身本事回来，也不枉生在这世界上。”

水花突然不高兴了，一转身落入海中，猴子跌落下来，喝了几大口海水才浮起来，匆匆忙忙地游回去。

女孩儿的心思真是猜不透，说变脸就变脸。

猴子终究还是决定去学艺，带足了干粮，做了筏子，准备出发。

原本以为水花不会来相送，但最后时刻，水花还是来了，化作一道浪，一路将猴子送到入海口，直到被穹窿阻了，才不得不停下来。

水花第一次流眼泪，猴子忍不住接过来，尝了一口。

水花破涕为笑：“什么味道的？”

猴子抿着嘴：“涩。”

水花叹息：“你这一走，不知道什么时候能归来。”

猴子说：“嗨，我去学本事，学成了就回来了。”

水花眼神里却有一种莫可名状的悲伤：“回来之后，你就不再是原来那个你了。”

猴子听不懂。

水花叹息：“到底是一只猴子而已，什么都不懂。”

水花催促猴子快走。

猴子划着筏子远去了。

水花看着猴子远去，确定猴子听不见了，才开口：“你记着，我每天晚上都在这里看着你，直到你回来。”

猴子到了人间，见人人都穿衣服，便把水花送的树皮衣收好，也捉了个凡人，剥了衣服，穿在身上。

在俗世时间长了，不觉有些烦躁：世人争名逐利，以貌取人，争名夺利几时休，早起迟眠不自由，没意思，没意思。

去了南瞻部洲，游历西洋大海，一晃八九年，心想海外必有神仙，一路寻访，听到有个樵夫唱着神仙的歌谣，唱什么“相逢处，非仙即道”。

猴子心想，这下可找到了。

樵夫听说了来由，告诉猴子，灵台方寸山，斜月三星洞，那里有一个神仙。

猴子一溜烟跑远了，原来神仙在那里。

樵夫看着猴子走远，招呼一只青鸟落在肩膀上：“去通报一声，祖师等的人来了。”

青鸟扑棱着翅膀，冲天而去。

猴子寻到山林，见烟霞散彩，日月摇光，老柏树少说也有千万棵。

终于寻到了斜月三星洞，只见洞门紧闭，猴子感叹：“又是一个洞。”

看了许久，不敢叩门，直到洞门打开，一个童子出来招呼，领着猴子进去。

洞可够深的。

远远地看着瑶台之上，有人在讲课，仔细一看，竟然是个女儿身，一袭布衣，却难掩光华神采。

猴子不敢相信，问童子：“那个姑娘就是你们祖师？”

童子不乐意了：“怎么能叫姑娘？那是我们菩提祖师。”

猴子感叹：“看来哪哪都竞争激烈，姑娘不是当妖精，就是当神仙了。”

跪了菩提，猴子看她，觉得像个姐姐，“师父”二字迟迟叫不出口。

菩提就问：“为什么不叫师父？”

猴子抓耳挠腮："若你是个男儿身，我叫师父自然使得。可偏偏你是个好看的小姑娘，我叫不出口。"

菩提莞尔："我不生不灭，已历千秋万世，比你大了不知多少年岁，你哪来的胆子叫我小姑娘？"

猴子双手乱摇："那叫小姑娘确实不好，不如就叫你姐姐吧。你是神仙，想来你已经得了大道，只是个称谓而已，叫什么你都不会介怀。"

菩提笑了："猴子倒是会说话。"

猴子愤然作色："我叫你姐姐，可你还叫我猴子，这不合适。你是神仙，可以不计较称谓。我虽然是猴子，可也不想老被人叫作猴子。"

菩提今天第三次笑了，童子都有些震惊，平日里，菩提脸上从来没有笑容。

菩提说："既然如此，我就给你一个名字，你是猢狲，就取一个'孙'字，鸿蒙初辟本无姓，打破顽空须悟空，就叫你悟空吧。"

猴子兴奋地跳将起来，谨再拜："谢谢姐姐今日给了我名字。"

时光飞逝。

菩提讲经，徒儿们沉默听讲，认真做笔记，好好学习，天天向上。

悟空却突然手舞足蹈，忍不住哈哈大笑。

菩提一脸严厉："你跳什么，笑什么？"

悟空脸上还带着笑，手脚不停："姐姐长得好看，讲得又妙，我喜不自胜。"

菩提忍住笑："那你倒说说，我哪里讲得妙？"

悟空说："哪里都妙，只是不是我想要的。我吃了七次桃子，姐姐讲的我都能背了，但没学到真本事，我不高兴。"

菩提问："那你说说，你想学什么？"

悟空问："姐姐能教我什么？"

菩提道："儒释道，阴阳家，墨家，医家，看经念佛，占卜算卦，你想学哪一样？”

悟空问：“哪一样可以长生？”

菩提沉默半晌：“你为何想得长生？”

悟空脱口而出：“世间好玩的太多，我舍不得死。”

菩提摇头，到底只是一只石猴子，哪知道长生之苦。

突然跃下高台，手持戒尺，在猴子头顶打了三下，转身离去。

悟空看着菩提的背影，心念一动，姑娘家到底是姑娘家，脸上再怎么生气，背影也藏不住温柔。

三更到了，悟空在菩提榻前跪下，一脸虔诚：“还请姐姐传我长生之道，我永不忘恩。”

菩提没有起来，只是道：“你今有缘，我也欢喜，你来。”

悟空掀开帘子，一跃而上。

悟空一脚踏入了仙境，腾云驾雾。

恍惚中，筋斗翻起来，十万八千里。变龙化凤，呼风唤雨，七十二般变化，瞬间学了个遍。

悟空张牙舞爪，上蹿下跳。

菩提笑着看他，眼角却有一滴眼泪。

天光了，菩提告知悟空：“你该走了。”

悟空不解：“我去哪里？”

菩提道：“从哪里来，就回哪里去。你我师徒缘分到此，自此之后，你做什么我不管，但不许提我是你师父，你若说出半个字来，我自会知道，无论你在哪里，我都会将你剥皮挫骨，贬你神魂在九幽之外，让你万世不得翻身。”

菩提说得咬牙切齿，身子微微发抖。

悟空被吓到了：“姐姐你说什么就是什么，我听你的便是了。”

菩提一摆手：“你去吧。”

悟空依依不舍，腾了云，在云上俯瞰菩提，道了一声："姐姐，那我去了。"

菩提转过身，背对着悟空，不再言语。

悟空含泪腾云而去。

菩提转过身，对着已在十万八千里外的悟空，悠悠地说了一句："让你得了长生，我不知道是帮了你，还是害了你。"

离家二十载，悟空几个腾挪，到了花果山入海口。水花在等，见到悟空，弹了悟空的脑壳："你这猴子还知道回来？"

悟空笑得憨："我有名字了，我叫孙悟空。"

水花嗤之以鼻："什么孙悟空，在我这，就是只臭猴子。"

悟空学了本事，去东海弄了一根如意金箍棒，换了一身行头，统一了七十二洞，勾了生死簿，自封齐天大圣，一时间意气风发。

水花却不管那一套，照样弹悟空的脑壳。

悟空抗议："我是齐天大圣啊，你能不能别老弹我？"

水花弹得兴起："我管你什么齐天大圣，在我这儿，你永远是只臭猴子。"

悟空只好认栽，随即又兴奋地给水花表演自己的本事。

水花看着看着，眉眼间就有了怒气。

悟空不明白。

水花问："我看你七十二变的身段，怎么就像个女人呢？你师父是人是鬼，是男是女？"

悟空一惊，结结巴巴："我不能说。"

水花猛地站起来："你不说我也知道她是个女的！以后不准在我面前浪什么七十二变！"

说罢，飞身而出，留下的水雾在日光下绘出一道彩虹。

悟空还是惊动了天庭。

天庭首先是想招安这个三百年前的天产石猴，但弄巧成拙，给悟空弄了养马的职位，悟空能干吗？

老孙可是齐天大圣！让我去养马？秀逗了吧。不干了不干了，回去陪水花玩水去。

随即掏出金箍棒，一路打到南天门，回到了花果山和水花过家家。

玉皇大帝不干了。

反了天了，这是不把我放在眼里啊，李靖，带你儿子去弄他！

天兵天将，被齐天大圣打得落花流水。

悟空教训哪吒："还弄个三头六臂这么浮夸。当初你好歹也闹海捉弄过龙三太子藕霸，颇有点反抗精神，怎么你爹封了神，你也被招安了呢？你这个尿咖。回去告诉玉帝老儿，让他省省力气，要是再惹我，我打上凌霄宝殿，让玉帝老儿叫我爹。"

哪吒落荒而逃。

哪吒回去一字不差地转告了玉皇大帝。玉皇大帝气得眉毛都不平行了："我亲自带人去弄他！"

这时候太白金星说话了："一只猴子而已，您别动气。依我看，不如避开猴子的锋芒，他想当齐天大圣就让他当好了，反正就是个称谓，又没什么实权。"

玉皇大帝一听有道理："这件事就交给太白去办吧。"

太白金星下界，连哄带骗，把悟空又骗上天庭，给了一个齐天大圣的委任状，让他去看果园。

悟空心说："又坑我呢，让我齐天大圣看果园？我吃你桃子，调戏你仙女，折腾你蟠桃盛宴，嗑你太上老君常嗑的药，一脚踢翻你那个取暖器，啊不，炼丹炉。"

悟空在大闹天宫的时候，水花就在家待着，替悟空管着猴子猴孙。

悟空打架回来，水花就让猴子给她洗水果。

玉皇大帝如临大敌，眼看着就要打上门来了。

这时候，太白金星又说话了：“一只猴子而已啊，不能强攻，只能智取。”

玉皇大帝不耐烦了：“你倒是智取一个给我看看。”

太白金星说：“我调查清楚了，猴子有个女朋友，是个妖精。”

悟空没想到天庭也搞这一套卑鄙的手段。

天庭擒住了水花，还在她周身点了三昧真火。

水花看着悟空，一脸平静。

太上老君摆弄着自己的法宝金刚琢，正告悟空：“大圣，得罪了，但你要是不收了神通，束手就擒，老朽只好烧干你女朋友。”

悟空看着水花，把金箍棒一丢：“好好好，你们厉害，我认栽了，来来来，冲我来，别碰我女人。你看，她白裙子都被你们这帮大老粗弄脏了。”

水花忍不住笑出声来，在火光中，笑容尤其好看。直到金刚琢飞出去，把悟空打翻在地，悟空一口血喷出来，抬头看水花的时候，还冲她做了个鬼脸。

水花大喊一声：“够了！”

众神和悟空都看着她。

“你们男人之间的事儿，原本我不想管。你们打不过我男人，就够丢人了，还用我来威胁他，你们脸皮也太厚了。”

说罢，看着悟空：“猴子，你听着，这天地之间，只有我能打你，除了我，谁也不能碰你一根指头。”

水花说完，化作一团巨浪，扑向烈火，只一瞬间，化成水雾，三魂七魄俱消散，水雾在九天之上留下了一道彩虹。

悟空看着那道彩虹，喃喃道：“女人就是女人，死都死得这么漂亮。”

悟空爆发出撕心裂肺的嘶吼，天地为之变色。

金刚琢、电闪雷鸣、三昧真火，哪一样都伤不了悟空的身体，但悟空的心却已经粉碎成再也聚拢不起来的星尘。

“那就不客气了，漫天诸神，你们都有罪，你们都该死，打啊，杀啊。”

九天之下，灵台方寸山，菩提抬头看着漫天的火光，心里轻叹一声：“这猴子到底还是惹出了祸事。”向来优雅的她，第一次踩断了木屐。

整个天庭都快被猴子拆了。

悟空发了疯，杀红了眼，漫天诸神没有一个敢上前了，太白金星躲在了桌子底下，太上老君藏进装丹药的罐子里。

玉皇大帝无奈，只好低头，请来了自己的宿敌如来佛祖。

如来佛祖出于职业习惯，一上来当然是先点化他：“发生的都发生了，应当放下。”

悟空手持铁棒，看都不看如来：“佛祖，我就问一句，天道，佛道，与我有仇报仇，有怨报怨，却为何杀我所爱？”

如来竟无言以对，想了想，道：“其实是你杀了她啊。”

悟空一怔，苦笑：“你说得对，是我杀了她，是我杀了她，是我杀了她。”

以后再没有人在我脑壳上弹来弹去了。

如来一看有机会，大手一挥，五指山压下来。

三五百年，也不过弹指一挥，躲起来，受受这相思之苦。

每天桃子滚到嘴边，吃起来虽然没什么味道，但好歹能填饱肚子。

再看月亮，像个又大又圆熟透了的桃子。

五百年后。

一个和尚骑马而来，破了山上的封印，对悟空说："猴子，我给你一份工作吧，我要去西天取经，你当我的保镖。"

反正天大地大，也无处可去，去西天看看也好。

西行路上，趁着唐僧午休，悟空一个筋斗去了灵台方寸山，斜月三星洞。

菩提却不在了，人去楼空。

只剩那张榻还在。

悟空躺在上面，希望从空气中寻找到一丝菩提的味道，但没寻到。

男人长大了，想找个肩膀哭，越来越难了。

一路西行。

终于到了白骨精的地界。

白骨精觉得待得太无聊了，终于有事儿干了。

白骨精乔装一番，去迷惑师徒四人。

自从水花消失之后，悟空对一切情啊爱啊再无兴致，眼见妖精要害人，反手一棒子打死了事。

唐僧却大惊小怪："你这泼猴，打死个少女跟玩儿似的，我岂能容你？"

当即念起紧箍咒来。八戒和沙僧就围观着悟空滚落在地上，任由唐僧虐待动物。

而早已抛弃肉身，躲在云朵里的白骨精闲着无聊，就破译了紧箍咒的内容。

谁能想到呢？

紧箍咒竟然是个爱情故事，一只猴子和一只飞瀑化成的妖精的故事。

听得白骨精心惊胆战。

如来多聪明啊，这世上唯一能折磨悟空的，当然就是因他而死的水花了。

“她因我而死，我生生世世受着回忆折磨也是应该，念，大声念，反复念。”

滚落在地上的悟空，兀自嘴硬。

白骨精看着悟空，流下了眼泪，想起当初。

没死之前，我也是个姑娘。满怀春心地嫁了人，没想到，丈夫婚后出轨，被我戳破，他竟帮助情妇将我扼死，丢弃于深山老林，任由我化作一堆枯骨。

我本以为，世上根本没有痴情这回事。

谁能想到呢？

最痴情的竟然是一只猴子。

白骨精私下约见了悟空。

悟空烦躁得很，头顶上还冒着烟。

紧箍咒的力量非同小可。

谁都有一个叫回忆的紧箍咒啊。

悟空没心思听白骨精的往事，只说：“你不吃和尚，我就不杀你。”

白骨精说："你当我吃唐僧真是为了长生不老啊，长生不老有什么好？多孤单啊。我纯属为了解闷儿，做个游戏罢了，你哪知道活久了有多难过。"

悟空一棒子打碎了面前的一座山："我太知道了。"

一只猴子，一只妖精，聊了一整夜。

悟空五百多年都没说过这么多话。

第二天，白骨精又幻化成老妪，去找女儿。悟空知道这是她的游戏，又一棒子打死。

唐僧果然又念起紧箍咒来。

事后，白骨精告诉悟空："我就是想再听一遍你的故事而已。"

悟空哭笑不得。

第三天，白骨精化成了老头，找老婆，找女儿。悟空还没动手，老头一头撞在了金箍棒上，呜呼哀哉了。

唐僧气坏了："你这猴子，杀人杀上瘾了，你被解雇了。"

悟空也不耐烦了："肉眼凡胎，啥都不懂，不伺候你了。"招来一个筋斗云要飞，就听见身后有风声，回头一看，白骨精迎风飞来。

白骨精说："我故意的，这样你就不用伺候和尚了啊。取什么西经，你要成佛，我就是你的入处。"

悟空笑了："我才不要成佛，我就做个'身出三界外，不在五行中'的猴子，挺好。"

白骨精抱着悟空："猴子，我陪你啊。"

一只猴子，一只妖精，开始周游世界，想去哪就去哪，筋斗云成了秀恩爱的工具，金箍棒用来烤鸡翅膀。

生活这才像点样子。

悟空觉得直到现在，自己才又活过来了。

漫天神佛都嗤之以鼻，好歹也是做过齐天大圣的猴，不去取西经修成正果，却和一个妖精好了，丢人现眼。

白骨精问悟空："你觉得丢人吗？"

悟空说："去他的，他们知道个屁。老子就是要和你好，谁敢管我，我打谁屁股。"

白骨精倒在悟空怀里："大概这就叫醉生梦死了，跟你在一起，比长生不老开心多了。"

这段姻缘却彻底得罪了佛祖。

我让唐僧去取西经，九九八十一难我都设计好了，猴子你现在去谈恋爱，说不去就不去了，岂有此理。我下这一盘大棋，岂能让小小白骨精给毁了。

一只泼猴而已，懂什么情爱，你不是喜欢白骨精吗？我让她永远都是一堆白骨，再也长不出肉身。

悟空抱着这堆白骨，遭受神佛冷眼："你放心，你变成什么样，我都能接受。我已经过了那个看脸的年纪了。"

白骨精看着自己的森森白骨，连眼泪都没有，只能发抖。

直到，连心智也被迷失，永受不死之苦。

白骨精央求悟空带她回到两个人相遇的地方。

悟空抱着她。

"猴子，我死得够久了，我想求个解脱。"

悟空忍不住流下眼泪，泪浸入白骨，如血入身。

"猴子，我想死在你的金箍棒下，你给我个痛快吧。跟你好过，我不要六道轮回了，我知足了。"

猴子亲吻了白骨。

金箍棒落下，白骨精灰飞烟灭。
悟空纵声长啸。

如来拈花微笑，没了红尘折磨，猴子也能成佛。
悟空如同一具行尸走肉，安心做了唐僧的保镖，经历了象征性的九九八十一难，到了西天，取了真经。

如来给了悟空一个头衔，斗战胜佛。
要给悟空取紧箍的时候，被悟空拦住了："留给我吧，做个纪念。"

再一次回到灵台方寸山，跪在山顶上，等永远也等不来的菩提。
一身本事是你给我的，情和劫是我自己经历的，我现在明白你说的了，长生苦。
没什么能给你，流一滴眼泪作为纪念吧，谢谢你，给我名字的人。

猴子的眼泪，浮在空中，似乎包含了漫天星辰。
悟空一纵身，飞走了。

菩提从松柏间走出来，那滴眼泪似乎认得她，飞向她的掌心，菩提接住，握紧了手掌，双目已无眼泪。

悟空回到花果山，辞别了众猴孙，纵身飞上山顶，枯坐百年，化作了一块顽石。

菩提修炼千秋万世，终于在悟空化归顽石的那天，练成了杀死自己的本事，无形剑气穿心而过。
猴子，还有来世。

— 02

青白蛇传

“永州之野产异蛇：黑质而白章，触草木尽死；以啮人，无御之者。”

柳宗元《捕蛇者说》中提到的永州异蛇，毒性猛烈，令人闻风丧胆。

但在许仙眼中，毒蛇入药，君臣佐使，可去死肌、杀三虫，能和阎王作对。

许家三代行医，许仙成为保和堂第三代主人。

许仙痴迷医术，以治病救人为己任，杭州一大半的人都知道许仙医道通神，能起死回生。

许仙捕蛇入药，已经有一段日子，配成新的方子，救人无数。

然而，或许是世代行医，救人太多而开罪了地府。许仙自年幼时起，就身患痼疾，时常咯血，寻遍药方，却始终不能根治。

父亲心中有数，许仙活不过三十岁，只能下虎狼药抵御病痛，其中不乏砒霜等猛药，是十足的饮鸩止渴。

医者不能自医，这是医家的悲哀。

许仙为了救命，遍寻医书，加之自己行医多年的经验，给自己开了一个方子，名曰“向死方”。

意思再明显不过，向死而生，拼了。

这个方子里，最重要的一味药便是蛇胆。

想开了，反而觉得视野开阔。

许仙交代了保和堂的事宜，只身前往湖南永州，随身携了打蛇棍、蛇药、雄黄，寻找传说中的巨蟒异蛇。

长久捕蛇的经验，让许仙对蛇类的习性了如指掌。

凡是有大蛇经过，草木之中，必然留下痕迹。

身上痼疾时而发作，许仙不舍昼夜，寻找异蛇下落。

山林腹地之中，长久不见生人，新鲜的味道吸引来了青白色巨蟒。

游走于周边，靠近男人之后，才猛然惊觉雄黄的味道，再仔细一看，男人还带了精钢打蛇棍。

巨蟒不能靠近，心中不忿，原来还是个捕蛇的行家。

不敢轻敌，青蛇白蛇躲在暗处观察。

青蛇指给白蛇看：“姐姐，你看他装备齐全，不知道有多少同类遭了毒手，今天撞到了我们，算他倒霉，不如直接杀了泡酒。”

白蛇愠怒地点了一下青蛇的眉心：“你都多大了，就知道打打杀杀。我们天天待在林子里，又没有什么娱乐，现在好不容易来了个男人，我们陪他玩玩。”

许仙果然发现了有巨蟒经过的痕迹，大喜，按图索骥，很快寻到了一个所在。

穿过林子，眼前豁然开朗，惊现一处府邸，算不上宏伟，却也小桥流水，荷叶田田，似乎是凭空长在这里的一般。

许仙心中纳闷儿：怎么这深山老林里还有个宅子？

正想到这里，炊烟飘过来，饭菜香气勾起了许仙的肠鸣：光顾着找蛇了，还真饿了，再这样下去，蛇还没找到，自己先饿死了。

天公也不作美，施施然下起雨来。

许仙过了小桥，叩门三声，门应声而开，一个一袭白衣的温婉俏丽女子开了门。

许仙眼前一亮，不禁有些不好意思，正要开口，女子却当先说了："公子，外面风雨大，先进来避避雨吧。"

进了府邸，院子不大，却也曲径通幽。许仙四下看，处处透着一股脂粉气，想来是按照女主人的品位建的。

女子上了热茶。

许仙道了谢，喝了一口，觉得清香扑鼻："敢问姑娘芳名？"

女子也饮了一口茶："小女子白素贞。"

许仙赞赏："人如其名。"

白素贞找话题道："听公子口音，不是本地人，来这里做什么？"

许仙如实道来："抓条蛇回家治病。"

白素贞吓了一跳："公子就不怕被蛇吃了吗？我听说，蛇吃东西都是生吞活剥的。"

许仙一脸释然："我吃不了它，它自然吃了我。"

白素贞微笑，给许仙递茶盏，许仙起身去接，一紧张，身上的雄黄蛇药洒落到白素贞胳膊上。

白素贞手臂被雄黄灼伤，忍痛没叫出声来。喝了茶，问许仙："公子是大夫？"

许仙点头："三代行医。"

白素贞一脸虔诚："妇科能看吗？"

许仙先是一愣，随即点头："医家不顾什么男女大防，治病救人要紧，姑娘若有需要，小生可以瞧一瞧。"

白素贞抿嘴笑："小女子妇科没事，但是手臂上这几天却被烫伤了，公子能给瞧瞧吗？"

葱白一般的胳膊伸出来，肌肤一触，竟一片冰凉，许仙打了个冷战："姑娘有些体寒啊。"

上了药，包扎好，许仙还体贴地开出一个治疗体寒的方子。

白蛇借故换衣服，和青蛇说起："这个男人有点特别。"

青蛇不解："哪里特别了？"

白蛇道："万历年间，我在长安的青楼里玩耍过，见到的男人一个个都是好色之徒，无非是衣冠禽兽而已。但从他身上，我看不到这些脏东西。"

青蛇嗤之以鼻："姐姐有菩萨相，男人敬而远之多是因为惧怕，是不是好色之徒，且让我试试。"

许仙整理自己被雨水淋湿的衣服，身后有人拍他的肩膀，许仙一回头，却发现身后无人，再转过身来，才看见眼前一张年轻的脸。

"你好啊，捕蛇的人，我叫小青，白素贞是我姐姐。"

许仙作揖："多有打扰了。"

小青指着许仙的衣服："你看你，衣服湿成这样，可别得了风寒。来，脱下来，我给你烤烤。"

许仙还没有反应过来，小青就腻过来要替许仙脱衣服。许仙没遇到过这么主动的女人，不禁心慌："我自己来，自己来好了。"

小青失笑："你还害羞啊，那我转过身不看好了。"

许仙脱了衣衫，凑近火盆，小青突然转过身来，打量着许仙："你倒挺白净的，平时是怎么护肤的？"

许仙一呆："大概是日夜与草药为伴的缘故吧。"

小青又凑上来，在许仙耳边：“我姐姐没有妇科病，但我有，你帮我瞧瞧。”

许仙道：“好啊。”

小青正欲脱衣服，许仙却已经拿起了小青的手，搭上脉搏，闭目把脉。

小青看着许仙认真的样子，不觉失笑。

许仙眼睛未睁开：“姑娘没什么妇科病，多虑了，我给你姐姐开的方子，你也可以吃。女子多有体寒，不碍事。”

许仙睁开眼睛，却见小青已经脱了个精光。许仙呆呆地看着。

小青道：“还请大夫帮我做个全身体检吧。”

说罢，就欺上来，把许仙按倒在地。

关键时刻，许仙却一把推开了。

小青呆住：“你还是第一个推开我的男人。”

许仙双目紧闭：“不是我想推开你，是我现在身子有痼疾，万一传染了你就不好了。再者，医家有医家的讲究，固本精元，做个处男。而且吧，我喜欢主动。更重要的是，男女之大欲，还是要讲原则的。”

小青好奇：“什么原则？”

许仙道：“四个字，灵肉合一。你我刚刚认识，我下不了手。”

小青被逗笑，咯咯娇笑着离开：“你还真可爱，难怪姐姐喜欢你。”

许仙一住数日。

许仙和白素贞坐而论道。

谈及生死，白素贞问：“众生平等，人的命是命，蛇的命就不是命了？为何要杀蛇救人？”

许仙竟然无言以对，想到自己这些年来杀蛇无数，不由得冷汗涔涔。

又过了数日，虽然依依不舍，但又惦记着家中种的草药和病人，许仙收拾行囊告别。

白素贞问："不捕蛇救命了？"

许仙道："你说得是，众生平等，生死有命，强求不得。"

二人辞别，走出一段路，许仙却发了病，昏倒在路边。

白蛇把脉，才发现许仙已经病入骨髓，命不久矣。

青蛇感叹："这个男人挺有意思的，可惜偏偏是个短命鬼，要不留下泡酒吧。"

白蛇却没有接话，反倒是问了青蛇一个问题："小青，你说，活在世间，最重要的是什么？"

青蛇不解："吃喝玩乐，勾引男人，享受人生。"

白蛇微笑，眼神悠远："是得其所爱，哪怕只有瞬间。"

白蛇环抱许仙，探究彼此身心，如探究世间最美风景，以千年修行替许仙疗伤。

灵肉合一，原来是这个意思。

筋疲力尽的白蛇躺在地上。青蛇问："姐姐为了一个男人损百年修行，值得吗？"

白蛇气若游丝："我修行千年，历隋、唐、宋三朝，什么都体验过了，唯独没体验过情爱，想试试，到底有没有传说中那么好。"

青蛇更加不解："情爱值得损修行？"

白蛇意味深长："这个问题，你其实早就回答过。"

青蛇一脸懵懂。

许仙醒过来，觉得胸中长久以来的烦闷一扫而光，给自己把脉，脉象鼓动，痼疾竟然好了许多。

许仙不解。白素贞送来熬好的汤，许仙喝下，但觉味道鲜美，问白素贞："我的病？"

白素贞说：“我替你捉了蛇，取了蛇胆，用了你的向死方，虽说不能完全治愈，但好在生命无忧了。”

许仙感激不尽。

许仙喝完汤，白素贞又去给他盛。此时小青进来：“呆子，你知道你的病是怎么治的吗？”

“你姐说是我的方子……”

“呸，你那个破方子能这么快见效？你当你自己是神医吗？”

许仙困惑不已：“那我的病？”

小青端详着许仙：“你啊你，也不知道哪来的福气，值得我姐姐把自己变成药，跟你灵肉合一。”

许仙惊呆了。

许仙当即向白素贞求了婚。

白素贞跟着许仙去了杭州保和堂，成了老板娘，悬壶济世。人们都道是许仙有福气，娶了神仙一般的妻子。

小青几日后才赶来，只觉得事事新鲜，常常央求着许仙带她去逛街。

在外人看来，许仙似乎是一下子娶了两个媳妇，羡煞旁人。

许仙感谢上苍，让自己有这一番奇遇，从此过上了神仙一般的日子，唯有痼疾时时发作。许仙倒也看开了，也许疾病就是上苍在提醒凡人要珍惜当下。

许仙不知道的是，每一次许仙犯病，白素贞都要损耗自己的修行替许仙续命，否则许仙早就不知道死多少次了。

每次“灵肉合一”之后，许仙都面色红润，甚至过分红润，而白素贞却日渐消瘦。

青蛇劝她：“许仙阳寿到了，姐姐逆天悖命，终究不是长久之计。”

白蛇只是道："爱一天是一天，我只知道和许仙一起，我很开心。"

青蛇感叹："开心是有多重要啊，命都不要了。"

一个和尚乘着船，到了杭州，竹杖芒鞋，身上的袈裟破了洞，脚磨出了泡，三五日没有化到缘，虽然以法力抵御饥饿，但仍旧饿得头重脚轻，一头扎进水里。

许仙正泛舟西湖，采莲入药，见一个大和尚栽进水里，吓了一跳。

救起来，喂了汤米，才发现和尚后背上有横七竖八的伤口，已经溃脓。

许仙心说：哪里来的野和尚，怎的只剩下半条命了？

许仙取出药箱，给和尚割了腐肉，上了药。

和尚醒过来，见到了许仙，一时茫然。

许仙说："幸亏你遇到我，再晚几日，你命都没了。"

和尚双手合十，向许仙行礼："多谢施主。"

许仙摆摆手："行医救人，分内的事。师父如何称呼？"

和尚念了阿弥陀佛："法海。"

许仙好奇："不知道法海师父后背上的伤口是怎么来的？"

法海道："贫僧有心魔缠心，日夜煎熬，无法忍受，只能以皮肉之痛抵御，做个苦行僧。"

许仙惊呆了："师父有什么心魔，要自残至此？"

法海苦笑："是贫僧出家前的孽债，不提也罢。"

许仙无奈："师父不想说就算了，不过身体发肤，受之父母，不敢毁伤，孝之始也。修行有万千法门，希望师父早日破除心魔，不要再自残了。"

法海一脸庄严："施主教训得是。"

仔细去看，见许仙周身似有妖气缠身，面色过于红润，血管鼓起，血流得也飞快，不太寻常。

法海感激许仙救命之恩，便道："天色晚了，可否去施主宅子借宿一晚？"

许仙爽快答应："那正好，给师父引见一下我的夫人。"

许仙带着法海来家中晚宴。

白素贞一见法海，吓了一跳，但强作镇定。

法海一眼便看穿白素贞的真身，但不动声色。

席间，法海问："施主，家中还有何人啊？"

白素贞不语，许仙却脱口而出："还有小妹。"

白素贞面色有异，道："小妹出去玩耍了。"

当晚，青蛇问白蛇："和尚是谁啊？为什么不让我出来？"

白蛇道："一个捉妖的和尚，我们小心为妙。"

青蛇嗤之以鼻："不就是个和尚吗？怕他作甚，不如杀了泡酒。"

白蛇一言不发，眉头深锁。

翌日，辞别了许仙，法海暗中在许仙袖中留下符咒。

许仙照例带白素贞饭后消食散步，赶上夜里有花灯，夫妻二人凑过去看。

法海躲在不远处，施法，许仙袖中的符咒突然飞出，飞向白素贞背心。

白素贞如被雷击，跌倒在地。

许仙忙要去扶，却见白素贞身子扭动，衣衫爆裂，蛇尾当即甩出来，随即是整个躯干，现出了原形。

看花灯的众人都被吓惨了。

许仙跌倒在地上，眼睁睁地看着自己朝夕相处的妻子变成一条巨蟒，还以为是个噩梦，猛抽自己耳光强迫自己清醒过来。

“有妖怪！”

众人纷纷取了家具做武器，开始围攻白蛇。白蛇因为背心上有符咒，无法抵抗，只能任由众人攻击，鳞片被击打脱落，掉在地上，有金石之声。

许仙呆呆地看着，白蛇口鼻有鲜血蹿出来，挣扎着在地上扭动。

白蛇痛苦地叫了一句：“相公。”

许仙被这句“相公”唤醒，犹疑了一会儿，猛扑过去，抱住白蛇，护在自己怀里，大吼：“都住手，她不是妖怪，她是我家娘子。”

众人都道是许仙被迷惑了心智，但又不敢近前，手里的石头不停地丢过去。许仙挡在白蛇前面，额头迸裂，鲜血直流，嘴里只一句话：“她不是妖怪，她是我家娘子。”

不远处的法海，看着眼前一幕，忆起往事，不由得自惭形秽。

一挥手，一阵风沙腾起，众人迷了眼。再看，白蛇和许仙都不见了。

郊外的密林里，许仙仍旧抱着白蛇。

法海双手合十：“施主，你妻子是千年白蛇所幻化成的人形，贫僧有降魔除妖的职责，今日收了她，了却你的痛苦。”

许仙大发雷霆：“你个忘恩负义的和尚，我救了你，你却来害我妻子？”

法海叹息：“人妖有别，施主不要被迷惑。”

许仙冷笑：“我只知道她是我的妻子，我不管她是人是妖。”

法海无奈：“施主何苦执迷不悟？若她只是在山中修炼也就罢了，偏偏要来祸害世间，我只好得罪了。”

说罢举起金钵。

许仙跪倒在地：“众生平等，我妻子与人为善，与我一起治病救人，也算有功德，求师父放她一条生路。”

法海不为所动。

此时，白蛇挣脱符咒，许仙和法海眼睁睁地看着白蛇肩颈之上，另一个青色头颅钻了出来，化成一条双头蛇。随即，白蛇蛇头隐去，青蛇慢慢幻化成人形，正是小青模样。

许仙强自镇定心神："你……你姐姐呢？"

小青高举宝剑，对着法海："和尚，我姐姐和姐夫是恩爱夫妻，用得着你来多管闲事？今儿我就杀了你泡酒。"

法海却定住，呆呆地看着小青，身子微微发抖，似乎是用尽了全身力气，才说出了三个字："青姑娘？"

许仙一头雾水。

小青不明所以："和尚你叫谁呢？"

法海长久不流眼泪，如今一双眼流下泪来，竟有些笨拙和滑稽。

小青更加困惑："和尚……你哭什么？"

法海面对着小青，往事铺天盖地袭来。虽然小青已经认不出他，但眼前这张脸却念兹在兹，无时忘之。

日夜痴缠法海的心魔，便是眼前的女子。

"青姑娘，我是裴文德。"

前尘往事忽已远，唯独记忆里，却一如初见。

二十年前，还未出家的法海，俗名裴文德。

裴文德跟随师父灵祐禅师前往永州历练。

灵祐禅师与人辩经，尚年幼的裴文德穷极无聊，便去山林中游荡。

结识了幻化成少女在林中玩耍的小青，一见倾心。

小青见是个少年人，本想着引诱一番吃掉打牙祭，却不料裴文德谈吐有趣，简直就是逗人笑的天才，很对小青胃口。

小青觉得好玩，就舍不得当即吃掉，心想着玩耍几天再吃不迟。

见裴文德每日都念经礼佛，小青想捉弄他一番：“喂，你知道我最爱吃什么吗？”

裴文德自然摇头。

小青道：“我最爱吃螃蟹，你给我抓螃蟹去。”

裴文德面露难色：“虽说我未出家，但从小礼佛，养成了从不杀生的习惯，我们能不能吃素？要不我用面团做成螃蟹给你吃？”

小青乐了，装出不高兴的样子：“我小时候生病，非螃蟹不能解，每天都要吃三十只螃蟹，否则身心难受。”

裴文德无奈，只好去河里捉螃蟹，每次蒸煮，都要念几百遍往生咒。

小青在一旁看着，既觉得好笑，又觉得裴文德迂腐得可爱。

夜里，裴文德怕师父责骂，急匆匆地要回去。

小青却拦着不让走：“喂，呆子，你想去看看极乐世界吗？”

裴文德不解：“什么意思？”

小青一脸神秘：“跟我来，我给你看。”

裴文德跟着小青走入密林，突然脚下一软，陷到一个洞穴之中。

还未及反应过来，小青已经缠在他身上。

裴文德只觉得灵魂直冲脑门，整个人硬成一张弓，眼前大千世界如花瓣绽开，绚烂如斯。

大汗淋漓之后，小青躺在裴文德怀中，平复着自己的呼吸：“呆子，见到极乐世界了吗？”

裴文德笑了，翻身：“刚才没看清楚，再让我看看。”

少年情欲，哪知道节制？

裴文德日渐消瘦，为伊消得人憔悴。虽然总找各种借口晚归，但还是逃不过灵祐禅师的法眼。

一次幽会，二人正在欢好，灵祐禅师从天而降，也不多言语，金钵一照，小青忍耐不住，现出了原形，一条青色巨蟒。

裴文德瘫软在地上。

金光罩住青蛇，青蛇动弹不得。

灵祐禅师递出斩妖剑："文德，斩妖除魔是出家人的本分，斩杀了这条蛇精，便是你修行的第一步。"

裴文德颤颤巍巍地接了斩妖剑，看着青蛇的泪眼，却砍不下去。

灵祐禅师叹息，一甩手，裴文德只觉得一股巨大的力量裹挟住自己的手腕，斩妖剑直直地劈向了青蛇。尽管裴文德拼尽全力想收住力道，但斩妖剑还是将青蛇头颅斩下。

而此时，风沙骤起，白蛇赶到，收了青蛇头颅和一缕残魂，消失在密林当中。

裴文德瘫软在地上，像行尸走肉一般。

为了搭救青蛇，白蛇自损百年修行，将青蛇的残魂收入体内，青白二蛇共用一个元神，长成双头蛇，并封住了青蛇关于裴文德的所有记忆。

记忆是痛苦的根源。

忘记是解脱。

裴文德受不了内疚折磨，削发出家为僧，法号法海。

灵祐禅师告诉他，佛法能消解一切。

但心中思念与痛苦杂糅，与日俱增，佛法亦不能化解，心魔常在深夜发作，痛苦难当，只好伤害自己皮肉，以减轻一丝痛苦。

降妖，苦行，周游。

是修行，还是逃避？

法海心中五味杂陈。

谁能想到，小青却还活在世上。

宝剑落在法海胸前，悬停。

法海却只看着小青眉眼：“你可一点都没变啊。当初你因我的怯弱而死，如今我死在你的剑下，是个因果。善哉，善哉。”

而此时，困在体内的白素贞还是动了恻隐之心，解开了小青的记忆封印。

小青记忆复苏，看着眼前的法海，认出来，正是当年斩杀自己的裴文德。

似乎什么都没变，除了你我之间，隔着整个红尘。

举起来的剑，迟迟落不下去。

小青一声轻叹，倒转了宝剑：“呆子，我第一次没杀你，这次也不会。你第一次能杀我，这一次也可以。不如，你杀了我最后一缕残魂，得到你想要的解脱。”

法海看着小青，眼前陡然间豁然开朗。

红尘苦，但苦过之后，却是大道。

众生皆苦，但又有几个人能遇到“失而复得”？

小青脸上露出了微笑，和二十年前一模一样。

法海做回裴文德，像是什么都没有发生过，一如少年。

即便是短暂快乐，也值得用长生来换。

白素贞和许仙更加恩爱。

保和堂被愤怒群众捣毁，小青曾动杀念，白素贞却拦着：“相公一生治病救人，我们不能毁了他的德行。”

许仙近乎油尽灯枯，白蛇修行所剩无几。

青白二蛇共用的元神将尽，白蛇不想让青蛇再留遗憾，但又舍不得许仙，不知如何是好。

“姐姐，你说活在世间，最重要的是什么？”

青蛇却自问自答：“不是吃喝玩乐，不是勾引男人，也不是享受人生，是得其所爱，哪怕只有瞬间。”

白蛇流泪：“那你和裴文德呢？”

青蛇笑：“两情长久，不在乎多一天少一天，你我姐妹同生同死，也是个圆满。”

白素贞和许仙相拥。

许仙面色安详：“生死有命，夫人何必挂怀？我自己就是医家，生死早已看透。”

白素贞却摇头：“我是个小女子，我看不透，我不让你死。”

许仙一行清泪流下：“夫人何苦为我损数百年修行？值得吗？”

白素贞笑：“修行千年，都不及和你一起过的平常日子，你说值不值得？”

裴文德二十年来，都没有这短短几日快乐。

他深感困惑：佛家的极乐世界和情爱的极乐世界，不知道是不是同一个？

“你入魔了。”

裴文德猛地转头，发现灵祐禅师端坐在身后：“徒儿，我且问你，你现在是裴文德，还是法海？”

法海冷汗涔涔，不知如何回答。

灵祐禅师念了阿弥陀佛：“天道不可逆，降妖除魔是修行。”

法海跪求：“情爱又何尝不是修行？请师父开恩。”

灵祐禅师一声长叹：“孽缘。徒儿，为师可以不杀青蛇，但，你乃佛家弟子，岂能陷入红尘俗世？放下吧，放下即解脱。”

法海跪倒在地上，迟迟抬不起头来。

小青听完，反而笑了："呆子，你要众生，不要风月，我不管你。"

法海不敢多说，心头滴血。

小青又道："但你不要我，我却要你记我一辈子。"

说罢飘然而去。

法海回到金山寺，想寻一个平静。

入寺，却发现许仙坐化于佛像面前，身前留下几个字：

一朝风月，万古长青。

白蛇前来寻许仙，法海口占佛偈："许施主不想损你修行，已经坐化。"

白蛇悲从中来，显出原形，长啸惊动九天，眼泪奔涌而出，大雨倾盆，引来水泽决堤，漫了金山寺。

"裴文德，小青自绝了最后一缕残魂。"

法海万念俱灰，想起小青的话："呆子，你要众生，不要风月，我不管你。但你不要我，我却要你记我一辈子。"

"她始终比我有勇气。"

白素贞携了许仙骨殖，入了雷峰塔，自此长相厮守。

法海身在空门，青灯古佛，终成一代禅师。

数十年后，法海放弃长生法门，圆寂于金山寺。

最后一缕残魂，却住进了螃蟹壳里。

"青姑娘，你爱吃螃蟹，那我就做螃蟹好了。"

—— 03

梁祝蝴蝶梦

草长莺飞，江南三月，红罗山，红罗书院。

老先生手持戒尺，正在讲孟子，梁山伯望着窗外渐变的远山出神。

家贫，为了梁山伯的学业，母亲变卖了一亩地和两头羊。原本以为来红罗书院能学到本事，改变家贫的命运，没承想，学来学去都是官样文章，要修身治国平天下，要言必称圣贤，要懂礼，要守规矩……毫无兴味。

梁山伯禁不住心疼起那一亩地和两头羊来。

梁山伯自幼多病，动辄口吐鲜血。

梁母说："没见过你这么着急的。八个月，没打招呼，说来就来，生你差点要了我的命。"

梁母带着梁山伯到处寻医问药，终于寻到一个和尚。和尚把了梁山伯的脉象，开了一个方子，千叮咛，万嘱咐，就只一点："吃老衲这味药，不忌口，忌动情。"

梁山伯每日上完课，还要独自去后山上熬药。

也当庆幸，这红罗书院全是男子，我动什么情？再者说了，做个无情的人挺好，多情总比无情苦嘛。

此山唤作红罗山，正逢着春天，姹紫嫣红开遍，入诗入画。

梁山伯喝完了中药，嘴里泛起苦味。摘了一朵花，放在嘴里嚼着，跷着二郎腿，躺着，看着风景念着诗，忘了时间。月亮悬上了中天，梁山伯睡醒了第二觉。

醒过来才发现天色晚了，心想又要因为不守规矩被责罚了，当即不情不愿地起了身，往回走。

走了一段，才惊觉迷了方向，仔细一瞧，山岗上，处处都是坟包，刚刚过了清明，每一个坟包前都添了祭品。

风扯动经幡，夜色中，有荧荧鬼火。

梁山伯不觉打了个冷战，颤颤巍巍地走过坟地，却突然见到一红衣女子，就着月光和鬼火，在坟堆间跳起舞来。

梁山伯汗毛都竖了起来，双脚当即罢了工，不能挪动一步。拼命要跑，却失了力气，摔倒在地上，压碎了一壶祭酒，在暗夜里，发出清脆爆响。

那跳舞的红衣女子猛地转过身，看到倒在地上抖成一团的梁山伯，施施然地欺过来，带来一阵酒气。

梁山伯见这女子不施粉黛，月光下脸色白皙，只有双颊烧着了一般通红。

女子见了生人，更是好奇："你是人？"

梁山伯喉头耸动："你是鬼？"

女子行了个礼："第一次见到生人，幸会幸会。"

梁山伯下意识回应："我也第一次见到鬼，久仰久仰。"

女子豪气地伸出手，要拉梁山伯起来。梁山伯镇定了许多，却不敢去碰女子的手，自己狼狈地爬起来。

女子笑得开心："喂，生人，我请你喝酒好不好？"

说罢，跑到就近的坟包，取了一壶祭酒，自己咕咚咕咚灌了两口，发出夸张的赞叹："好酒。"然后递给梁山伯。

梁山伯颤颤巍巍地接过来，却不敢喝。

一个正常人，谁敢喝祭酒啊。

女子轻蔑地看梁山伯："不敢喝啊？"

梁山伯一咬牙："喝就喝，我喝酒就没醉过。"

梁山伯倒在坟包上，觉得天旋地转。女子倒在梁山伯肚子上，鲤鱼打挺一般耸动，嘴里不停地漾出酒来。

梁山伯嘴已经瓢了："你真是鬼啊？"

女子又漾了一口酒："我是啊。"

梁山伯更好奇："我听说鬼身上是冷的，我能摸一下吗？"

女子撸了袖子，递到梁山伯眼睫毛上："摸，放肆摸。"

梁山伯摸了一把，惊叹："不冷啊。我还听说，鬼没有重量，能抱一下吗？"

"抱，随便抱。"

梁山伯挣扎着起来，趺趺撞撞地抱起女子来，果然轻若无物，不禁感叹："真轻啊。我还听说，冲着鬼吐唾沫，能把鬼变成羊，我能吐一口吗？就一口。"

话音未落，女子一口酒漾出来，喷了梁山伯一脸。

天亮，梁山伯从宿醉中醒来，发现自己四仰八叉躺在坟堆里，女子已经不见了踪影。

梁山伯如梦方醒："难不成是个梦？"

早课迟到，梁山伯被罚站，一脸生无可恋。

直到老师宣布有新同学入学，才让梁山伯回到座位上。

老师给大家引见，大家欢迎新同学。

新同学上台给大家作揖：“在下祝英台，各位学长有礼了。”

梁山伯抬头一看，吓了一跳。新同学不是别人，正是昨夜里遇到的鬼，只不过……

换了一个性别。

女鬼变成了男同学。

再仔细一看，才发现是女扮男装。

祝英台一眼就看到了梁山伯，对他调皮地使眼色。

晚饭吃罢，梁山伯照例熬药。祝英台凑过来：“梁兄，你在熬什么？”

梁山伯多少有些防备：“药。”

祝英台拼命地闻了几下：“我能尝尝吗？”

梁山伯哭笑不得，舀了一勺，递到祝英台嘴边。祝英台喝了一口，随即吐了出来：“苦也。”

梁山伯正色道：“你……到底是谁啊？”

祝英台展了个身段：“梁兄，请了。小可祝家庄祝英台。”

梁山伯怀疑地看她。

“你真以为我是鬼啊？逗你的，我就是馋酒喝了。”

梁山伯难以置信：“馋酒喝了，就去偷死人的酒？”

祝英台一脸无所谓：“你也说是死人了，他们又喝不到，与其浪费，不如给我喝了。”

梁山伯感叹：“奇女子。”

祝英台连忙掩住梁山伯的嘴：“别闹，请叫我英台。我现在是个男人了。”

红罗书院教授六艺：礼、乐、射、御、书、数。

老师讲礼仪：“天地伦常，万事万物，都有自己的位置。这是天地运行的根本。”

梁山伯却听不下去，起身反驳：“老师讲得好没道理。”

老师气得胡子翘起来：“梁山伯，你倒说说，老夫哪里讲得没道理？”

梁山伯侃侃而谈：“天行有常，不为尧存，不为桀亡。要是天地这么容易就乱了，那也太脆弱了。”

老师一时无语。

祝英台崇拜地看着梁山伯，鼓掌叫好。

梁山伯接着道：“我就不明白，老师所谓的位置都是谁定的，万物有灵，去什么位置上，当然是自己说了算。就算是天地无情，但人生贵快意，数十载光阴，要怎么活就怎么活才对。”

老师哑口无言，高叫着：“你这个混账，滚出去！”

祝英台激动地跳起来：“老师，我觉得梁山伯说得对。”

“你也滚出去！”

梁、祝罚站。祝英台扭腰撞梁山伯的胯骨：“梁兄真乃我的知己，说出了我的心声啊。我在家中，排行老九，八个姐姐轮流教我，要守规矩，这里不能去，那里不能去，这个不能做，那个不能做。要是只能活在规矩里，那真是生不如死。”

梁山伯欣慰：“我就知道总有人跟我想的一样。”

好在还有体育课，骑马、射箭，梁山伯与祝英台如鱼得水。

学古乐，云门、大咸、大韶、大夏、大濩、大武。

梁山伯摇头，不肯学。

老师问：“梁山伯，你为何这般不专心？”

梁山伯叹息：“这些乐曲恢宏有余，但就是少了一点活味儿。歌功颂德的乐曲够多了，为什么就没有一首儿女情长的呢？”

“你给我滚出去！”

祝英台屁颠屁颠地站起来：“那我也得滚出去。”

于是，亦步亦趋地跟在梁山伯身后。

老师气得跳脚。

梁、祝又罚站。默契对望，相视而笑。

“梁兄，什么叫儿女情长？”

梁山伯脱口而出：“圣人也是人，《诗经》里也谈情说爱啊，什么‘窈窕淑女，君子好逑’。什么‘青青子衿，悠悠我心，纵我不往，子宁不嗣音？’。什么‘有美一人，宛如清扬，邂逅相遇，与子偕臧’。什么‘死生契阔，与子成悦。执子之手，与子偕老’。多动情啊。”

“那，梁兄，你会动情吗？”

梁山伯一怔，耳边响起老和尚的话：“我这味药，不忌口，忌动情。”

“梁兄？”

梁山伯有些为难：“动情可能会玩儿死我。”

祝英台不解了：“动情会死人吗？”

梁山伯笑：“也许会吧。”

祝英台似懂非懂，突然拉了梁山伯的手：“梁兄，你想不想看儿女情长？”

梁山伯一愣。

梁、祝到了后山，只一转眼，梁山伯就惊讶地发现，祝英台已换了红裙，美艳动人。

“梁兄，儿女情长来了，你可看仔细了。”

祝英台抖动红裙，跳起舞来。鸟啭莺啼，风雨声就是配乐，蜂蝶慕幽香，绕着如一团野火的祝英台纷飞，野火更盛，烧红了大半个天际。

梁山伯看得痴了：“元气少女啊真是。”

不觉胸口一疼，一口血就要吐出来，梁山伯连忙收敛了心神，才勉强咽下去。

梁山伯看着舞姿绰约的祝英台，心里不由得泛起了伤感：少女啊少女，我可不能被你玩儿死啊。

而梧桐树后面，站着一乌衣男子，望着梁、祝二人，眉头深锁。

深夜，梁山伯刚要睡着，祝英台偷偷地摸进了梁山伯的被窝。

梁山伯吓了一跳：“英台，你……这是干吗？”

祝英台不由分说地钻了进去，一脸天真：“白天里你吟的那些诗，我还想听，你吟给我听吧。”

梁山伯心脏差点从嘴里跳出来了：“胡闹，男女授受不亲，你一个少女，怎么能随随便便钻进男人的被窝里？”

祝英台一脸困惑：“什么亲不亲的？我又没让你亲我。咦？梁兄，你一个最讨厌规矩的人，怎么也开始给我立规矩了？”

梁山伯哑然。

祝英台愠怒：“你别给我装啊，咱俩第一次见面就一起睡了，我到现在还记得你呼噜声的频率呢。你到底吟不吟？”

梁山伯无奈。

梁、祝缩在被窝里。梁山伯全身僵硬地吟着《诗经》里的句子，祝英台听得脸上带着少女特有的谜之微笑，渐渐地在梁山伯怀中睡着了。

梁山伯看着祝英台熟睡的样子，心里五味杂陈：祝英台啊祝英台，你迟早玩儿死我。

第二日天光，祝英台醒过来，睡得很香，一侧头，却发现身边空空如也。

起身去找，发现梁山伯站在屋外吹冷风。

“早啊，梁兄。”

梁山伯吓了一跳，脸色有些不自然：“英台，早。”

祝英台上来就牵了梁山伯的手：“走，洗漱去，我知道有个特别的地方。”

梁山伯被祝英台拉着，一路小跑。

青黛远山，一袭瀑布，如青山的裙摆。

水声激荡，水雾扫过来，清风拂面，沁人心神。

祝英台看起来心情好极了：“梁兄，这里我从未带外人来过，你是第一个。”

梁山伯有不好的预感，不敢随便说话。

祝英台深吸一口气，山间之清风，进入心肺，异常清爽。

祝英台看了梁山伯一眼：“梁兄，请了。”

说罢，轻轻脱掉了自己的衣衫，如剥开了一个荔枝。

梁山伯眼睛不知道该往哪里放。看，淫邪；不看，虚伪。

祝英台纵身跃入水中，像一条游鱼。

梁山伯呆立岸边，看着祝英台戏水。

祝英台发出邀请：“梁兄，水中别有洞天，你来不来？”

梁山伯心中天人交战，咬着牙克制自己，全身都发起抖来。

“梁兄，能不能豪气一点？来不来？”

死就死吧。

梁山伯褪去自己的衣衫，跳入水中。

梁、祝戏水。

人既然生来就是赤条条的，此刻又何须羞涩呢？

上了岸，夜色已经浓了。祝英台躺着看漫天繁星，梁山伯贴心地递上自己的一只胳膊做枕头，祝英台毫不客气。

"梁兄，明日十五，月圆之夜，我要回家一趟，下个月才能回来。回来，你再给我吟诗。"

梁山伯点头："我等你回来。"

祝英台的家，却是一个岩洞。

岩洞中，水雾蒸腾。地上，并排躺着九个衣衫各异的女子，似乎是都睡着了一般。

每个女子头顶的石柱上，都悬着一个茧。

气氛颇有些诡异。

圆月终于悬上了中天。

九个茧依次破茧，孵化出赤、橙、黄、绿、青、蓝、紫、白、红，九只蝴蝶。

九只蝴蝶挥动翅膀，纷纷落入了地上对应的女子体内，而最后一个，正是祝英台。

九个女子起了身，围在一起，伸着懒腰，整理自己的妆容。

祝英台百无聊赖："八位姐姐，我们虫属修成人形可真不容易，每月十五都要元神脱壳，回到茧子里折腾一回，真是受不了。就没有别的法子了吗？"

"九妹你抱怨什么，你看看你这具肉体，多好看。你运气太好，正赶上祝家庄千金大小姐早夭，提早得了配额，不然，你能这么早就修成人形？"

"三姐说得对，九妹，你可要知足。虫豸朝生暮死，能修成人形，就有了凡人的寿命，得来不易，你可要珍惜啊。"

"就是，九妹的命是我们九个姐妹里最好的。就拿婚嫁这件事来说吧，大姐二姐嫁了金龟子，三姐四姐嫁飞蛾，五姐六姐嫁了蝙蝠，七姐八姐差点就嫁了蟑螂，幸亏妖王最后开恩，让七姐八姐嫁给了苍蝇。就你命最好，很快就要嫁给凤栖梧。肉体漂亮，凤栖梧又喜欢你，福分啊。”

祝英台一脸不以为然：“谁稀罕凤栖梧啊。千年老树，一句话说三四遍，啰唆，跟个老太太似的，一点意思都没有。”

“嘘！九妹，你可别任性了，下个月就是你的婚期了。这种话，让凤栖梧听见了可不得了。”

祝英台一脸心事，托着腮，陷入了相思：“也不知道梁兄现在在干什么。”

梁山伯辗转反侧，就跑到瀑布下熬药，看星星，感叹：“情”这个字，真不能碰，碰了之后，很多事都不敢一个人做了。造孽啊。

想到此，突然一脚踹翻了药罐：“这药，我不吃了。”

虽然只是小别，祝英台却觉得度日如年，这才懂了什么叫“一日不见，如三秋兮”。

到了第十八天，祝英台终于忍不了了，要不是大姐死活拦着，祝英台形神还没有合一就要赶回去。

终于熬到了日子，祝英台饭都不吃，连夜就往回走。

她满头大汗地狂奔，夜色中看不清方向，一头撞在了一个人身上。

抬头一看，又惊又喜：“梁兄？”

梁山伯声音都变了调：“我昨天就来了，来接你。”

祝英台砸进了梁山伯怀中：“分开太痛苦了，我要长在你肉里。”

突然一阵咳嗽声，一个乌衣书生提着灯笼，似乎是凭空出现。

祝英台吓了一跳，连忙松开梁山伯。

梁山伯疑问："兄台是迷路了？"

乌衣书生一笑："我是英台的表哥，送她去上学的。"

梁山伯连忙作揖："表哥，幸会。"

祝英台面如土色。

乌衣书生道："英台，既然你同学来接你，我就送到这里。下个月，我来接你回家。"

祝英台不自然地点头。

乌衣书生向梁山伯微笑致意，转身飘然而去。

回去的一路上，祝英台心事重重，梁山伯沉浸在重逢的喜悦里，毫无察觉。

走出一段路，天突然下起雨来。

两个人都没带伞，很快就一身泥泞。

祝英台突然一把拉住梁山伯，梁山伯吓了一跳。

"梁兄，我们去洗澡吧。"

风雨中的瀑布下，祝英台抱紧了梁山伯："梁兄，我想我懂了。"

梁山伯不解："你懂什么了？"

"我懂什么叫动情了。"

说着扯脱了自己的衣衫："妾拟将身嫁你，你要吗？"

梁山伯试图阻止，但情到浓时，却根本没有办法，脑海中就剩下一个声音：

天地终无情，人生贵快意，遇上了就管不了那么多了。

水声激荡中，两个人终于融为了一体。

为这一瞬间，等了不知道有多久。

呼吸渐渐平复，梁山伯却喉头一甜，鲜血涌出来，喷出一朵血莲。

祝英台吓了一跳。

梁山伯一脸无所谓："不碍事，可能是我太激动了。第一次，男人也要流血的。"

祝英台呆住："真的吗？"

梁山伯打着哈哈，敷衍过去。

祝英台抱紧梁山伯："梁兄，你诚心待我，我也不敢瞒你。我原本是红罗山上的红蝴蝶，小名九红儿，蝴蝶属虫豸，虽不至于朝生暮死，却也活不久。拼了命地修行，正赶上祝家庄小姐早夭，得了肉体，才成今日的样子。你我人妖有别，你若嫌弃我，我也无话可说。"

梁山伯却似乎一点都不惊讶："英台，那日你在瀑布下脱去衣衫，我就看到你后背上若隐若现的蝶翼。当时我就知道，你可能与我不同。"

祝英台很害怕："梁兄，我……"

"英台，精怪、凡人、神仙，有什么区别？既然动了情，为你吐了血，我不管你是人是妖。我不轻易许诺，但今日我要你知道，我一腔子的血，愿意为你流干最后一滴。"

祝英台笑靥如花，但随即又难过了起来。

"梁兄，人、神、妖三界，规矩森严，跨物种不可通婚。我已经被妖王许配给了凤栖梧，你若有心，带我私奔吧。"

"好，我带你走。"

话音未落，树藤忽至，缠住了祝英台。

梁山伯一惊，又是一根枯藤飞出，金蛇一般卷起梁山伯，将他甩到山岩上。梁山伯心神巨震，口吐鲜血。

祝英台拼命挣扎，树藤越勒越紧，进了皮肉，鲜血涌出来。

"凤栖梧，你放过我们吧。"

那乌衣男子周身长满了树藤，眼神里皆是愤恨："九红儿，你已经许配给我了，怎么还能再跟别人？况且，他还是个凡人。你生死都是我的，这是你的命，你认了吧。"

祝英台忍着疼，咬着牙："我不认。"

凤栖梧闭上眼睛，扯紧了树藤。祝英台奄奄一息。

凤栖梧忽觉脚下一疼，低头一看，梁山伯手里擎着一块石头，胸襟上全是血，正奋力砸向凤栖梧的根系。

凤栖梧怒道："不知天高地厚。"

树藤甩出，将梁山伯击飞。梁山伯口吐鲜血，在空中划出一道血光。

祝英台拼尽力气："凤栖梧，我求你，成全我们吧。"

凤栖梧不为所动："九红儿，三界有三界的规矩，就算我容了，浩瀚天威也容不得你们。"

梁山伯挣扎着冲过来："浩瀚天威管得也太宽了，我就要爱她，谁也管不了。"

树藤飞出，梁山伯被击飞，复又冲上来，又被击飞，如此往复。

梁山伯口中吐出的鲜血，染红了整个水泽。

祝英台血泪湿了眼，不忍再看："梁兄，梁兄，你的心意我都知道了，算了，算了，我认了。"

梁山伯又冲上来："不能认，我们不能认。"

凤栖梧忽觉树藤一松，抬眼一看，祝英台跌落下来。树藤之中，卷着片片血污。祝英台损了自己的修行，使了血祭脱身。

"英台，你这又是何苦？"

两个血肉模糊的人，爬向对方。

凤栖梧心中一软，不由得心灰意懒："由你们去吧。"

又见梁山伯抱住满身血污的祝英台，于心不忍，遂变化出一袭白衣，盖在祝英台身上。但无济于事，梁、祝二人身上的血，很快就把白衣染成红衣。

梁山伯抱紧祝英台，胸中只还有一口血，忍着不吐出来。

祝英台脸上倒是因为充血，更添娇艳。

梁、祝已超然物外，只剩下互相凝视。

梁山伯意识渐渐消散，慢慢物我两忘，什么都记不起来了。恍惚中，只觉得自己置身坟堆之中。

一个清脆的声音响起来。

喂，生人，我请你喝酒。

喝就喝，我喝酒就没醉过。

你是人？

你是鬼？

第一次见到生人，幸会幸会。

我也第一次见到鬼，久仰久仰。

我能摸你一下吗？

摸，放肆摸。

我能抱一下吗？

抱，随便抱。

我还听说，冲着鬼吐唾沫，能把鬼变成羊，我能吐一口吗？就一口。

祝英台忍住了眼泪，抱紧了梁山伯，脸上绽开微笑：“梁兄，你吐吧。”

梁山伯脸上露出微笑，似得了解脱，胸中最后一口血吐出来，化成了祝英台脸上的胭脂，更添了娇艳。

凤栖梧看不下去，转身要走，天空中却响起一声炸雷，风雨大作。

一个声音从黑云中传出来：

“蝴蝶小妖，你可知道那梁山伯原本是天罗上仙，只因贪恋人间，身栖仙流却心溺尘境，触犯了天条，被贬下界。赏了他一身病，每日呕血，让他好好体悟人间之苦。这最后一口血吐完，他历劫结束，可以回归天庭了。”

祝英台喜不自胜：“梁兄可以不死了？”

那声音又道：“你只是他历经的一个劫难，他肉体已逝，自然抛却了红尘，根本不会记得你了。你有你的命，他有他的命，自此诀别，三界就饶了你们。”

祝英台一呆，看着怀中梁山伯安详的脸，笑了：“天地终无情，人生贵快意。两情长久，又岂在朝朝暮暮。你们带他走吧。”

祝英台看着梁山伯肉体腾空，心中默念：梁兄，你我情谊，你就忘了吧，我替你记着。

半空中，梁山伯醒过来，恢复了天罗上仙身份。

仙乐飘飘，看下去，祝英台正仰望自己，笑得熏人：“喂，神仙，有机会我再请你喝酒。”

梁山伯没有答话，正慢慢飞向九天之上。

祝英台看着飞升的梁山伯，把一腔深情都硬按进身子里，目送梁山伯离开。

一滴血泪却不争气地流出来，掉落在地上。

梁山伯飞升，飞升，站在了云端，突然听到了飞瀑激荡之声，原来是祝英台的一滴血泪崩裂。

梁山伯突然停了下来，往事翻腾，终究还是忘不了。

一声长啸。

大罗神仙居于大罗天不老不死，永生不灭，仙境极乐，无所忧愁。

云层里的声音颇为得意："天罗上仙，你终于开悟了。"

梁山伯却直摇头："是你们还没有开悟。

"红尘凡人、精怪，居于地界，顺生应死，繁衍不息，得失苦乐，情欲交织，受六欲、七情、八苦。

"但，这才是活着啊。"

那云层里的声音禁不住发出了惊呼。

祝英台脸上却绽开了笑容。

梁山伯低头，凝望祝英台，两人隔着命对望，一如初见："英台，请了。"

祝英台似懂了什么，笑："梁兄先请，我穿这身血染成的红色嫁衣随你去。"

梁山伯唤过一缕风，扯掉自己沾满了血污的袍子。袍子腾在空中，如一抹红云。

紧接着，又脱掉自己一身的皮囊、骨肉。灵魂腾挪在风雨之中，干净、透明，如一个美梦。

随即，灵魂抖动，脱去了最后一抹铅华，丢弃了最后一丝形质，施施然地化成了一只白蝴蝶。

振翅，乘着风飞向了祝英台。

祝英台迎面看着蝴蝶飞来，一袭“大红嫁衣”绽开，如同翅膀，裹着整个身子腾空。

“谢谢你了祝小姐，我该回家了。”

“梁兄，且等我一等。”

裹在“红色嫁衣”里的身子一颤，抛开了千辛万苦修来的人形，破茧，回归自己本来的样子——一只红蝴蝶。

红、白一对蝴蝶，振翅而飞，蝶翼繁复绚烂，于人间翩跹，却被大风阻了，飞不高远。

凤栖梧为之触动，张开双臂，化归一棵老树，枝叶纷纷长出来，蜿蜒着长到天际，赶上了梁祝。一双蝴蝶穿过叶底花间，绕树三匝，以示感谢。

而后，痴缠着，亲吻着，飞向了长亭短亭，飞向了遥远的云和水，飞向了朝生暮死的万世千生。

前世

要逃，就干脆逃到蝴蝶的体内去
不必再咬着牙，打翻父母的阴谋和药汁
不必等到血都吐尽了

要为敌，就干脆与整个人类为敌
他哗的一下就脱掉了蘸墨的青袍
脱掉了一层皮
脱掉了内心朝飞暮倦的长亭短亭
脱掉了云和水

这情节确实令人震悚：他如此轻易地

又脱掉了自己的骨头

我无限眷恋的最后一幕是：他们纵身一跃
在枝头等了亿年的蝴蝶浑身一颤
暗叫道：来了
这一夜明月低于屋檐
碧溪潮生两岸

只有一句尚未忘记
她忍住百感交集的泪水
把左翅朝下压了压
往前一伸
说：梁兄，请了
请了——

注：结尾诗作引用陈先发先生的《前世》，在此鸣谢。

—— 04

少年煮海

有些故事，发生的年代已不可考。

但故事，总会流传下来。

大概是在晚唐年间，大海上，一叶扁舟。船头上，立着一个满面风霜的书生。书生背着一个包裹，正遥望着茫茫大海出神。

书生有时候不愿意说出自己真实的名字，人的名字就是世间最大的欺骗。

书生叫自己樊南生。

人事消磨。这一年，樊南生痛失所爱，妻子早逝，仕途困顿。樊南生百无聊赖，在书斋里坐不住，索性买舟出游，看山看海，看人间风月，鼓瑟写诗，聊以自慰。

小舟漂到了一处海域，舟子道："先生，此处就是三岔口入海口了。"

樊南生远远望去，果然不远处，海浪飞升，水流湍急，有大江、大湖奔腾汇入。

而在水流最急之处，却似是有一团红色火焰，正烧得热烈。

樊南生吃了一惊，忙问舟子："船家，那团红色是什么？"

舟子见怪不怪了："那就是此处的神迹——海莲花。无论春秋冬夏，都有火红色莲花开出来。"

樊南生慨叹："若是不出来走走，哪知道世间竟有如此风物。船家，靠岸。"

泊了船，舟子去集市上买吃食。

樊南生望着海中火莲花，花瓣如斗，开得纵横交错，美得近乎妖艳。

樊南生不禁心潮澎湃，取下包裹，拨开层层油纸，露出一具锦瑟。锦瑟古香古色，生漆剥落，显然是一件旧物。

樊南生正襟危坐，望着海莲花，轻抚锦瑟。"宫商角徵羽"从五十弦上腾挪跳落，海上也起了风，海浪与海莲花随风而动，似是受到了锦瑟曲子的感召。

樊南生闭上眼睛，迷醉在海风、海浪与曲子之中。

一曲抚毕，突然有人拍手。樊南生回头一望，见不知何时，身边站着一个一身白衣的少年。

奇怪的是，少年看起来年少，也不过二十几岁的年纪，眼神中却满是沧桑。

樊南生正欲开口，少年却当先赞叹："伯牙子期在世，也就是弹出这样的曲子。"

樊南生见少年谈吐优雅，当即起身作揖："公子谬赞了。无非是看到海中莲花绝美，借这首曲子抒抒情而已。"

少年道："听先生乐曲之中，似有大悲之声。"

樊南生满腔心事，此刻被问及，不觉悲从中来，当即把自己丧妻、仕途乖违之事说了。

少年听罢慨叹良久："世间事，岂能尽如人意？适才听了先生一曲，无以为报，我也说个故事吧。"

樊南生当即点头："求之不得。"

少年望向海中莲花，往事与海风海浪一同袭来。

唐初，毗邻东海，有一重镇，镇上贸易兴盛，遍布青楼、酒肆、茶馆，常有胡人往来。

镇上有一个著名的去处，熟客都带一些暧昧地称之为胡姬酒肆。

酒肆之中，酒是好酒，喝了容易醉，比酒更容易醉的，却是酒肆里的老板娘，酒客都叫她胡姐。

胡姐不是中土人氏，听她自己说，她生在波斯，从小跟着商旅到了东土大唐，于是便留了下来，经营着这家酒肆。

酒肆里顾客盈门，门口排起了长队，胡姐给客人倒酒，调笑，一室春风。

奇怪的是，酒肆里，有一张酒桌却是空着的。

已经被酒水浸染出一种奇妙颜色的酒桌上，摆着一个木牌，木牌上只写了一个字——李。

镇上人人都知道，这个"李"是谁。

酒肆还在喧闹，外面一声马嘶，银铃响动。

客人们起哄："李公子来了。"

胡姐脸上突然起了笑容，迎出去。

门外，一个十七八岁少年，鲜衣怒马，春风得意。见了胡姐，当即三步并作两步走过去，抱起了胡姐，在胡姐脸上劈头盖脸地亲了几口。

客人们一片调笑。

胡姐推搡着少年："别闹，人都看着呢，都多大了还毛手毛脚的。"

少年这才放下胡姐，搂住胡姐的腰肢，往酒肆里走，大叫："我要喝郁金香。"

这个少年，就是镇上著名的花花公子，名叫李灵珠。

青楼里的歌姬都知道李公子一掷千金。

镇上的流氓都知道李公子尚武，如果没有挨过李公子的打，在流氓圈子里，是一件很没有面子的事情。

而胡姬酒肆之所以有今日的盛况，也是因为李公子没事就带着达官贵人来光顾。

胡姐刚开酒肆的时候，客人都叫她胡姬，总有轻薄少年想要占她便宜，毕竟异域风情，着实诱人。

李公子从十五岁开始，在这里打过三百八十次架，打伤过四百七十几个流氓。从那以后，没有人敢再叫胡姬，胡姬变成了胡姐。

胡姐给李公子斟酒，李公子很快就喝干了一壶，打了个哈欠，抱怨："夏天真热，我去海边洗个澡。胡姐，要不要一起来？"

胡姐笑着打了他一巴掌："没大没小。我还要做生意呢，你去吧，别玩太凶。"

李公子站起身来，猛地凑到胡姐身边，"啪"地亲了一口，发出巨大的动静。

然后在胡姐的骂声中，飘然而去。

东海边上，海风正劲。

李灵珠拴了马，面向大海，海风吹过来，分外舒爽。

李灵珠发了一声喊，随即脱光了衣服，赤条条地跳进大海之中。

海浪扑过来，李灵珠在浪里"飞翔"，连日来的暑热一扫而空。李灵珠心情大好，不觉越游越深。

到了海中心，见海天一色，波澜壮阔，李灵珠忍不住发了一声长啸。

一道海浪退开，正骑在海浪上的李灵珠突然看见海中有一叶小舟，小舟上一个青衣少女，正望着海水发呆。

李灵珠游过去，打招呼："喂，你在干吗？"

少女抬头望了李灵珠一眼，似乎并没有被赤条条的少年打扰到，目光仍旧看向了海水。

李灵珠觉得奇怪，不请自来，游得更近。顺着少女的目光看去，海水中，只有海水。

李灵珠随着波浪起伏，不停地说话："你一个人在海上漂啊漂的，怕吗？无聊吗？你是在打鱼吗？还是你朋友落水了？我可以帮你啊。"

少女终于忍不了了，抬头看着李灵珠，瞪了他一眼："你啰唆什么？你懂什么？我在种莲花。"

李灵珠奇了："海水里也能种莲花？莲花不都是长在池塘里吗？"

少女嗤之以鼻："所以说你什么都不懂，我种的是海莲花。"

李灵珠对花花草草并无兴趣，反倒是觉得少女很有趣，便问："那什么时候能长出来啊？"

少女忍不住叹息一声："我已经种下去三年了，还是没有长出来。我妈以前说，海莲花要是长出来，我也就跟着长大了。"

李灵珠似懂非懂地点点头："种花就是你们女孩子家干的，有什么趣味？"

少女不满地看着李灵珠："那你说什么有趣味？"

李灵珠脱口而出："走，我带你去看看我的趣味。"

说罢，就要去拉少女的手。少女躲开："我还有事，你自己去吧。"

李灵珠自言自语道："一辈子在这儿种总也长不出来的莲花，连什么是有趣都不知道，可怜啊可怜。"

少女愠怒，不说话。

李灵珠又道："哎，你是不是怕我拐卖你啊？"

少女冷笑："就凭你？还拐卖我？"

李灵珠连忙就坡下驴："那走啊，去玩耍玩耍。"

少女犹疑一会儿："天黑前我得回来。"

李灵珠高兴地跳起来，完全忘了自己赤身裸体。

少女看了一眼，完全没有惊慌失措。

镇上，人来人往，好不热闹。

少女跳下马，觉得事事新鲜，穿梭在人群中，李灵珠好不容易才能勉强跟上。

少女见到喜欢的，问也不问，拿了就走。见了好吃的，张口就吃。

李灵珠越看越觉得她可爱，忙不迭地在身后付钱，恨不得少女把整条街都吃下去。

胡姬酒肆里。

胡姐看到李灵珠带了个女孩来，打趣道：“李公子哪里找来的媳妇？”

李灵珠竟忍不住有些害羞，连忙解释。

少女却浑不在意，见到桌上有酒，举起来就喝，咕嘟咕嘟灌了一壶。

客人们都看呆了，小丫头酒量还真好。

少女喝完最后一滴，双颊绯红，看了李灵珠一眼，“砰”地倒在地上。

少女醒过来，发现自己躺在海边的礁石旁，旁边，李灵珠正笑吟吟地看着她。

少女有些头晕：“我刚才怎么了？”

李灵珠乐了：“你喝了酒，不能喝就不要喝那么多。”

少女迷迷糊糊，见日暮四合，摇摇晃晃地起身：“我该回家了。”

说罢，就往前走。

“喂。”

李灵珠喊她，她回过头。

“我还不知道你叫什么呢。”

少女一愣，脸上第一次露出笑容。紧接着，海上就起了风，风把少女的声音送到李灵珠面前："我叫逐浪。"

海风拂面，李灵珠听到了少女的名字，觉得快活极了，看着少女远去的背影："喂，明天我还来。"

少女却似没听见，身影渐渐小了。

李灵珠回到家，觉得自己有使不完的力气，跑到练武场，舞枪弄棒起来。

当天晚上，筋疲力尽的李灵珠却一点都睡不着，闭上眼睛就是逐浪对他笑的样子。

听着海浪声，好不容易睡着了，早上却又早早地弹起来，一大早就奔到了东海边上。

从日出，等到了日落，逐浪却始终没有来。

李灵珠不免焦躁，急得在海边滚沙子。

胡姬酒肆里，胡姐看着空出来的桌子，笑了："这孩子情窦初开了。"

饿了一整天的李灵珠呼呼睡着了。

"啪啪"两声，被人拍醒。

李灵珠睁开眼睛，逐浪站在他面前。李灵珠大喜，猛地弹起来，却一头撞到了礁石上，一声惨叫。

逐浪用水草替李灵珠处理了伤口，李灵珠虽然疼得龇牙咧嘴，但觉得无比幸福。

"你今天怎么这么晚才来？"

逐浪淡淡地说："家中有事。"

李灵珠的肚子咕咕叫起来："我饿了。走，带你吃饭去。"

说着就拉起了逐浪的手，只觉得逐浪小手冰冷。

刚要走，逐浪却突然一脚踢向李灵珠腿弯。李灵珠倒地，来不及叫喊，嘴已经被逐浪捂住。

两个人躲在礁石下，李灵珠愕然地看着海面上，一团黑影踩在海浪之上，飞一般地疾驰到岸边。

李灵珠惊呆，逐浪却搂住他，带着他飞身入海。

李灵珠只觉得一股海水灌进了口鼻，咕嘟咕嘟灌了半个胃，耳膜生疼，大脑一片混沌，身体忍不住地挣扎。

逐浪嘴唇凑上来，一股清凉从嘴里灌进来，说不出的通透舒爽，李灵珠忍不住吐出一连串气泡来。

“直娘贼，我变成一条鱼了嘿。”

逐浪在海底身形飞快，带着李灵珠一直往深处游，似乎是在躲避海面上的那团飞影。

李灵珠喘不过气来时，逐浪就给他一股清凉。

两个人越游越深。

光从海面上斜斜地射下来，如栅栏一般。

光栅之中，李灵珠初次见到海底游鱼、水草、珊瑚，看得呆了。

再看逐浪，身形蜿蜒，就像是一条游鱼，好看得让人忘乎所以，李灵珠忍不住想要叫她一声，刚刚张开口，海水再一次灌进来。

李灵珠眼前一黑，失去意识的前一刻，用尽力气抱住了逐浪。

海岸，李灵珠不停地往外吐海水，眼前终于清明了。

抬头看，见逐浪一丝不挂，背对着自己，在太阳下梳理自己的一头长发。

李灵珠坐起来，一言不发地看着逐浪，阳光下，逐浪的裸背上，鳞光闪闪。

李灵珠看呆了。

逐浪梳理好自己，起了身，逆着光，裸着身子走向了李灵珠。李灵珠不住地往后退，直到后背抵在了晒得滚烫的礁石上。

逐浪毫不羞涩，非常自然地坐在了李灵珠面前。

李灵珠觉得身体都要烧起来，眼睛不知道往哪里看。

逐浪有些不明所以地看着李灵珠："你是不是海水喝得太多了？"

李灵珠只好胡乱点头。

逐浪伸出手，去拍李灵珠的后背，胸脯压过来，李灵珠近乎窒息，但也得以近距离再看逐浪裸背上的鳞光，似花瓣，似蝉翼，似金石，似珠玉，斜斜地长在逐浪背上，一张一翕，似乎是在呼吸。

李灵珠再一次呆住。

"你……你……"

逐浪坐正："我也不瞒你，我叫逐浪，就住在这东海里，我是东海龙王敖光的女儿。"

李灵珠一口海水从胃里涌上来，喷出去，逐浪侧脸避过。

李灵珠语无伦次："敖光？龙王不是在传说里才有吗？你……你是龙？龙女？女的龙？龙也有女的？"

逐浪忍不住笑了："龙怎么就没有女的了？"

李灵珠呆呆地眨着眼睛："那你能不能变回原形让我开开眼啊，我长这么大，见过蛇，就是没见过龙。"

逐浪一愣，随即起了身。

阳光下，逐浪展了个身段，身子施施然地长了起来，鳞片闪烁，云雾蒸腾，逐浪化为一条青龙，身子腾在了半空之中，蜿蜒着，雨水洒下来。

李灵珠透过雨丝云雾看着眼前的青龙，被震撼得全身发抖，花了好大的力气，才敢仔细去看。

仔细去看，却看到青龙脊背之上，隐隐有一条红线闪烁，青龙蜿蜒之势似乎被红线阻了，红线一亮，青龙身子就一抖。

李灵珠不明所以。

云雾散去，雨过天晴，彩虹当天。

逐浪复化归成人形，李灵珠忍不住问：“你身上有一条红线，那是什么？”

逐浪道：“父亲说，那条红线叫作伏情锁。”

李灵珠一呆：“什么玩意儿？”

逐浪似也有不解：“我也不太清楚，父亲说，我从一出生就带着这条伏情锁，以免乱起情欲，给自己带来祸事。父亲总不放心我，方才海面上那团飞影，就是巡海夜叉，他负责看管我。”

李灵珠听完，不禁愤怒：“你都这么大了，干吗还要看管？什么伏情锁，我看你被这劳什子折磨得很疼呢。”

逐浪却道：“疼是疼了点，但父亲说，现在疼总好过以后疼。”

李灵珠听不下去了：“这都哪儿跟哪儿啊？这跟拿一根铁链锁住你有什么分别？我给你除了。”

说罢，跳起来，就去找那条红线。

逐浪吓了一跳，连忙躲闪：“不可，父亲说，伏情锁只有到我与金翅大鹏成亲之日才能由他取下。”

李灵珠呆住了：“你要跟什么大鹏成亲？”

逐浪道：“父亲说，嫁给金翅大鹏就是我的命数。”

李灵珠声音都抖了：“我就问你，你愿意不愿意？”

逐浪一愣：“我……我不愿意。”

李灵珠再不言语，抱住了逐浪。逐浪一惊，隐隐觉得被抱住不对，但内心深处似乎又提不起力气反抗，任由李灵珠抱着，听着他心跳雷动。

只觉得一阵通体的疼痛，逐浪叫出声来。随即竟然觉得全身通透，折磨自己多年的隐痛似是一扫而空。

逐浪推开李灵珠，李灵珠晃着自己手里一条兀自蜿蜒的红线，邀功一般："你看，我给你取下来了，以后谁也别想再折磨你。"

逐浪呆呆地看着红线，再看向李灵珠，只觉得李灵珠眼神滚烫，烫得她晕眩，想要躲开，却又不忍。低头一看，见自己赤身裸体，红焰上脸，登时不知所措。

"逐浪？"

李灵珠叫她。

逐浪抬头看着眼前的少年，只觉得自己满腔的柔情蜜意都涌了出来，一股莫名的力量将她砸向了李灵珠的胸膛……

少年人的情爱一烧起来，哪里知道节制？

一个情窦初开，浑身满溢着热情，一时一刻也过不了看不见她的日子。

一个却似大病初愈，新的人间在面前绽开，什么都无比灿烂，什么都万分新鲜。

镇上常有人跟总兵反映，看到云雾中有少年乘龙。

总兵嗤之以鼻："世间有龙，我相信。但有人骑龙，谁信哪？"

东海龙宫。

龙王敖光正在盛宴款待未来的"乘龙快婿"金翅大鹏。

金翅大鹏久等逐浪不来，不免心不在焉。

敖光看在眼里，只是道："小女年幼贪玩，等她回来，我一定好好管教。"

金翅大鹏举止儒雅，听闻敖光要罚逐浪，连忙阻拦："女孩子这个年纪贪玩好动，不是什么大事。我此番来，是来拜访一下岳丈大人，不妨事的。"

说罢，躬身给敖光敬酒。

辞别了敖光，金翅大鹏跃出海面，直入云霄，乘风而去。

孰料，行了一段，却见云雾中一白衣少年与一条小青龙玩闹嬉戏，小青龙正是自己的未婚妻——龙女逐浪。

金翅大鹏大怒，拦住了少年与青龙的去路。

逐浪认得金翅大鹏，三人狭路相逢，逐浪不知所措。

李灵珠却不认得金翅大鹏。他和逐浪腾云驾雾、上天入地已经有些时日，神仙见了不少。李灵珠见怪不怪，拉着逐浪要走。

金翅大鹏却陡然间展开了双翅，只见金翅鲲头，星睛豹眼，双翅扇动，云开雾散，海面上水击三千里。

李灵珠不曾防备，大鹏的金翅打在了李灵珠胸口，李灵珠如被雷击，一口鲜血喷涌而出。

若不是金翅大鹏不愿意伤他性命，李灵珠此刻哪里还有命在？

逐浪扶起李灵珠，吓得流泪，一流泪，天就跟着下起雨来了。

李灵珠一脸浑不吝：“我没事，别怕。”

金翅大鹏看得怒火中烧，强自压抑着愤怒：“少年人，逐浪是我未过门的妻子，你们之间发生过什么，我可以不问，但请就此结束吧。”

李灵珠直起身子，擦干了嘴角血污：“原来你就是那个什么金翅大鸟，你来得正好，我正要找你，逐浪不会嫁给你了。她喜欢我，我喜欢她，我俩才是天生一对。你那么有本事，再去找一个其他的鸟吧。龙跟鸟在一起，我觉得不是很般配。”

原本不知道如何自处的逐浪，听了李灵珠一阵胡说八道，竟忘了大敌当前，忍不住笑出声来。

金翅大鹏大喊：“孽障！你一介凡人，我不与你一般见识。我与龙女的婚事，那是天定的命数，她改不得，我改不得，你更改不得。”

李灵珠冷笑：“什么狗屁命数？我偏不信这个。逐浪我要定了。”

说罢，看向逐浪，而逐浪也正痴迷地看着李灵珠。

金翅大鹏眼神一冷，动了杀念。大翅一挥，使出了全力，一股大力击向李灵珠。逐浪突然神龙摆尾，将这股劲力反击回去。

金翅大鹏猝不及防，躲闪不及，被自己的力道击中胸口，血涌出来，身子歪歪斜斜，差一点跌落云端。

逐浪护着李灵珠，满怀歉意地看着金翅大鹏："对不起，我不能让你伤他。"

说完，云雾聚拢而来，腾云而去。

金翅大鹏化归人形，捂着胸口，呆立在当地。

逐浪知道伤了金翅大鹏，闯下了大祸，心事重重。

李灵珠浑不在意："他动手在先，我们怕他个鸟。哈哈，他本来就是只鸟。"

李灵珠被自己逗乐，笑得上气不接下气，一口血又吐了出来。

逐浪哭笑不得："都什么时候了，你还有心思说笑？"

李灵珠突然握住了逐浪的手："在你面前，我什么时候都能笑出声来。"

逐浪也忍不住笑了，心里却不知是喜还是忧。

回到东海，逐浪将打伤金翅大鹏之事告诉了父亲敖光。

敖光听罢，良久，说不出话来。

逐浪见父亲不说话，跪倒在父亲身前："父亲，我自幼凡事都听你安排，从未忤逆，不动情欲只是因不懂情欲。谁知被他取了伏情锁，如今已经对灵珠公子情根深种，再也过不了清心寡欲的生活。金翅大鹏，女儿嫁不了了。"

敖光一声长叹："女儿，你可知我为什么要你从小身怀伏情锁？"

逐浪只是摇头。

敖光闭上眼睛，似是回忆起一件极大的伤心事。

"你的亲生母亲非我龙族，却是鲛人一族。

"我与你母亲在东海相识，也都对彼此动了情，发下了非我不嫁、非她不娶的誓言。

“我们越了雷池，偷偷生下了你。

“但天地之间，有灵之物都有其命数，命数是天钦定好的，是天道运行的伦常。

“我命中要娶的是南海龙女，自然不能与你母亲在一起。

“我辜负了她，和南海龙女成了亲。

“原本想着即便是娶了南海龙女，仍旧可以与你母亲偷偷相会。

“谁知你母亲性情刚烈，在我娶妻当日，自绝于东海之上，魂飞魄散，未留下只言片语，我只能抱憾终生。

“而你的命数就是长大成人后，嫁于金翅大鹏。

“我不想你重蹈你母亲的覆辙，因此用伏情锁锁住你的情欲。唉，不承想，凭空杀出一个莽撞少年来，冤孽。”

逐浪听罢，良久不语。今日才知道自己的母亲原来是鲛人一族。

金翅大鹏带着重伤，回到天庭。

玉帝震惊，忙让太上老君用尽灵丹妙药，多方调治。

玉帝深知金翅大鹏祖上的来历。

当初，天地混沌初开，万物始生，世间开始有飞禽和走兽，走兽以麒麟为首，飞禽以凤凰为首，凤凰生下孔雀和大鹏。

孔雀生性凶悍，喜食人。佛祖在灵山修成六丈金身，却被孔雀吞入腹中。佛祖本想从孔雀便门而出，又怕污了金身，便从孔雀脊背破身而出。

本来佛祖要擒杀之，但诸佛劝阻：既入其腹，杀之犹如杀生身之母。于是佛祖便尊之为佛母，号曰孔雀大明王菩萨，大鹏便留在佛祖身边，算得上是亲娘舅。

既然有这一层关系，佛道平衡自然大过天。

玉帝逼问金翅大鹏：“到底是谁将你打成这般？”

金翅大鹏生怕玉帝震怒，归罪于逐浪，累及东海，当即谎称不知是何方妖物。

孰料，敖光深知事态严重，下令将逐浪囚于东海，然后自己赶到天庭，负荆请罪，将整件事情说了个明白。

玉帝听罢，大怒，令四海龙王前往东海古镇陈塘关捉拿凡人李灵珠，并将龙女逐浪带上天庭，待金翅大鹏伤愈后，择日成亲。

玉帝担心敖光徇私，于是派了四大天王之魔礼海前去捉拿李灵珠，并给了魔礼海一道令牌，道：“不留后患最好。”

魔礼海领命而去。

李灵珠连日来都没有逐浪的消息，闹到东海，惊扰了巡海夜叉，与巡海夜叉斗在一处，扬言：“要是见不到逐浪，本少爷就把东海煮干做个跑马场。”

逐浪生怕李灵珠闹出事端，脱了铁索，跃出海面。

李灵珠见到了逐浪，冲上去抱紧。巡海夜叉要追，逐浪带着李灵珠消失无踪。

李灵珠把逐浪藏在家中，指给她看自己年幼时的玩具，浑不知四海龙王已经从四面杀到。

黑云压城城欲摧。

陈塘关总兵李靖持剑而立，毫不畏惧：“既然是龙王，本应庇佑一方百姓，为何要水淹陈塘关？”

敖光无言以对，将李灵珠与逐浪之事，从头说了个明白。

李靖听罢，仰天长啸：“既然吾儿已经闯下了祸事，那当爹的自当一力承担，龙王想要带走我儿，断不可能。”

敖光长叹一声："李总兵英雄盖世，我早有耳闻，只是天行有常，儿女之事，何必累及一方百姓？"

李靖回望，陈塘关百姓齐聚于街巷之上，个个面色惊恐，乱成一团，当即不知如何自处。

逐浪抱着李灵珠："若是你我都是普通人，该有多好，现在却要我们背负天下苍生的命。"

李灵珠兀自嘴硬："什么天下苍生，我管不了那许多。我只管你。"

逐浪身心都软在李灵珠身上："让我出去吧。要我嫁谁，我就嫁谁，但我心里只有你一个。我会向我父亲求情，求他不要连累你和陈塘关的百姓。"

李灵珠摇头："不，待我出去，把他们赶走，不要打扰我们谈情说爱。"

魔礼海赶到陈塘关，见四海龙王按兵不动，果然应了玉帝的预言，好一个徇私枉法的龙王。

魔礼海以玉帝令牌，驱动取水法器，大水从四面八方涌入陈塘关。敖光控制不及，片刻，陈塘关已然一片水泽，百姓哀号。

李靖连忙率领部下治水救人。

李灵珠和逐浪一同冲了出来。魔礼海一见李灵珠，一心想要立功，当即起了杀心。

趁着混乱，魔礼海祭出万道金光，尽数射向少年李灵珠。

而李灵珠此刻正忙着救人，无暇他顾。眼看着金光射到，逐浪飞身而起，聚风云而化龙，挡在李灵珠身前。敖光来不及搭救，万道金光尽数打在了逐浪身上。

李灵珠浑身失了力，看着逐浪从风云中跌落下来。

敖光赶到，抱着女儿，见她龙鳞脱落，血肉模糊，顿时万念俱灰。

逐浪最后一眼看向了李灵珠，眼睛里，一滴眼泪滴落而成珠，随后再无声息。

敖光看到女儿泣珠，蓦然想起亡妻，悲从中来。

爱人死别之际，才是最伤心的时刻。

只有这时候，鲛人才能泣珠。

敖光握紧那颗鲛珠，心如死灰。

李灵珠连滚带爬，去抢敖光怀里的逐浪。

敖光不忍，任由李灵珠抢过女儿尸身。李灵珠抱紧逐浪，放声大哭。

魔礼海自知闯了大祸，正盘算着如何编个理由，把事端都赖在李灵珠身上。

龙王止住了大水。

李靖带着夫人围过来。

李灵珠哭罢，双目再无眼泪，望向敖光："我听说，神龙形散神不灭，若有一具合适的骨肉，神龙仍有复活的可能。"

敖光看着李灵珠，叹息："你这番用心我明白，但是逐浪即便活了过来，也宛如初生婴儿，对此番劫难，再也记不得了。"

李灵珠道："我自己记着便可。"

敖光呆住，看着眼前少年，想起自己当初是如何辜负了鲛女，不由得一阵自惭形秽。

李灵珠将逐浪尸身放下，跪倒在父母身前："身体发肤，受之父母，不敢毁伤，孝之始也。但儿子今日要不孝了。"

李靖夫妇呆住。

李灵珠对父母叩首："于公，父亲一生守护陈塘关，不能因我让百姓遭殃。于私，儿子痛失所爱，痛不欲生，今割肉剔骨，只求为所爱争得一线生机。求父亲母亲成全。”

母亲悲声如箫。

李靖长叹一声：“吾儿，人活一世，就随自己的心意吧。”

李灵珠再次叩首，脱尽衣衫，割肉剔骨，当场自戕。

敖光对李靖再拜：“东海永不忘恩。”

敖光将李灵珠骨肉，以及逐浪神魂封印，率众神龙，腾云而去。

李靖夫妇抱着李灵珠衣冠，放声痛哭。

此际，太乙真人赶到，见到李灵珠衣冠之中有一条红线，正是当初逐浪身上的伏情锁。

太乙真人喃喃道：“灵珠的精魂，竟在这伏情锁上，痴痴不肯离去。”

敖光回到东海。

将逐浪神魂、李灵珠骨肉，置于巨蚌之中。

但愿女儿能渡此劫难。

敖光跃出海面，将那颗泣泪而成的鲛珠种在海田之中。

巨蚌怀胎十月，精魂与骨肉渐渐融为一体。

海田之上，鲛珠竟然生根发芽，在巨蚌分娩之日，开出了大片大片绚丽妖艳的海莲花。

原来，鲛珠就是海莲花的种子。

太乙真人携着李灵珠缠在伏情锁上的精魂，来到东海，看着海面上大片的海莲花，脸上露出了笑容。

当即施法，以海莲花的碧藕为骨，莲叶为衣，将李灵珠精魂置于莲藕之中。

李灵珠由此重生，睁开眼睛，看到海中莲花，心中五味杂陈。

太乙真人道："你今番重生，俗名不要再用了，以后就叫哪吒吧。"

哪吒跪倒在地："谢师父重生之恩。"

太乙真人道："我本想除去你这段情劫，不料它却早已进了你的血脉，再也拿不掉了。"

哪吒道："记着，比忘了好。"

太乙真人将伏情锁递给哪吒："这件神物留给你做个兵器吧，不要叫伏情锁了，就叫它混天绫吧。"

哪吒接过来，握紧，往事扑面而来。

逐浪新生后，果然宛如婴孩，眼神清澈，什么也不记得了。

逐浪每日出海玩水，哪吒就远远看着，不曾向前一步。自己再也不是当初那个大胆莽撞的少年了。

胡姬酒肆中，胡姐给哪吒倒酒，上好的郁金香。

哪吒喝得极慢。

胡姐问他："你后悔吗？"

哪吒喝干了一壶酒，看着胡姐："像我这样的狂人，哪有什么后悔之事？"

随即仰天大笑，出门东去。

胡姐追出去，看着哪吒的背影，喃喃："你又何必自苦呢？忘了吧，忘了就好了。"

百年光阴，匆匆而过。

按照命数，逐浪嫁给了金翅大鹏，从此跻身仙界，无忧无虑。

李靖父子也封了神，一个做了托塔天王，另一个做了哪吒三太子，为天庭效力。

很少有人知道，哪吒在天庭之中，多数时候都只是为了远远地看看那个已经嫁作人妻的龙女一眼。

海莲花从此留存东海，枝叶繁茂，不论春秋冬夏，四季里都不要命地盛开。

哪吒每日里都来三岔口看海，看海上的莲花，有时候会想起自己百年前的名字——李灵珠，难免觉得恍惚。

一个人的名字，有时候就是一个人的一生。

“我的故事讲完了。”

白衣少年看着听得痴迷的樊南生，淡淡一笑：“我听说，杜鹃是望帝春心所化，因此声声啼血，你看那海莲花，开得如此妖艳，红得像火一般，不知道是不是因为春心啼血呢？”

樊南生呆呆地看看海莲花，又看看白衣少年，仍旧沉浸在故事里。

白衣少年看了看天色，道：“不早了，我该走了，今番良晤，豪兴不浅，他日有缘，再把酒言欢。”

说罢，飞身而起，乘风归去。

“先生，先生？”

樊南生迷迷糊糊地睁开眼，见舟子已经买酒饭回来。

舟子见樊南生恍惚，道：“先生也真是的，怎么就在海边睡着了呢？海风多大，先生当心着了凉。”

是个梦？

吃罢了酒饭，泛舟于东海之上，樊南生想起梦中白衣少年所讲的故事，忆及亡妻，感慨异常，一首七律，从胸腹之中，慢慢涌现出来——

锦瑟无端五十弦，一弦一柱思华年。
庄生晓梦迷蝴蝶，望帝春心托杜鹃。
沧海月明珠有泪，蓝田日暖玉生烟。
此情可待成追忆，只是当时已惘然。

一首吟罢，樊南生胸中块垒尽消，一个念头跳了出来，人的名字也是人生的一部分，哪有什么骗与不骗？

于是，在腹稿中写下了这首七律的落款：

李义山。

05

饲妖

京师里，教坊纵横，歌姬有了新的曲子，就请词人来填词。

词曲作好，便会宴请歌姬们各自的相好来教坊试听。

这个日子是个盛大的节日。

·

五陵少年金市东，银鞍白马度春风。

莫春晌在教坊里相好不少，每次去都要送花。

歌姬们都知道，只要闻到花香，莫公子就来了。

骑马过了两条街巷，就到了卖花老妇的花圃。

老妇人在此卖花有些时日了，莫春晌是常客，出手阔绰。

按下马头，老妇人却没有像往常一般及时递上花。

莫春晌一闷。

老妇人道："卖给公子的花不计其数，今日，老妇想附赠一个故事，不知道公子有没有空听一听？"

莫春晌哈哈一笑："这倒奇了，有故事，怎能不听？"

当即跳下来，在柳树上系了马。

老妇人给莫春晌看了座，倒下一杯春茶，在花草掩映中，娓娓道出一个故事。

京师里，有一处花圃，洋洋百亩，土地肥沃，卖花人都在那里种花。

而邻近花圃，有一家商贾，娶了新夫人，颇为艳丽。商贾宠溺之时，小桃小桃地叫着。

但小桃却并不欢快，商人重利轻别离，丈夫常常南下贩茶，短则两三个月，长则大半年。小桃觉得自己简直就是守活寡。

时间久了，京师里闲散的轻薄少年就都听说花圃边上住着一个俏丽的妇人，名字叫小桃，人也长得像小桃。你想想，不好看的人，怎么敢叫小桃呢。

少年们没事儿就齐聚在小桃门前，说些俏皮话儿。

小桃一开始还闭门不出，偶尔泼一盆洗脚水出来，少年们齐齐叫着："好香好香。"

日子一长，小桃就守不严门户了。

有胆大的少年陈郎乘虚而入，却被小桃甩着鸡毛掸子打出来。

少年们一起哄笑，嘲笑陈郎："被打得舒爽吗？"

陈郎却看着小桃愠怒的神色痴痴不语，手里攥紧了那张写着"三更花圃"的纸条。

好不容易挨到了三更，陈郎翻墙而入。

花圃里，有鲜花盛开，香气层层叠叠地腻过来。

陈郎一眼就看到了早已经等在了花圃里的小桃。

香味搔着鼻尖，陈郎分辨不出是花香，还是小桃身上的女人香。

几乎是飞奔上去，顾不得夏夜里的蚊虫，抱住小桃，滚落在花圃里。

待香气散去，小桃看着酣畅淋漓之后的陈郎，整理衣襟，开始后怕起来。要是商人回来，听说了风声，自己岂不就成了河间淫妇？

思来想去，小桃心里有了主意，便问陈郎："你可知我是谁？"

陈郎一呆："你不就是……"

小桃摇头："我是住在花圃里的狐仙，假托是商贾的妇人。见你有缘，忍不住与你相好，你要怕了，这就走吧，再不相见就是。"

陈郎半信半疑，但见眼前的妇人果真是艳若桃花，哪管得了那许多，扑上去再抱住，复又滚落在花圃里。

自此，小桃得了庇护，反正有狐仙担了这个污名，就算走漏风声，也赖不到她头上。

小桃愈加放肆起来。

除了陈郎，又渐渐有了更多相好，花圃成了小桃的温柔乡。

小桃长袖善舞，少年们彼此之间竟不知晓对方也与小桃亲近。

一日夜里，月亮刚刚悬上了中天。

小桃梳洗完毕，早早到了花圃。看花，觉得人面交相映，一时间迷了本性，分不清自己是小桃，还是满园的花朵。

正自陶醉，突然间屋顶上有一片瓦片摔在小桃面前，粉碎。小桃吓了一跳，掐腰要骂，抬头一看，却睁大了双眼，呆住了。

陈郎几乎要飞起来，小桃已经有小半个月没有约自己，今日好不容易定了期，陈郎兴冲冲地翻墙跃进花圃。

刚刚站起来，抖了抖身上的土，抬头一望，陈郎吓得几乎跌倒。

花圃之中，每日里相熟的少年站了一片，都看着眼前景象发呆。

陈郎拨开众人，往里走，才发现，小桃赤身裸体，被五花大绑在亭柱上，身边婷婷立着一个俏丽的少女。

少女满脸怒气，指着小桃，声音脆响，字字如金石落地："我住在花圃之中，已有多年。平日里好动，跳上跳下，不小心抛几块砖石，惊动邻里是有的，但淫荡蛊惑之事却是一点都没做过。你要勾搭少年郎，便要敢作敢当，怎的自己贪欢了，却要污蔑我？今日当着众人的面，罚一罚你这荡妇，以后谁要还敢来这里，当心本小姐生吞了他！”

少年们吓得惨了，一哄而散。

小桃战战兢兢。少女绕着小桃，走了两圈，道：“我是让你死得痛快一点呢，还是慢慢来，缓缓归？”

小桃浑身发抖，说不出话来。

少女手里蓦地多了一道光，向那夫人脖颈斩去。

霎时间，一道剑鸣声，少女耳膜一震，手里的光就泄了力。

小桃扛不住这声剑鸣，兀自晕了过去。

少女没转身，就先发了怒：“你又来坏我的事儿。”

身后，一个白衣男子轻轻落下：“倩娘，你还嫌在青丘山的日子不够苦吗？为何又起杀心？”

原来少女叫作倩娘。

倩娘转过身，没好气地说：“又是你啊，秦淮南，你干吗老跟我过不去？狐修行五十年能通灵，修一百年方能化成人形。我都苦了一百年了，如今成了人，当然要图个爽利。这淫妇污蔑我，我还是个孩子啊，就天天夜里给我看这些羞羞的事，你说她该不该死？”

秦淮南面色清冷：“凡人做错事自有凡人的律法。你害人会损你修行。”

倩娘嘟嘴道：“就你啰唆，算了，放她一条生路吧。”

说罢，乘了风，飘然而去。

秦淮南见那小桃遍体鳞伤，忍不住叹息。

青丘山上，历来有访道修仙者，秦淮南便是其中一位。

倩娘还是狐狸之时，就结识了秦淮南，自此以后，可算是惹了麻烦，秦淮南处处为难于她。

倩娘随着天性，要魅惑行人，秦淮南总是及时出现，以坏她的事儿为己任。

若不是法力不及秦淮南，倩娘早就斩杀他了，爱管闲事的男人，着实令人讨厌。

倩娘初修炼成人形，自然觉得事事新鲜，常常流连于街巷之中。

一日，好奇心起，误入了教坊，人人笑她。

倩娘撒出一把银两，老鸨忙引为上宾。

倩娘心想：凭什么这些臭男人就能叫一帮姑娘陪酒？我今儿偏偏要叫这些嫖客陪我喝酒。

银两越撒越多，男人们见少女明艳异常，又出手阔绰，纷纷围过来，小姐长小姐短地叫着，端茶递酒。

倩娘哈哈大笑，不亦快哉。一瞥之下，却见邻桌边一个红衣公子端坐着，不向倩娘这里瞧上一眼。

倩娘酒酣耳热，脸色一变，竟然还有人敢不买本小姐的面子？当即推开众人，跳到红衣公子的桌子上，把酒往桌上一拍：“喂，这位公子，不给面子是吗？喝一杯！”

红衣公子头也不抬，自顾自地给自己斟酒。

倩娘讨了个没趣，心中不爽，借着酒劲，索性抬脚要踢红衣公子手里的酒壶。脚踢出去，却被红衣公子一把抓住。倩娘脸一红，赶忙要缩回，却被红衣公子牢牢扯住，又被用力一拉，倩娘便倒在了红衣公子的酒桌上。

倩娘一囧，红衣公子微笑道：“这里不是女孩子家待的地方，小姐若是有兴趣，我带你到个去处，看看什么是真正的俗世红尘，敢吗？”

倩娘半坐起身：“那有何不敢？不过，走之前，你先要陪我饮这一壶。”

红衣公子带着倩娘守在一个三岔的巷子里。

倩娘不解：“我们在这里干吗？”

红衣公子道：“你别急，耐心等着。”

倩娘少女心性，一刻也闲不住：“喂，你叫什么？从哪里来啊？男人怎么也穿个红衣服？”

红衣公子道：“你叫我涂山便是。”

“涂山？”这名字倒也有趣。

涂山做了个嘘声的手势，指给倩娘看。

几个痞子拦住了一个良家妇女的去路，意图不轨。

一个中年汉子从老汉手中买下七两砒霜。

一个小太监在此和古董贩子倒卖从宫内盗出来的器物。

一个捕快私自将死刑犯原本应该高挂于城门的人头高价卖给亲属。

倩娘望向涂山，一脸不解。

涂山一笑：“此处唤作恶人巷，官家不管。若是有人起了恶意，要做恶事就来这里。”

倩娘奇怪：“你带我来这里做什么？这些有什么好看的？”

涂山不语，突然间身形一晃，幻影一般疾奔过去，将痞子、中年汉子、老汉、太监、古董贩子、捕快一一击倒，张口便吸。一股股青烟从这些人的额头冒出来，纷纷进了涂山的口鼻。

倩娘看得呆了，涂山吸完，全身舒畅，身形一散，陡然化成一只紫狐，皮毛光鲜耀眼，而身后，如花朵一般缓缓绽开几条妖艳的长尾。

惊诧之中，倩娘一一数了，竟有八条。

倩娘知道，狐狸若修炼出九尾，可称之为天狐，有通天彻地之能。

涂山身形一晃，近到倩娘面前，又化成人形。

倩娘还久久未回过神来。

涂山看着倩娘，道：“我是紫狐，你是青丘山的青狐，同属一族，我这是助你修行。”

倩娘一呆，一脸迷茫。

涂山笑道："人之恶意，对我们狐类大有裨益，吸食恶人之恶意，事半功倍。"

倩娘似乎明白了。

涂山带着倩娘潜入牢房、宫廷、天高皇帝远的穷山恶水，吸食恶人恶意。

倩娘果真法力见长，样貌愈加俏丽，肌肤娇艳，更胜二八姝丽，不由得崇拜起涂山来。

秦淮南见不得倩娘行恶，阻止倩娘，倩娘哪里肯听，当即和秦淮南斗了起来。

数招之后，倩娘不敌，倒在秦淮南剑下。

秦淮南抖了一声剑鸣，剑刃抚着倩娘脖颈："你若再作恶，我认得你，我这斩妖剑可不认得你。自此以后，你不准再见涂山氏。"

倩娘心一横，柳眉一竖："你有本事杀了我便是。我历经百年，修成人形，已然不易。但求凡事顺遂我的心意，只不过是杀了几个恶人，有什么大不了。再者，你凭什么管我？管了我一百年，难道还不够吗？我愿意见谁，不愿意见谁，那是我的自由，生死与你无关。你若再敢管我，我杀不死你，就死给你看。"

秦淮南握剑的手一抖。

倩娘厉声："你杀还是不杀？杀，就赶紧动手。不杀，我可要走了。"

秦淮南长叹一声，收了剑。倩娘起了身，瞪了秦淮南一眼："啰唆。"

起身遁去。

秦淮南呆立当地，身形萧瑟。

涂山带着倩娘周游天下，吸饱了恶意，沉沉欲睡。

二狐到了一处府邸，灯影晃动，有丝竹之声，有妙人起舞。倩娘见涂山面如冠玉，心里的柔情蜜意泛上来，当即痴了。

涂山将倩娘横抱到榻上，俯身下去。

倩娘只觉得自己化成一道溪流，而涂山如山一般压下来，迷醉得甚至有些凄惶。峨峨兮若泰山，洋洋兮若江河。

一夜缱绻。

天光，倩娘伸了个懒腰，睁开眼，一阵恍惚。见自己躺在一块石头之上，四周一片荒野，几只青蛙跳跃着，哪有什么府邸？而身边的涂山，早已不知去向。

倩娘未及反应过来，突然腰臀一疼，一惊，自己的蓬松长尾陡然就长了出来。倩娘只觉得钻心的疼如泉水一般从周身汩汩冒出来，渐渐淹没了自己。

倩娘疼得叫不出声来，眼看着自己历经百年而修成的人形渐渐散去，青色皮毛绽出来，现出了原形——一只瘦弱的青狐。

青狐奔腾在山林之中，眼泪奔涌而出，高呼着秦淮南的名字。

却一头扎进了秦淮南怀中，青狐号啕大哭。

秦淮南看着青狐的样子，心痛不已。

青狐泪眼汪汪："我不懂，他为什么突然出现，又突然离我而去？我不懂。"

秦淮南抚着青狐的皮毛，沉默良久才道："你变成了他的第九条尾巴。"

青狐呆住。

秦淮南道："九尾狐要修成九尾，必然要取百年雌狐的精元，你是第九个。"

青狐泪流干了，反而笑了："连被负心都是最后一个，真是蠢到家了。"

秦淮南将青狐揽在怀中，长身而起："那也没什么，历劫而已。既然是历劫，再修行百年便是。我已缠了你百年，再缠一百年又有何妨？”

青狐呆呆地看着秦淮南，心底隐隐燃起了希望。

百年光阴，一晃而过。

青狐再次修成人形，却不再是之前那个青涩少女。

倩娘换了衣衫，改了发型，眼神里如冰霜一样冷，穿梭在红尘滚滚之中。

京师里，捕快忙坏了。

王丞相的长子娶妻之后，仍旧夜夜狎妓，这一夜，却死在了妓女身上，皮肉苍白干枯，身体里一滴血都没了。

高中金榜的状元郎，春风得意马蹄疾，用皇帝赏赐的银两置办了一处宅子，养了两个歌姬，夜夜笙箫，完全忘记了家中苦守多年的糟糠之妻。

翌日，状元郎赤身裸体，死于马厩之中，歌姬疯疯癫癫，不能言人事。

倩娘很久没有笑过了。

秦淮南不许倩娘再伤人性命，跟得很紧，劝她：“你又何必自苦？”

倩娘冷笑：“我不苦。我只是想尝尝情爱的滋味，为什么我得不到？为什么世间的男子都是一般不堪？”

秦淮南道：“该遇上的，终究会遇上。早不得，也晚不得。”

倩娘叹息：“我早已经不信命了。”

倩娘听了秦淮南的劝，不再伤人性命，转而在山林之中餐风饮露。

秦淮南常常在不远处看她临风洒泪，想要上前劝慰，却又迈不出步子。

没有谁能真正安慰得了一个伤心的人。

山林破庙之中，落第的书生没脸回乡，躲在破庙里每夜吟诗以遣怀。

倩娘便躲在门口的风里，听书生读诗。听到细微处，不觉柔肠百转，似是说中了自己的心事。

如此过了大半个月，一夜有风有雨，倩娘终于忍不住叩响了破门。

书生披着单衣，见门外有个满面愁容的女子，正痴痴地望着自己。

书生不解："外面风雨这样大，姑娘是迷路了？快请进来。"

倩娘进了门，不语。书生关了门，挑了挑火炉，翻箱倒柜却只能倒一碗清水，递给倩娘。书生很是不好意思："小生客居这里，一个人凑合惯了，怠慢姑娘了。"

倩娘突然一头砸进了书生怀里，书生手里的碗碎在地上，声音清脆。

秦淮南只身立在破庙外的风雨之中，见破庙内灯火摇曳，人影跳跃。迈出去两步，却又停下来，站了一会儿，终究还是转身离去。

倩娘不知道节制，与书生欢好了整整一夜，到了四更天，才沉沉睡去。

等倩娘醒来，看身边的书生，却早已没了声息。

倩娘呆住，号啕大哭。

破庙大火，火光冲天。

倩娘跪倒在秦淮南面前："你灭我吧。我害了一个凡人，该死。"

秦淮南手里的斩妖剑长鸣："我是该杀你。你犯了天条，我再不能饶你。"

倩娘身子一横："你杀我，我不冤枉。我只是不懂，为什么他会死？”

秦淮南一声轻叹：“你是狐类，他是人，人妖有别。你与凡人交合，会吸取凡人精元。”

倩娘苦笑：“那我岂不是亲手害了我所爱之人？”

秦淮南不答反问：“你尝到情爱的滋味了吗？”

倩娘摇头：“爱我尝过了，苦。被爱，我却求而不得，更苦。若有来世，我就做个凡人好了。人生一世，七八十年，能爱能老，比长生痛快。”

秦淮南沉默良久，长剑欺到倩娘脖子上。倩娘看着秦淮南，笑道：“谢谢你这两百年来一直陪着我。”

说罢，闭目待死。

秦淮南长剑一横，剑鸣声已近乎凄厉。

倩娘睁开眼睛，见秦淮南直直地看着自己，眼神里满是柔情。

倩娘被这个眼神看得再也动弹不得，却见秦淮南额头之上，裂开了一道伤口。

一团炽热的光晕从伤口之中缓缓升上来，光晕并不完整，周边都有缺口。倩娘不解，只见光晕不由分说地渗入自己的头顶之中，热烈滚烫。

倩娘一阵恍惚，这才恍然，这是秦淮南修炼两百多年的元神。

倩娘要推开秦淮南，却动弹不得，直到那团光晕如江湖入海一般，尽数汇入倩娘体内。

倩娘浑身无力，瘫软在地，痴痴地看着倒在身旁的秦淮南。

秦淮南看了倩娘一眼：“好好做个凡人吧。”

随即安然闭上双目，再无声息，只剩下斩妖剑凄厉长鸣。

倩娘眼泪奔涌而出，心下登时一阵清明：“原来这就是被爱的滋味。原来我一直都有，却一直视而不见。”

两百年前，还是个少年的秦淮南五岳寻仙不辞远，只身进了青丘山，寻访仙圣，却不小心迷失于山林之中。

饿了三五日，夜夜疲于躲避猛兽毒虫。奄奄一息之际，遇上刚出生不久的青狐。

青狐引路，少年才出了山林，到了青丘山。

秦淮南上了青丘山，修仙得道。

四五十年后，青狐修炼通灵，欲成人，便四处吸人精血。

秦淮南奉命降妖，长剑正要劈下，才发现妖物竟然是当初的引路青狐，不忍下杀手。

遂以元神喂养，助其成人。

七七四十九天之后，倩娘才醒来，而秦淮南尸身已然灰飞烟灭，斩妖剑自此再也发不出剑鸣。

倩娘法力全失，甘心做了凡人女子，嫁了一个不得志但落拓不羁的书生。

书生在私塾教书，倩娘便包下了花圃，以种花卖花为生。

莫春响喝干了一壶春茶，故事也就听完了。抬头看着坐在繁花锦簇中笑容安详的老妇人，久久呆立。

老妇递上一盆花，道："时辰不早了，公子该走了。"

莫春响接过花来，花香四溢，是一盆春桃。

莫春响一进教坊，便听到歌姬在唱一首新作的曲子：

> 古冢狐，妖且老，化为妇人颜色好。
> 头变云鬟面变妆，大尾曳作长红裳。
> 徐徐行傍荒村路，日欲暮时人静处。
> 或歌或舞或悲啼，翠眉不举花颜低。

忽然一笑千万态，见者十人八九迷。
假色迷人犹若是，真色迷人应过此。
彼真此假俱迷人，人心恶假贵重真。
狐假女妖害犹浅，一朝一夕迷人眼。
女为狐媚害即深，日长月增溺人心。
何况褒妲之色善蛊惑，能丧人家覆人国。
君看为害浅深间，岂将假色同真色。

注：

文中有化用纪晓岚《阅微草堂笔记》之《贞狐》一篇；
结尾处引用诗作为白居易《古冢狐》；
部分细节取材于《太平广记》《山海经》《玄中记》等。

—— 06

爱看月亮的猪

神仙也有大小。

罗鼓就是个小仙，在琉璃厂里跟着师父给玉帝烧制琉璃盏。师父常说，琉璃光能照三界之暗。

罗鼓听不懂什么意思，这些对他来说，过于复杂。他只需要知道什么时候添火，管好风箱，关键时刻不要打盹儿。

罗鼓有个好朋友，叫安阳亭。

安阳亭和罗鼓一样，也是个小仙，是天河水兵中的一个小卒子。

两个人一旦得了空，就聚在一起，谈谈天庭里的闲事。

“听说玉帝怕老婆。”

“谁不怕王母娘娘啊？”

“听说王母娘娘的本相很吓人，人身虎齿，豹尾蓬头，发起火来喜欢长啸，震人心肺。”

两个人常常说到东方既白，才各自收拾东西回到自己的位置上。日复一日，时间久了，难免觉得没意思。

天庭里的上仙却不寂寞，没事就欢宴。仙人们齐聚，斗酒十千，歌舞升平。

罗鼓得了个好差事，跟着师父给欢宴送盛酒的琉璃盏，顺便负责斟酒。

罗鼓第一时间就想到了安阳亭。

安阳亭就扮作琉璃厂的跟班，和罗鼓两个跟在师父后面，到了欢宴之上。

安阳亭哪里见过这个场面，眼睛都看不过来了。

旌旗摇荡，簪花鼓瑟。九大仙女捧着明珠异宝、寿果奇花、玉液蟠桃。

仙人们不论地位高低、仙品大小，玩起了击鼓传花，觥筹交错。

仙子、美姬飘飘荡荡地跳舞，足不点地，振翅欲飞。

安阳亭这才发现，原来仙人们连龙肝凤髓都吃，也真是过分。

看得多了，反而觉得仙女们都是一个模子刻出来的，安阳亭看得打盹儿。

直到看到了她。

她在座席之中，神游物外，好像眼前的欢宴跟她一点关系都没有。

她看起来不开心，眉目含愁，眼神有怨，周身清冷。硬要形容，她就是那种让男人看见就会打一个冷战的女人。

玉帝借着举起杯子喝酒的时候，偷偷看她。她也不领情，也不躲玉帝的眼睛，她好像并不在这里。

玉帝讨了个没趣。

“她是谁？”安阳亭偷偷问罗鼓。

罗鼓眼睛还在看着起舞的仙女，被推了三把才回过神来：“噢，她啊，广寒宫的嫦娥。都说嫦娥仙子美艳，今天见了，还真是美到让人没话说。”

安阳亭眼睛没离开嫦娥："好看是好看，可她怎么看起来不开心呢？"

罗鼓一呆："那谁知道？女人都一个样。都长这么好看了，住在月亮里，房子那么大，寿与天齐，不用干活，还能参加欢宴，喝酒吃桃，看仙女跳舞，还有什么不开心的？"

罗鼓话音刚落，就愕然看着安阳亭举着酒壶，走到了嫦娥面前。罗鼓阻拦不及，吓坏了。

安阳亭给嫦娥斟酒，走近了，觉得自己被一层清霜笼罩，真的打了个冷战。手一抖，酒就洒在了嫦娥衣服上。

安阳亭吓坏了，正不知道该怎么办。嫦娥轻轻扶住了他的手，笑着看他一眼，道："不碍事。"

眼神跟她一触，安阳亭打了今天的第二个冷战。

走回到罗鼓身边的时候，他腿都是软的。

嫦娥没等到欢宴散去，就先行告辞。

玉帝有些不快，但也不好阻拦，况且还有王母娘娘的眼神逼视，只好打了个哈哈，继续和其他众仙饮酒作乐。

安阳亭目送着嫦娥的背影，渐渐隐入了云雾中，感觉自己的魂儿也跟着走了。

罗鼓推了安阳亭一把，低声道："你胆子太大了，你这个眼神是想把人家扒光吗？找死。也不看看喜欢嫦娥的人是谁。"

安阳亭还盯着已经没有了嫦娥影子的云雾，喃喃："我管他是谁。"

夜里，月亮亮起来。

安阳亭从营寨中偷偷溜出来，借着月光，就摸到了广寒宫。

男人起了情欲，胆子比天还要大。

走进去，就看到广寒宫已经闭门。他在门口逡巡，想着有什么办法让嫦娥出来，或者自己进去，才不显得唐突佳人。

正想着，就被一下按倒在地上。还没有来得及说话，斧头的寒光已经递到了脖颈上。

抬头一看，一个衣衫破烂的樵夫举着斧子，踩着安阳亭的肚子，冷冷地瞧着他。

“你干什么？想杀人啊？”

“你干什么？来月亮上要流氓？找死。”

“我……”

“行了，起来滚蛋。像你这样的，想来偷窥嫦娥的，我每天打跑六十几个。白天都是体面的仙人，到了晚上一个比一个猥琐，一帮好色之徒。”

安阳亭愣了：“你是谁？”

樵夫收了斧子：“连我都不认识，还敢来广寒宫？做贼也要先把情况摸清吧？你个莽夫，耍流氓也要不出个体统来。”

安阳亭更呆：“我的确不认识你，我还以为广寒宫只住着嫦娥一个呢。”

樵夫打了个哈欠，走到一棵桂树面前，抡起斧子，砍下去。可是每砍一下，桂树的豁口就瞬间愈合。

安阳亭吃惊：“这树怎么……”

樵夫浑不在意，继续抡斧子：“少年人，我告诉你，前几日天庭里有外国神仙来访，也听说嫦娥好看，来这里看，被我揍了一顿。临走时，外国神仙也问了跟你同样的问题。我告诉了他，他为了谢我，就送给我一个外国名字，你想不想听？”

安阳亭摇头：“你还是告诉我你的真名吧。”

樵夫怒了：“你怎么这么没意思？你一定要知道。现在问我，赶紧问，不问我砍了你。”

安阳亭无奈，只好问了：“你外国名叫什么？”

樵夫咳嗽一声，清了清嗓子：“请叫我woodcutter。”

安阳亭不解："何解？"

樵夫恨铁不成钢似的看了安阳亭一眼："没文化，翻译过来就是砍树的樵夫，发音跟我的本名挺像，我叫吴刚。"

"吴刚。"

"对咯。行了，你走吧。少年郎，我奉劝你一句，够不到的，不要硬来。太累。"

安阳亭不解，悻悻地走了。

身后的woodcutter继续吭哧吭哧地砍树。

罗鼓听了，吓惨了："你可别闹了。太险。你有所不知，玉帝让吴刚盯着嫦娥，盯得很紧。谁要是敢偷偷去广寒宫，玉帝就寻个由头下放、贬谪，严重的还要杀头，魂飞魄散、形神俱灭那种。看一眼美人，倒霉一辈子，不值得。"

安阳亭听不进去："我怎么觉得挺值得呢？"

罗鼓哼了一声："那你是害了病。你要是想找个女子，我可以把琉璃厂里烧火的仙娥介绍给你。她皮肤好，怎么熏都熏不黑。"

安阳亭笑道："你还是自己留着吧。你说，我怎么才能再见到嫦娥呢？"

罗鼓道："想见她也不难。"

安阳亭一喜："你有办法？"

罗鼓傲然一笑："开玩笑，我天天去给他们倒酒，别的没学到，小道消息知道了不少。"

安阳亭哈哈一乐："好兄弟。"

嫦娥住在月亮里，每天一次离开广寒宫，步行到去还亭，操控潮汐。

安阳亭告了假，早早来到了去还亭，躲在草木之中。

嫦娥走得很慢，进了亭子，歇了一会儿，开始作法操控人间潮汐。

安阳亭激动坏了，跳出来，顶着一头叶子，冲过去。

结果脚麻了，快要冲上去的时候，一头栽倒在嫦娥面前。

嫦娥看起来并不怎么吃惊，伸手扶起安阳亭："你没事吧？"

安阳亭受宠若惊："我、我、我、我，没事。我只是想来见见嫦娥仙子，别无他想，唐突之处，只能请仙子当作是我年少不羁了。"

嫦娥一笑："没什么唐突的。我先操控潮汐，你一旁安静地待着。我忙完和你说话。"

安阳亭不敢出声，连连点头。

嫦娥舒广袖，人间大江、大河、大海的潮水随之缓缓退去。

安阳亭呆呆地看着嫦娥，搜肠刮肚地想要形容这个画面，但都失败了，只恨自己读书太少。

嫦娥收了法，坐在安阳亭一旁，问他："你从哪来？"

安阳亭不知道手脚该放到哪里，嘴都瓢了："我天河小兵，偷偷进了欢宴，偶然间见到了你，然后就睡不着，想见第二次、第三次。"

嫦娥笑道："你见我只不过是见了色相。要是没了这身色相，我跟常人也没什么不一样。"

安阳亭摇头："除了色相，还有别的。"

"还有什么？"

"气。"

"气？"

"你身上有一股气，清冷，能让云化雨，能让雨化霜，你这股气里应该藏着什么伤心事。有伤心事的人，就让人忍不住想要亲近。"

嫦娥笑了："你年纪不大，倒是很会讨姑娘欢心。"

"我、我、我、我，只是说了实话。"

嫦娥好笑："你的心思，我明白。你是个少年，未经人事，不懂情欲，乖违大胆一点，我不怪你。但我也把实话说与你听。我心里已经有个人了。女人就是这样，不论是妖精、仙子、凡人，心里一旦装了一个人，就再也容不得别人进去了。”

安阳亭愣住：“那个人是谁？”

嫦娥怅然：“不要问女人的伤心事，让她哭出来不好看。”

安阳亭还要再说，眼前却突然多了两个巡逻的力士，不由分说地将安阳亭按倒在地。

为首的力士，跪倒在嫦娥面前行礼：“惊扰嫦娥仙子了，此人乃天河水兵的小卒子，擅闯去还亭，惊扰了仙子，自当重罚。”

嫦娥起身扶起来力士：“力士，安阳亭是我叫来助我操控潮汐的，是我坏了规矩，我给你赔个不是，求力士网开一面。”

力士呆住，不知怎么作答。嫦娥已经递上一壶酒：“这是我在广寒宫自己酿的桂花酒，给两位力士尝尝。”

力士心中大喜，不是谁都能喝到嫦娥的桂花酒的。当即分了酒，跌跌撞撞地走开。

安阳亭跪倒在嫦娥裙摆前：“谢谢你救我。”

嫦娥扶他起来：“你放心，他们喝了酒，就忘了刚才的事了。你快回去吧。”

安阳亭不舍：“我还能再见你吗？”

嫦娥摇头。

安阳亭道：“我知道我只是个小卒子，配不上你，但你等我，等我大好男儿建功立业，再来娶你。”

嫦娥不知说什么好。

安阳亭已经大步跑开。

嫦娥看着安阳亭的背影，陡然想起故人，一阵怅然：“去还亭，去还亭，去了容易，还可就难了。”

“我要努力打仗！我要出人头地！我要出将入相！我要……”

安阳亭着魔一般喊着。

罗鼓看他像在看一个魔怔的人："你疯了？傻了？"

安阳亭摇摇头："你不懂，我觉得有个靶了。"

罗鼓不解："靶？什么靶？"

安阳亭看着罗鼓："就是目标，我有目标了。"

安阳亭哈哈大笑。

罗鼓皱着眉头："哪跟哪啊这都？"

时值天庭决意荡平南瞻部洲多杀多争、贪淫乐祸的妖魔鬼怪和魑魅魍魉。

战事一起，天河水兵也上了战场。

安阳亭奋勇杀敌，不顾生死。先升百夫长，再升千夫长，一路升到了将职。

率大军荡平南瞻部洲，取其帝王首级，立大功。

玉帝亲自主持封赏大宴。

封安阳亭为天蓬元帅，执掌天河八万水军，赐上宝逊金钯为兵器。此神兵器由太上老君用神冰铁锤炼，借五方五帝、六丁六甲之力锻造而成，重五千零四十八斤。

安阳亭神力大增，摒弃俗名，称天蓬。

天蓬提携了罗鼓，给罗鼓谋了个闲差，负责在欢宴上为玉帝卷帘，称卷帘大将。

卷帘说："我以后可以天天在欢宴上看仙女跳舞了。"

天蓬笑："就这点出息了吗？"

卷帘道："我这叫知足。"

天蓬大摇大摆去广寒宫。woodcutter见天蓬如今变了一个人，道："人不可貌相，有你的。嫦娥在里面等你，去吧。"

天蓬对着吴刚连连作揖。

“嫦娥仙子，我现在已经建功立业了，我觉得我配得上你了。”

嫦娥轻叹：“你有今天的位置，我为你欢喜。但情爱跟地位、身份，没有关系。”

天蓬愕然：“我不懂。”

嫦娥道：“我说过，我心里有个人。”

“那个人到底是谁？让他出来跟我打一架，可乎？”

嫦娥长叹：“别说你见不到他，就连我，也再见不到了。”

“我原名叫纯狐，原本是个凡人女子。

“我生性喜欢游玩，一日迷失在山林之中，遇到了虎狼，眼看着要丧命。

“此时，虎狼却被弓箭射杀。

“我去看射箭之人，是个穿兽皮的猎户，他叫后羿。

“自那以后，我常常跟着后羿上山。他打猎，我就游山。他射箭，我就玩水。

“我心里渐渐认定，他就是我要嫁的那个人。

“婚事简单，乡下人没有那么多讲究。

“结婚以后，后羿打猎，我用兽皮缝衣服，换柴米，过得很安逸。

“后羿因射杀恶兽有功，西王母赐给后羿不死灵药。

“后羿带着不死灵药回来，告诉我：一人食之飞升，二人分而食之长生。

“我一时间迷了心窍，想要成仙，就自己吃了灵药。

“果不其然就轻飘飘飞到了月亮上的广寒宫。

“玉帝见我容貌不错，就让我做了嫦娥仙子。

“时间久了，我夜夜思念后羿，悔不当初。我就去跪求玉帝放我回去，我也甘愿放弃仙籍。

“但玉帝告诉我，成仙不可逆，登仙之后，不可再思凡，只能入主广寒宫。后来玉帝还给了我蟾蜍和玉兔两只宠物解闷。

“我每天住在广寒宫，看着人间都在看月亮，我却在看他们。只能互相羡慕。

“‘仙’字是人在高山之上，餐风饮露，不食人间烟火。都道神仙好，不死不老，寿与天齐，可没人说神仙无聊、寂寞，没有盼头、没有尽头，想死都死不成。

“我心里现在只有这个人了，我虽然再也见不到他，但心里时时记着，不甘心忘，也不敢忘。我要是忘了，自己也就是个活死人了。”

天蓬听完，落寞不已。

走出来，吴刚已经摆酒在等：“喝一杯？”

天蓬苦笑：“那就喝一杯。”

两人喝干了一壶酒，才开始说话。

天蓬问：“你也喜欢嫦娥？”

吴刚笑：“人人都喜欢的，我偏偏不喜欢。说到底，她只是个冷美人，没有谁能亲近。相思相望可以，相近相亲不行。”

“那你为什么住在这里陪她，砍树、酗酒，没日没夜？”

“谁说我陪她了？我有我的心结。”

“你也有心结？”

“没有心结的人，谁会在这里砍树玩儿？”

“说说？”

“说给你听？还是算了吧。”

“不敢说？woodcutter也怕羞？”

吴刚一杯酒下肚：“说说就说说，也好久没提了。说说，心里痛快。”

吴刚是西河人，一心想要求仙访道，娶妻之后，成仙的心思更胜。

终于，辞别了妻子，前去修仙。

谁知道，新娶的娇妻竟然和一个叫孙伯陵的人勾搭成奸。等三年之后，吴刚回来，妻子已经和孙伯陵生下了三个儿子。

吴刚哪忍得了这个，当即杀死了孙伯陵。要下手杀妻子和她怀中的三个儿子时，又下不了手，悲戚却没有眼泪，只得愤而离去。

谁知道那孙伯陵来头不小，是炎帝的儿子。炎帝见爱子被杀，怒不可遏，将吴刚发配至月亮上的广寒宫，日夜砍不死桂树。月桂高五百丈，砍一斧，就自己愈合，吴刚劳作永不止息。

妻子无比内疚，求炎帝开恩。炎帝不想见到孙伯陵与吴刚妻子私生的三个儿子，败坏炎帝名声，于是就将他们都发配到月亮上，一个变成了蟾蜍，一个变成了玉兔，还有一个变成了天癸。

原本广寒宫只有吴刚一人，后来嫦娥也来了，蟾蜍和玉兔就成了嫦娥的宠物。

天蓬听完，看着吴刚，慨叹良久，问了个傻问题：“砍树累吗？”

吴刚笑：“其实也不累。我天天脑子里想的都是同一个画面：三年修仙，修成了，回到家，就看到老婆炕上有个男人，怀里有三个孩子。日日夜夜被回忆折磨，太苦了，只有砍树的时候，我的脑子里才有点空儿。”

天蓬说不出话，只是不停地喝酒。

吴刚长叹一声：“情爱这等事，苦得很，我劝你别碰了。欢快是一等一欢快，伤心也是一等一伤心。不碰也罢。要是起了情欲，就像我一样，砍砍树，喝喝酒。累挺了，喝高了，跟情欲感觉一样。”

这两个故事，让天蓬多了一丝对情爱的恐惧。

当天夜里，天蓬看着月亮，月亮也看着天蓬，一夜无眠。

一个夜。

趁着王母去西山，玉帝喝多了佳酿，趁着醉意，带着卷帘，到了广寒宫。

“叫嫦娥陪我饮酒。”

吴刚不敢阻拦。

卷帘替玉帝卷帘斟酒，见到玉帝酒意上涌，调戏嫦娥。嫦娥躲闪，卷帘心中不爽。

偷了个空，告诉吴刚，让吴刚去找天蓬来。

吴刚犹豫：“这会害了天蓬。”

卷帘道：“管不了那么多，不然日后他知道了，会难受一辈子。”

吴刚只好前去。

玉帝拦腰抱住嫦娥，举着琉璃盏，让嫦娥喝酒：“你登仙都这么久了，忘了心里那个人吧。”

嫦娥奋力挣扎，眼泪簌簌而下。

卷帘、天蓬、吴刚先后冲进来。

卷帘第一个看不下去，扑上去，夺过琉璃盏，当着玉帝的面，摔了个粉碎。

玉帝大怒：“反了天了！”抬手要打，却被吴刚一把拦住。

玉帝更惊：“干吗，集体造反？”

此时，天蓬一拳已经递上来，玉帝被打翻在地。

天蓬、卷帘和吴刚各自对望一眼。

嫦娥也呆住。

玉帝突然一抖龙袍，施施然现出本相，竟然是一只恐龙。

天蓬猛地想起，当初孙猴子大闹天宫时说："皇帝轮流做，今天到我家。"如来训斥泼猴，道是："玉帝经一千七百五十劫，每一劫是十二万九千六百年。"由此推算，玉帝果真是恐龙。

见了这番情景，天蓬、卷帘、吴刚一拥而上。

嫦娥见三个男人为自己出头，和玉帝本相缠斗在一起，心里五味杂陈，再顾不了那么多，也生扑了上去。

玉帝久在帝位，疏于锻炼，一时间被揍蒙了。寻了个机会，偷跑了出去。

嫦娥看着三个满身是伤的男人，再也忍耐不住，痛哭一场。

月亮隐入了乌云，天庭人间，都下起雨来。

"你们为我闯下了大祸，可如何是好？"

天蓬不由分说把嫦娥拥入怀中，抱紧，抱紧，再抱紧。

吴刚和卷帘对望，先后走出去。卷帘最后一次替天蓬和嫦娥放下了珠帘。

吴刚摇摇头："此中自有痴儿女，可叹，可叹。"

翌日。

玉帝龙颜大怒，降罪：

吴刚伐月桂，永世不得离开广寒宫一步。

卷帘大将打碎了玉帝珍爱之物琉璃盏，贬出天界，流放流沙河为妖。

天蓬元帅，色胆包天，调戏嫦娥仙子，意图不轨，罪大恶极。贬下凡间，投猪胎，永世不得翻身。

斩仙台。

天蓬和卷帘被剥仙籍，流放。

嫦娥抱别天蓬：“到底还是我害了你。”

天蓬笑：“算了，天蓬元帅我也做够了，天庭也待腻了，下界看看也无妨。即便做猪，我也要做一头特立独行的猪。”

天蓬看了卷帘一眼，叹道：“只是害了我这兄弟。”

卷帘哈哈大笑：“卷帘大将的位置本就是你给我的，要不然我还在琉璃厂烧瓷器呢。天天给玉帝卷帘你道是很有趣吗？这个官，不做也罢，还不如下界做个妖物。”

临别，天蓬对嫦娥道：“以后海上退潮，我就知道你在去还亭。”

嫦娥洒泪点头。

斩仙剑落下。

卷帘落入八百里流沙河，化为红头妖物。

天蓬投入猪胎。好不容易挣脱出来，蹿出去，临水照镜子，看自己猪脸人身，忍不住哈哈大笑。笑到跌倒在地，不能自已。

原来笑声也可以这样凄厉。

天蓬成了一头猪妖。

不想吃人，却天天被人追杀、围猎，每日里只剩下逃命。

只有深夜才勉强吃个饱。得了空，抬头看月亮。

月亮里，有吴刚伐桂，有嫦娥舒广袖。

天蓬去看卷帘。卷帘在流沙河称王称帝，自封沙神，吃人度日，好不快哉。

沙神告诉天蓬：“我最恨满口仁义道德之人，总想着教育别人，着实让人恶心。你瞧。”

说着，递出一条链子。

天蓬仔细去看，竟然是由九个骷髅头做成的，遇水不沉。

“这九个，都是取经人。哼，沽名钓誉之辈。途经我的流沙河，被我吃了个干净，剩下头颅，做成项链。”

天蓬慨叹：“卷帘你倒越来越豪气了。”

沙神摆手：“卷帘这个名字，我早已经不叫了。既然做个妖物，就痛快地做个妖物，就为祸人间，就吃人，就让好人坏人都肝胆欲裂。来，饮酒！”

天蓬与沙神彻夜饮酒，大醉而眠。

此后天蓬又一路逃命，被人围猎。躲进了山里，却中了人类圈套，被围在垓心。

天蓬筋疲力尽，突然间觉得心累。心里想着，罢了罢了，随即闭目待死。

人们围上去，要斩杀天蓬。

一阵劲风腾起，飞沙走石。围猎者被吹散。

天蓬睁开眼睛，见眼前一个俏丽女子，骑在山石上，嚼着草药，眉眼间隐隐有病容，问天蓬：“别人打你杀你，你怎么不还手？求死？死也不要死在我山上。”

天蓬无言以对。

女子正告天蓬：“此山叫作福陵山，山中有一洞，叫作云栈洞。我就住那儿，我姓卯，你叫我二姐就是。走，二姐带你回家吃饭。”

天蓬浑浑噩噩跟着卯二姐到了福陵山云栈洞。卯二姐做了一桌子吃食，天蓬饿得狠了，吃了个底朝天。

卯二姐看着天蓬吃相：“看你吃东西，我真开心。”

天蓬嘴里不停，抬头看她，递上去一块肉：“你也吃。”

卯二姐苦笑，晃了晃手里的草药：“你瞧，我只能吃这个。”

天蓬停下来：“怎么？”

卯二姐道：“我乃凤凰所生的一个卵，却难产而成死卵。后因妖气太盛，幻化成现在的样子。但死卵毕竟是死卵，活着是逆天，我还有一年可活。”

天蓬呆住。

卯二姐道：“我在这山里，太无聊了，你愿不愿意陪我一年？”

天蓬看着卯二姐：“我陪你，但我心里有个人。”

卯二姐苦笑：“心里有个人是什么滋味？是不是就算死了也不寂寞了？”

天蓬一愣，随即点点头。

卯二姐替天蓬洗净身子，剃了头发。天蓬看着水中自己的猪头猪脸，似乎是自言自语：“哪有这样的天蓬元帅？以后这个名字，我也不叫了。”

卯二姐不解：“那你叫什么？”

天蓬看着水中，缓缓道：“以后，我就叫作猪刚鬣。”

两个人就住在了云栈洞之中。

在卯二姐看来，猪刚鬣就是一头猪，一头没事就喜欢抬头看月亮的猪。可就是这头猪让自己柔肠百转，嘴里嚼着的草药也似乎有了甜味儿。

男人痴情起来，可真是迷人啊。

一年后，月光下，卯二姐死在猪刚鬣怀里。

濒死之际，卯二姐看着猪刚鬣，微笑，喃喃：“我知道了。我知道这个滋味了。我心里也有个人了，我死了也不寂寞了。”

说罢，闭目而逝，魂飞魄散，连一丝一毫的尘土也没留下。

猪刚鬣不想再住云栈洞。

伤心地，离得越远越好。

只是可惜，月亮常在天上，你去哪儿，它就跟到哪儿。

他决定索性彻彻底底地做个妖物，便扰乱高老庄。
庄里有传闻，常常在夜半，看到一头猪在河岸上抬头看月亮。

猪刚鬣扬言要娶高翠兰为妻，却在婚礼上故意现出本相，吓得众人魂飞魄散。猪刚鬣却拍桌狂笑，笑声凄厉。

直到唐三藏带着孙悟空来到高老庄，员外求唐三藏降妖除魔。
唐三藏就差了孙悟空去捉那猪刚鬣。

二怪相见，认出了彼此，禁不住纵声狂笑。
“猴子，别来无恙。”
“天蓬，你怎么变成这个模样了。”
“哈哈哈哈哈哈。”
二怪笑倒在地。

猪刚鬣把沙神介绍给唐三藏和孙悟空。
观音菩萨合十说：“善哉。”
“猪刚鬣太野性，你曾带兵攻伐南瞻部洲，如今跟随唐三藏去西天取经度化南瞻部洲，也是功德无量，以后你就叫猪悟能吧。”
“沙神太不尊重，妖物不能自称是神。你就叫作沙悟净吧。”

猪悟能跪倒在唐三藏身前：“师父，我心里的苦，能解吗？”
唐三藏摇头：“解不了。倒是有一个办法，你可以试试。”
“请师父赐教。”
“八斋戒：不杀生，不偷盗，不淫欲，不妄语，不饮酒，不眠坐华丽之床，不打扮及观听歌舞，正午过后不食。时间一久，禁欲苦行，自然就戒掉了情爱。”

猪悟能听罢，大笑不止。

心里想：那还是算了吧，八戒之后，人生还有什么心兴？苦一点就苦一点吧，心里有人，西天之路，也就不寂寞了。

九九八十一难之后，孙悟空回到花果山，沙悟净回到流沙河，而猪悟能辞了净坛使者的尊号，遍寻到一个所在，却和一个猎户做了邻居。

两个人每天都摆好酒，等月亮悬上中天，痛饮酒，看月亮，吹起牛来：

“我听人说，月亮里，吴刚伐桂，嫦娥做饼、酿酒，玉兔捣药，还有仙乐飘飘。”

“饼，我吃过。酒，我也喝过。她唱的歌，我也听过。”

“哈哈哈哈，你好大口气！我还和嫦娥说过话，看过嫦娥哭，我还抱过嫦娥呢。”

一个猎户、一头猪，大酒，大醉，哈哈大笑，一个滚落在地上，一个笑倒在桌子底下。

中天之上，月亮，又大又圆。

—— 07

久爱成魔

南阳城，桑林村，住着一个骑牛少年。

父母早丧，给他留下一个名字，唤作如意，希望他事事顺心。

如意跟着哥嫂过活，嫂嫂不喜欢这个没用的弟弟，早晚都给脸色看。哥哥惧内，也不敢替弟弟说话。

少年孤独，唯一和他交心的，只有一头青牛。

嫂嫂每日给如意安排做不完的活计，耕完田要放牛，放完牛要洒扫庭院，生怕如意闲着一时一刻。

这个夏天，南阳城暑热难当。

如意骑着牛，插了竹笛，携了柴刀，去林子里放牛。

桑林村之所以得名桑林，是因为野郊有一片广阔的林子。

据村民们说，林子里野兽毒虫密布，风雨阴晴不定，但凡是走进林子的樵夫猎户，没有一个人能再回来。

这是一片吃人的林子。

如意骑着青牛，不知不觉地就到了林子的入口。往里看，林木繁盛，隐隐有雾气从中透出来。雾气里带着草木香，闻起来像是某种邀请。

如意抬头看，日头很高。天色还早，不禁动了心：来都来了，索性进去看看。要是真遇上野兽，就一刀宰了，肉吃了，皮拿到集市上换糖果。

想至此，豪气迸发，拍拍青牛："牛兄，走，带你进去耍耍，也好让你知道，人间不只是耕地、吃草、睡觉。"

青牛发了一声吼，就走进了茂林之中。

哪里有草木，青牛就往哪里走。

如意见它吃得兴致高昂，也不管它，掏出竹笛，随便吹个曲子，一人一牛，晃晃悠悠地隐入山林雾气中。

不知行了多久，青牛突然停下来。如意也放下竹笛，低头一看，青草掩映中，露出一块残碑来。残碑上，工工整整地写着两个稚拙大字：酒家。

如意跳下青牛，扯出柴刀，蹲下身，开始挖了起来。

不一会儿，泥土中就露出了一排酒坛。

如意心里高兴：原来还有人在这里埋了许多好酒。

当即挖出来一壶，打开。酒香扑鼻，自己喝了，又喂青牛喝了几大口。

酒足之后，盖上枯叶，把没喝完的酒坛放上牛背，青牛就又带着如意晃晃悠悠地往茂林深处走。

走到林子尽头，就听到水声，疾行过去一看，一条大河蜿蜒而下，阻住了去路。

如意骑牛站在河岸上，风从对岸吹过来，清凉拂面，又闻到了此前在林子外闻到的香气，这下喝下去的酒都醒了。

如意跳下青牛，遥望过去，河对岸草木更繁茂。正盘算着怎么过河，突然一个声音传过来。

“少年，你不能再往前了。”

如意一看，河中一个渔人，撑着一叶小舟，身穿蓑笠，头顶草帽，看不清模样。

如意好奇：“河对岸是哪里？”

渔人打了个哈哈：“河对岸有什么我不知道，但我闻到你牛背上好像有好酒啊。”

如意连忙把喝剩的酒取下来，递给渔人。

渔人撑住小舟，接过酒来，也不客气，仰脖咕嘟咕嘟喝了个精光。

喝完，满足地打了个酒嗝：“这酒，可有年份了，从哪里得来的？”

如意说了实话，渔人吃了一惊：“还有这样的事？说不定这酒已经在酒冢里埋了千百年了，难怪……难怪如此上头。”

话音未落，渔人砰地倒在地上。如意一惊，渔人已经打起了呼噜。

如意眼珠一转，心里已经有了计较。

青牛驮着如意，慢慢下了河。青牛水性极佳，渡水而过。如意伸手捧了河水，触手冰凉入骨，忍不住打了个冷战。

到了河对岸，风恰到好处地吹过，身上的衣服渐渐干了，又行了数里，眼前渐渐有涛声。

如意觉得奇怪，骑牛前进，穿过一团更浓的雾气，突然间阳光猛烈。

抬头看，有一面旌旗，上书“锦绣天庄”四个字。

两棵巨树上，写了一句诗：五陵公子怜文彩，画与佳人刺绣衣。

如意不能解，也不去管它。行了一段，这才发现涛声的来源，原来是无数匹晾晒在树桩上的云锦绸缎，遭北风鼓荡，正发出阵阵涛声，蔚为壮观。

再往里走，如意见到眼前景象，惊得跌下牛来，一屁股坐到了地上。

目之所及，到处都是一丝不挂的裸女，浣纱的浣纱，织锦的织锦，刺绣的刺绣，绣娘们毫不忸怩作态，裸身做活，再自然不过。

如意看过去，只觉得白晃晃一片，晃得自己头晕目眩。

什么东西一旦多了，都多少有些吓人。

不知是谁，第一个发现了如意，尖声大叫："有男人！有男人！"

绣娘们都抬起头来，看向如意，随即叽叽喳喳地围了过来，把如意围在了垓心，七嘴八舌地问个不停。

"你从哪里来？"

"多大了？"

"牙长齐了吗？"

"饭吃了没有？"

"臭渔夫没欺负你吧？"

……

青牛见了，知趣地躲在一旁吃草。

如意不知道该先回答谁，只觉得香气扑鼻，喘不过气来。

绣娘们百般挑逗，很快就把如意的衣裳剥了，嫌恶地远远扔掉。

绣娘们围着如意，捏肩的捏肩，捶腿的捶腿，挠脚心的挠脚心。

奈何如意还是少年，不解人事，不明所以，不为所动。

绣娘们面面相觑，动作急了。

如意一口气没上来，晕了过去。

绣娘们都是一呆。为首的女孩叫鹊儿，鹊儿道："这倒是个不一样的。走，拉过去给七襄姐姐瞧瞧。"

绣娘们七手八脚地扛着如意，掀开晾晒的一匹又一匹的云锦、绸缎，走进林木深处。

所到之处，机杼密布，一个同样一丝不挂的女子正在织锦。

女子一头黑发上，只斜插着一支古朴的簪子，面色清冷，脸色白皙，不施粉黛，唯有眉心有一团红色。

女子见到绣娘们抬了一个生人进来，脸色不悦："我不是说过了吗，要是有生人误闯进来，你们自行处理了就好，不要带到我这里来。"

鹊儿过于活泼："七襄姐姐，这个跟那些好色之徒不一样，扔到染坊里做染料，有些浪费，带过来给你解解闷儿。"

七襄纺织不停，面无表情："有什么不一样，凡夫俗子而已。"

鹊儿连忙掐了如意的人中。如意转醒，一阵恍惚，不知身在何地，随即问了一个让绣娘们都呆住的问题：

"你们怎么都不穿衣服？"

绣娘们一起哄笑，如意不明所以，眼神和七襄一触，七襄不知怎么，蓦地心神一震，眉头一皱，头又开始剧烈地疼起来。忍不住去揉眉心，头疼却越来越厉害，如万针穿刺，她支撑不住，滚落在地上。

如意呆住，不知所措。

绣娘们都慌了神儿，大喊："七襄姐姐又害头疼病了。"

七手八脚地去扶七襄，七襄疼得张牙舞爪，人事不知。绣娘们不知道该怎么办，只能垂泪看着。

突然，一阵悠扬的笛声响起。音调虽简单，但自有一股清流，钻到耳朵里，说不出地平静。笛声响彻，风也跟着吹起来，晾晒的丝绸响起涛声，草木摇曳生姿，树上繁花飘落，在地上蜿蜒挣扎的七襄慢慢静了下来，头疼渐渐退去，眉心却更红了。

一曲毕，如意放下竹笛，绣娘们都呆呆地看着如意，尤其是七襄，一副难以置信的样子："你怎么……这是什么曲子？"

如意晃了晃手里的笛子："我放牛的时候，随便吹的。牛听了，就不会钻庄稼地。没想到对你也管用。"

七襄一愣，随即醒悟过来："你是在骂我？"

如意连忙摇头："怎么会呢？我说了实话。"

绣娘们对七襄更有兴致了。鹊儿道："七襄姐姐，你头疼这许多年，药石不能医治，连那白胡子老头的丹药也没用，谁能想到会被这个少年的笛声止住了疼呢？依我看，我们索性就把他藏起来，你头疼犯了，就让他给你吹笛子听。"

如意吓了一跳："我还要回去放牛呢，不然我嫂嫂不让我吃饭。"

鹊儿弹了如意脑袋："想吃饭还不容易，我们这里有得是好吃的。"

绣娘们拉着如意，争先恐后地给如意好吃的：四猪四羊，花红表里，异香时果，鸡鹅美酒。

如意哪里见过这么多好吃的，吃得风生水起、汁水淋漓。

七襄只是看着如意，似是心事重重。

如意吃得酒足饭饱，还不忘给青牛带水果。七襄坐到如意身前："趁着此间天还没黑，你赶快照原路回去吧。"

如意还要说话，七襄手里不知什么时候多了一把扇子，玉手一挥，清风到处，如意一眼迷离，眼皮越来越重，随即竟然觉得自己飞了起来。

如意醒过来的时候，见衣服都叠在一旁，青牛在林子入口吃草，抬头一看天色，日头高悬。怎么仍旧是晌午？难不成做了个梦？

摸摸肚子，又觉得确实很饱，自己也糊涂了。

回到家，哥哥出门在外，嫂嫂又是劈头盖脸一迭声地骂，催促如意赶紧下地干活。

如意有了奇遇，心里熨帖，懒得和嫂嫂计较。

不知为什么，如意觉得现在自己跟别人不一样了。赶牛耕地的时候，心里想着那个叫七襄的姑娘，忍不住乐了。又想起她不穿衣服，脸又一阵通红。

夜里，天儿热，如意睡不着，就跑到了牛棚里，对着青牛自言自语：

“我在家里，不受哥嫂待见。你在家，天天耕地，累死累活，连喝口盐水都喝不饱。我们要不离开这里，去林子里生活算了。那边草木鲜美，你不用耕地，我也不用看脸色。多好。”

青牛似乎是点了点头。

如意打定了主意，胡乱收拾了一些衣物，携柴刀，插短笛，骑牛溜进了林子。寻得酒家所在，把酒都带上，轻车熟路，直奔河边。

渔夫撑船来见，啧啧称奇，心道：这个凡人怎么没被捉了做染料？怪哉。

渔夫也不愿废话，讨了酒，喝罢，又知趣醉倒，任由少年乘牛入水，过了河。

这次来，已经懂了规矩，自己把凡人的衣物脱了个精光，冲进去和绣娘们一一打了招呼。绣娘们见如意又来了，个个欢喜。

鹊儿就招呼着如意去找七襄。七襄见如意又来，心里有隐忧，但看着姐妹们和如意都在兴头上，便没有说什么。

当天晚上，如意和绣娘们分了酒，斗酒十千恣欢谑。

绣娘们自生下来就清心寡欲，安心织绣，哪里喝过埋了千百年的美酒？

酒酣耳热，便放纵起来，纷纷起舞。山林间，一片旖旎春色。

如意拉着七襄，带了一壶酒，躲进了星光也照不到的地方，两人饮醉。

如意终于得了空，问七襄："这里到底是什么地方？"

七襄道："这里叫作锦绣天庄，属锦绣司，专门给天庭纺纱、刺绣、织锦。大罗上仙所穿的朝服，玉皇大帝的蟒袍，王母娘娘的霞帔，都是这里所绣。"

如意惊呆了："那绣娘们为何都不穿衣服？"

七襄一笑："绣娘不施粉黛，不着片缕，是教导众人不要注重自己的相貌、妆容，安心织锦刺绣。"

如意道："那你是织什么的？"

七襄笑笑，指着天上的云朵给如意看："天上的云，都是我织的。"

如意张大了口，看着形状各异的白云，说不出话来。

良久，才又想起一个问题："我上次来，听姐姐们说什么丢进染坊做染料，又是何意？"

七襄道："你有所不知，那渡河的渔夫，专门负责引诱迷途的凡人，凡人过了河，就离开了人间，不再受人间庇护。进了锦绣天庄，姐妹们迷惑一番，就扔进染坊，以血肉做染料，浆洗云锦，叫作血锦绣。穿血锦绣在天庭是个潮流，能卖高价。"

如意听罢，忍不住心颤，后怕。再问："那当初你为何不把我也做成染料？"

七襄不语，却看定了如意。两个人对望，都觉得酒意涌上来，目光交缠，再也拆分不开。情到浓时，正不知道如何自处，七襄眉头间的红色，突然猛地一跳，如意一惊，七襄已经滚落到地上。

“头又疼了？”

如意连忙掏出竹笛，开始吹奏。

不知怎么了，这次笛声却不管用了。

只见七襄浑身抽搐，显然是在承受极大痛苦。

如意慌了神，丢了笛子，什么也顾不了，一把抱住七襄。不料，痛苦中的七襄突生一股怪力，将如意掀翻在地。

如意死死抱住七襄不放，只觉得七襄通体冰凉，而自己胸中却热血鼎沸，越抱越紧，二人滚落一处，身上都冒出了丝丝热气。

如意每抱紧一分，七襄的疼痛似乎就减少一些。

如意少年定力再也控制不住。男女之事，一时间无师自通，腰身一昂，迎头闯了进去，莽撞热烈。不由分说，天与地都带着湿热大雨裹了上来。

七襄大概是用尽了最后一丝气力，说了句：“就在里面。”

如意心神里都射出了精光，觉得成仙不需要修行，中毒不需要解药，飞翔不需要翅膀。

筋疲力尽，困意袭来。两个人如并蒂莲花，纠缠在一起，昏睡过去。

翌日，仙女们腾云而来，取这个月的衣物和织锦。只见遍地狼藉，绣娘们一夜宿醉，躺得横七竖八。

去找七襄，见七襄和一个凡人男子交缠在一起，分不出谁的臂膀，谁的腿脚。

仙女们低声嘲讽：“思凡的，真是永远思凡。”

好事者，索性取了神笔，飞速地让这对男女以交缠姿势入画。

王母看罢那幅画，不动声色，摆摆手，让仙女下去。

出门看天际，果不其然，万里无云。

王母屏退左右，只身到了锦绣天庄。见到绣娘们都醒了酒，看着彼此一丝不挂，都无地自容。七手八脚，慌乱地各自扯了晾晒的云锦遮羞。

王母叹了口气，并不干预。

七襄推搡着如意，慌忙地想找地方躲，没头苍蝇一般。

如意握住七襄的手："避无可避，不如索性说个明白。"

话音未落，王母就到了近前，看定如意："又是你？"

如意和七襄都吃了一惊。

如意问："你认得我？"

王母不语："此处是天庭所在，岂容凡人放肆？"

一挥手，如意只觉罡风扑面，倒地不醒。

七襄跪倒在地："他只是误入此处，求王母饶他性命。"

王母看着七襄，见她双颊绯红仍未褪去，一声长叹："有情皆孽，别再见他了。"

七襄以头抢地，谢恩，最后看了如意一眼，真个柔肠百转。

如意醒过来，又置身林子外，青牛吃草，自己面颊生疼。

跳起来，往林子里冲，青牛跟在身后。

谁知道却忘路之远近，兜兜转转，鬼打墙一般，总是回到入口，再也寻不到那条大河。

如意急得团团转。

折腾到半夜，如意倦极而眠，漫天繁星闪烁。青牛俯身在他一旁，牛目望着他。

天蒙蒙亮，如意废寝忘食，又冲进林子，遍寻路径，一无所获。

如意心如刀绞，抬头看天，云愁雨恨，天地之间下起了一场久违的大雨。

如意每天去林子里找，找来找去也找不到。

哥嫂都道是如意疯了。

嫂嫂每天变着法儿辱骂他。

如意不理，不食不眠，只顾着跑到林子里横冲直撞。

时间一长，日渐消瘦，却仍旧撑着力气，去林子里找那条河。

青牛看着少年背影，叹息。

当晚，如意又睡在林子里。

突然被一个湿热的舌头舔醒。

如意睁开眼睛，见是青牛。

青牛突然开口说话：

“那条河唤作天河，是天上和人间的分野。现在王母在林子里施了障眼法，你肉体凡胎，自然再也找不到路径。”

如意急忙问：“那我该怎么办？怎么才能再见到七襄？”

青牛道：“凡人想要成仙，要一关一关地过，一劫一劫地历，等级森严，若天庭里没有关系，没有仙人引荐，想要成仙，万万不能。你若是真想见七襄，只有一个办法。”

“什么办法？”

青牛长叹：“你敢冒天下之大不韪吗？”

如意豪气上脸：“为了七襄，得罪天地又有何妨？”

青牛再不迟疑：“你想见七襄，只有成魔这一条路。成魔之前，你是人，她是仙。要相爱，千难万难，但毕竟有先例。天庭也要照顾到悠悠之口，舆论压力。只要天上人间都承认了，你们相爱，或许有一线生机。但现在王母是铁了心不让你见她，这条路绝对是走不通了。

“成魔之后，你是魔，她是仙，想要做夫妻，绝不可能。而你自己，也将万劫不复。”

如意心潮起伏，良久，才道：“不试试怎么知道不行？告诉我怎么做。”

青牛道：“剥我牛皮，披在身上，血肉交缠，你便成魔。”

如意惊醒，原来是南柯一梦。再看青牛，已然僵卧，一探鼻息，冷了。

如意当即跪倒在青牛面前，叩首：“牛兄，大恩不言谢，来生仍旧相伴。”

当即依法，脱了自己的衣衫，剥了牛皮，趁着牛皮血肉温热，披在身上。

牛皮见肉生根，疼痛异常，人间种种，一一闪过。

自父母离世之后，跟随哥嫂，竟无一日开心。见了七襄，才知道活着是什么意思。

牛皮渐渐长在了身上，融为一体，头颅生角，双目赤红，口若血盆，齿排铜板，咬牙嗜血。但觉天地之间，遇仙杀仙，遇鬼杀鬼，无人可挡。昔日要守的规矩，要记挂在心中的仁义道德，通通都成了齑粉，不值一提。

嫂嫂来找牛，见青牛被剥了皮，冒着热气，急得大叫，狂骂如意背影。

如意陡然回头，牛眼迸裂，大如斗。嫂嫂吓得所有辱骂都闷在了胸腔里，噤了声，屎尿弄了一裤子。

如意仰天大笑，转身入了林子。

如意穿行山林，什么障眼法、奇门遁甲、瘴气、仙术，再也不能阻碍他的视线，一切都清明起来。

山林中，毒虫野兽纷纷退避。

到了河岸，渔夫见如意已成这番样子，大惊失色。

如意豪气：“酒还有吗？”

渔夫道：“藏起来了，没舍得喝完。”

如意道：“拿出来。”

渔夫从天河中钓出酒坛。

两个人也没用杯子，你一口，我一口，喝得豪气干云。

渔夫不知道多久没喝高了，当即把什么都跟如意说了。

“你道我是谁？我本是南天门守门大将，只因为那日偷喝了几口酒，打了瞌睡，被巡视的看到，就被玉帝罚了在天河做个渔夫，引诱迷路到此的凡人进锦绣天庄，做染料。凡人一心求仙，却不知道，凡人成仙之后，哪个有好下场？羽化登仙一说，只不过是天庭骗局而已。天庭之中，个个都是骗人的好手，老弟，你可要擦亮了招子。”

如意哈哈大笑：“我今番成魔，谁也骗不了我。我这就去讨我媳妇了。”

渔夫泛舟相送，到了对岸，高叫：“祝你们百年好合。”

如意大叫：“百年不够。”

如意进了锦绣天庄，一见之下，心如刀绞。

绣娘们被吊在原本晾晒云锦的树桩上，受日晒雨淋，个个奄奄一息。

如意大怒，救下绣娘们，问鹊儿：“这是怎么了？”

鹊儿缓过来，浑身伤痕，道：“我们放你进来，没让你做染料，乱了规矩，所以在这里受罚。”

如意眼泪滂沱：“是我害了你们。”

鹊儿笑道：“害什么害？一晚快活，好过做永生永世的行尸走肉。只是苦了七襄。”

如意惊问：“她人呢。”

“她在‘飞梭传恨’。”

如意近乎狂奔，到了所谓的“飞梭传恨”。

只见丝线纵横交错，把一个山谷裹成了一个茧子。丝线上，飞梭往复，昼夜不休。

透过丝线看去，茧子里，七襄正坐在机杼前，一刻也不停地织锦，手也被磨破了。

如意发了狂，乱扯丝线，全然不顾手掌被锋利的丝线割裂，血涌出来，顺着丝线滴落。

丝线越扯越多，越扯越烂。如意失去了耐心，纵身就往里冲，丝线割破血肉。如意双目赤红，已经感觉不到疼痛。

而在茧子中心织锦的七襄，却充耳不闻，头也不回，只埋头织锦。

如意血肉模糊地冲过去，踢翻了机杼，一把抱住七襄，痛哭。

七襄却仍旧浑浑噩噩，眼神空洞，手里还在重复着织锦的动作，任凭如意怎么叫唤，始终一言不发，身体似成了一具空壳。

如意纵声狂啸，凄厉异常。

王母看着身前的机杼上，丝线扯动，便什么都知道了。叹道：“他还是来了。”

星辰大海。

如意抱着行尸走肉般的七襄，望定王母，声音凄厉：“把她还给我。”

王母道：“七襄在时间监狱受罚，每天都过同一天，直至她再次忘记你。”

如意不解："再次？"

王母走到如意身前，看着眼神空洞的七襄，一声长叹："我也不是冷酷无情，就再给你们一个时辰，了却孽缘吧。"

说罢，伸手将七襄云鬓中的簪子拔了出来，转身隐入了云雾。

七襄幽幽转醒，见抱着自己的如意这番模样，又惊又疼："你怎么了？"

如意见七襄醒了，摇头："你别嫌弃我就行。"

七襄道："你怎么偏偏是个牛头，而不是个猪头呢？"

两个人相视，哈哈大笑。

笑罢，七襄抚摸着如意头上的牛角，叹道："河鼓，你还是来了，你真是一世比一世丑啊。"

如意不明所以："河鼓？河鼓是谁？"

七襄摸了摸自己耳后："那前世簪终于去了。"

"前世簪？"

七襄道："你与我前世，就是旧相识。"

如意呆立。

"当初，你本是天上星宿——河鼓星。任性骄纵，成天和金牛星玩耍，到处作乱，天上众神仙都怕你们。

"而我是玉帝的小女儿，织女星，每天除了学礼就是学礼，了无生趣。

"一日，你带着金牛星，闯进了星宫。在星宫里放焰火，说是要比比是星辰亮，还是你的焰火亮。我觉得你有趣，又怕你被巡视的仙人发现，就帮你们逃了出去。

“从那天开始，我们就相识了。

“你胆大包天，偏偏要在夜里找我玩耍，要知道，夜里星辰都有自己的位置，不能乱动。

“你为了见我，就带着金牛星，一左一右地围着我。

“金牛星老实，替我们放风。我俩就胡说八道，直至东方既白。

“我们傻就傻在掩耳盗铃。星辰的位置，我们自己看不见，别人也看不见吗？

“被发现之后，我们都受了罚，但毕竟是星宿，刑不上仙人。天庭没有再计较，只是不许我们再私下见面。

“你性子烈，哪里忍得了这个，让金牛星顶班，自己偷偷下界玩耍。

“回来之后，仍旧偷偷见我，给我讲人间见闻，听得我心旌摇荡，不能自持。

“你就胆大包天地带我一起下界。

“我早就听说仙人思凡是大罪，但心里又认定，跟着你去哪里，做什么，都是好的。

“我们一起下了界。人间风物，当真有趣，几次往返之后，胆子更大，玩得更野，乐不思蜀。

“在人间，什么男女大防也看得淡了，你带我从酒仙那里偷了酒，也不知道是什么佳酿，总之能拿的都拿了。

“我们带着酒，去了一片桑林。你说这里叫作桑林村，林子长得好。我们就在林子里饮酒作乐，灵魂相触。从此每一天都是节日，每一晚都是良夜。

“每次来人间都不能久留，我们要赶在点名之前回去。为了方便，就把喝剩下的酒埋在桑林里，方便下次来喝。

“你少年心性，还给埋酒的地方取了个名字，叫酒冢。

“谁知道，再回到天庭，金牛星已经被绑在天柱之上，事迹败露了。

“玉帝震怒。

“你却不肯认错，反而当着众神的面向我提亲，求玉帝成全。

“玉帝怒不可遏，喝道：‘断不能长思凡的风气！我绝不会再失去一个女儿。’

“不顾王母求情，玉帝震怒之下，将首犯河鼓星、从犯金牛星贬到凡间，受六道轮回之苦。

“到了桑林村，你成了如意，而金牛星成了你的青牛。

“我请求一起受罚，一起受轮回之苦，玉帝不肯，说：‘我女儿永远只能在我身边。永远。’

“王母心疼我，不忍我受相思之苦，就用前世簪锁住了我的记忆，给我找了差事，去了锦绣天庄绣云彩。

“想不到，轮回这么久，堂堂河鼓星这一世成了放牛娃，还是能穿过桑林，渡过天河，找到我。

“我先是害你从仙成了人，现如今又害你从人成了魔。我真是你的孽缘啊。”

如意听完，哈哈大笑：“可见是谁也拦不住我们相亲相近，我们就偏偏要背天逆命。谁敢挡我们，我们就杀谁。”

两个人相拥，恨不得把彼此融进自己的血肉里。

突然间，星辰大海，星浪涌动。如意和七襄脚下，裂开一道银汉，如意和七襄来不及反应，已经被银汉隔开。银汉越裂越广，两人只能遥遥相望。如意呼喊，七襄痛哭，声音却已经彼此不能相闻。

星辰深处，王母不忍再看，转过身，背对着。

银汉两岸，如意已经用尽了力气，七襄也哭倒在地，嗓子哑了。

“七襄姐姐。”

七襄回头一看，绣娘们纷纷赶到。鹊儿迎上来，抱住七襄，七襄在鹊儿怀里，已经哭不出声来了。

鹊儿遥望银汉对岸的如意，抱了抱怀中的七襄，当即站起身，招呼绣娘们：“来，我们来搭一座桥，让这对怨侣抱上一抱，亲上一亲。”

七襄还来不及阻拦，在鹊儿的引领下，绣娘们都褪尽了衣衫，手拉着手，脚连着脚，如同纺纱织锦一般，慢慢搭成了一座桥。

如意遥望着那壮丽一幕，眼泪奔涌。

两个人就踏着这座绣娘们搭成的人桥，走向彼此，如彗星相撞，终于结结实实地抱在了一起。

真正的恍如隔世。

银汉之中，星辰都化成了刺，密密麻麻。绣娘们搭成的桥，再也支持不住，牵一发而动全身，如意、七襄、绣娘们纷纷跌落进银汉中。星刺如嗜血一般，纷纷围上来。

惨叫声连连。

如意、七襄的手紧紧握住，看着绣娘们为了自己受苦，悲从中来。

王母再也看不下去了，当机立断，驱动丝线，将七襄、如意、绣娘们一一拉了回来。

救命要紧。王母带着伤痕累累的一行人，到了兜率宫。

太上老君正率两个仙童，拼命对着八卦炉烧火。见了这个阵势，吓坏了。

王母不由分说：“救命的丹药，全拿出来。”

老君一脸无奈，只好命仙童捧上丹药，一一喂绣娘们吃了。

七襄和如意伤重，老君亲自喂了丹药。两人仍旧依偎在一起，再也不想被拆分开。

王母叹息良久，喃喃：“八骏日行三万里，穆王何事不重来？”

七襄疑惑，问：“什么？”

王母道：“当初我在瑶池的时候，也思凡，结识了周游天下的周穆王，一见倾心。百般恩爱之后，穆王心里眷恋大千世界，要走。

“临别之际，说会再来看我。他跟我说：‘你且放心，若想见者，千山可跋，万水可涉。我这里八匹骏马都是神物，一天能走三万里，我想你，朝夕之间就来了。’

“我信了，就等啊，等啊，等啊，也不知道过了多久，他却再没有来过。

“我安慰自己：他是凡人，可能已经身故了。

“其实，我心里比谁都清楚，他不再来，不是不能来，只是不想来了而已。

“从那之后，我便知道，凡人都是负心薄幸之辈，思凡只不过徒增伤心。人间情爱，终归虚妄。

“只是想不到，今日里，竟然开了眼界。原来世间还有这般痴情的男子。罢了，罢了，放你们去吧。”

七襄和如意大喜，勉力起身对着王母叩首，绣娘们也鼓起掌来。老君给仙童使眼色，仙童奔向八卦炉，继续鼓风烧火。

七襄道：“不论结局如何，遇上了，总比什么都没遇上好。即便是不得善终，也值得了。”

说罢，和如意对望。两人眼神一触，突然间都是身子一抖，眼神都迷离了，脑海中，渐渐混沌起来。

如意眼睛一红，望向太上老君，大喝：“这丹药？”

太上老君连忙跪倒在王母身旁，以头抢地：“玉帝早就有令，若是织女星来这里讨丹药，就奉上忘情丹两枚，以终结孽缘。王母恕罪。”

王母一声哀叹。

绣娘们纷纷扑上来，把老君打倒在地。

仙童视而不见，拼命鼓风烧火。

七襄和如意对望。

前尘往事，与二人有关的点滴记忆，都在二人对望中，涌现出来，随即又烟消云散，二人伸手想要抓住，却哪里抓得住？

好一颗忘情丹。

两个人的手握在了一起，心意相通，已不需要多言语。

“你为了我，由仙贬为凡人，受轮回之苦。由凡人成魔，受心魔反噬。爱我至斯，我还有什么不能给你的。既然爱人成魔，我又何必贪恋仙界？要是你成了魔，我也随你成魔好了。”

“仙也好，人也好，魔也罢，相思相望相亲，才是正经。我们已经分开了一世，不能再分开了。”

两只手紧握，不由分说，带着赴死的决心，在众人惊呼声中，一起跃入了那受六丁真火焚烧熬炼的八卦炉之中。

六丁真火中，二人形神就要消散，却同时看见了一团炙红里，有一双铜铃大小的眼睛，冒出金色的光来。

一声断喝，一道金光射出，八卦炉被一脚踢翻。那团跃出来的通红物事，一溜烟不见了，半空中，拖曳着一条长长火舌。

仙童吓得到处逃窜，八卦炉滚落，去势不衰，直直地跌下了云端。

绣娘们惊呼，王母愕然，太上老君的胡子被烧焦了，疯了一样冲出去，大喊着："祸事了，祸事了，那泼猴打翻我八卦炉，逃窜了……"

五百年后。

天尽头，火焰山。

热气蒸人，隐隐有海沸之声。

有一老者，扇着扇子，正给往来的商旅讲此地的典故。

"那山离此六十里，有八百里火焰，四周寸草不生。传说是当年齐天大圣大闹天宫之时，一脚踢翻了太上老君的八卦炉，那八卦炉跌落在此处，便成了这八百里火焰山。

"诸位要想从这里过去，就算是铜脑盖、铁身躯，也要化成汁水。"

商旅就问了："老人家，那火焰山是过不去了？"

老者哈哈一乐："要过，只有一个方法。"

"愿闻其详。"

"去求那铁扇仙。"

"那又是谁？"

"铁扇仙又叫罗刹女，有一把芭蕉扇，一扇熄火，二扇生风，三扇下雨。下了雨，我们农人就播种，五谷丰登，你们这些商旅自然就可以过去了。"

"那要怎么才能让铁扇仙熄火生风下雨呢？"

"倒也不难，准备四猪四羊、花红表里、异香时果、鸡鹅美酒，沐浴虔诚，拜到那翠云山芭蕉洞，请铁扇仙出洞，至此施法。"

商旅们感谢而去。

商旅们准备了礼物，冒着满头大汗，到了那翠云山芭蕉洞。还未及上前，就看到有一个威风凛凛的汉子，头颅生角，双目赤红，口若血盆，齿排铜板，咬牙嗜血，骑着一金睛怪物，正在洞口叫骂："兀那贱人，你扇风就扇风，灭火就灭火，为何偏偏要把火焰山的大火扇到我积雷山摩云洞？我好好一座高山，被你烧成了秃头，还不快出来跟爷爷大战三百回合。”

那芭蕉洞洞门轰然打开，铁扇仙施施然走出来，乌云入鬓，面色清冷，眉心有一团红色，手里持着一把扇子，正给自己消暑。她回骂：“我道是谁，原来是摩云洞的牛魔王。听说你倒插门进了玉面公主那骚狐狸的家里，好歹你也是混天魔王，偏偏要吃软饭，你羞也不羞？”

牛魔王气得牛目圆瞪：“我愿意倒插门，我愿意吃软饭。这跟你有何关系？”

铁扇仙冷笑道：“泼才，我就是瞧不惯，我偏偏要烧你。你能怎的？”

商旅们愕然，眼看着这牛魔王和铁扇仙兀自争吵，吵得凶了，又争斗在了一处。

那金睛怪物索性就到一旁吃草，头也不抬。

要是你成了魔，我也随你成魔好了。

08

虞美人

会稽郡。

自古以来便是江南富饶之地，三江五湖相会，东临大海。喜好游山玩水的王孙公子、文人骚客，从天南地北赶来，争相一睹会稽繁华。

此时，楚汉之争早已成了历史深处的烟尘，西楚霸王项羽乌江自刎，也成了茶馆酒肆里的唱词，自高祖刘邦建汉称帝，大汉朝已经传到第五代皇帝了。

一艘华丽的画舫，缓缓靠了岸。船上，下来一个羽扇纶巾的公子爷，身边一个灵巧的书童伺候着。

一下船，见商贩熙熙攘攘，游人往来如织，一群女子追逐，莺歌燕语，暖风熏人醉。那公子爷不觉发出一声感叹："当真是人间胜地。"

话音未落，一个管家模样的中年汉子，已经迎上来，身后是一顶四抬的轿子。

见到公子爷，连忙行礼："嘉宁公子到了。一路风尘，辛苦，快上轿吧。"

嘉宁公子摆摆手："李叔，您客气。父亲知道我游览名山胜水，特意叮嘱我来会稽探望诸位叔伯，顺便瞧瞧家里的生意。这轿子就不坐了，天气这样好，不如走走。”

李叔一听，忙道：“也是，一路坐船，也是气闷，我陪公子走走。”

街巷之中，嘉宁和李叔走在前面，身后跟着书童和四人抬的轿子。

嘉宁看什么都有趣。路过一家茶肆，见其中有人打板说书，不觉好奇，站在门口听，书说的是街头巷尾的奇闻、纨绔子弟狎妓的传说。嘉宁摇摇头，觉得无趣。随口问：“李叔，这里可有讲史的说书人？”

李叔一听，忙回道：“公子可问着了，这里人人都知道，有个自称锣铜的说书先生，最负盛名。”

嘉宁一听来了兴致：“锣铜，这名字倒有意思，敢问他说的是什么书？”

李叔道：“最擅长说的一回书自然是《霸王别姬》。”

这时候身后的书童忍不住开口：“《霸王别姬》？老回目了，有什么新鲜？我都能背了，时不利兮骓不逝，虞兮虞兮奈若何。”

嘉宁和李叔都笑。李叔道：“这位锣铜先生说的《霸王别姬》，与旁人说的却大不一样。”

嘉宁兴致更高：“走，去听听这出《霸王别姬》是怎么个不一样法。”

一座高耸的茶肆，有三层，牌匾上只写了个“茶”字。

李叔吩咐轿夫在门外等，领着嘉宁进了茶肆。

茶肆里人山人海。小二见了李叔，忙迎上来，轻车熟路地领着一行人，上了二楼雅间，正对着说书的台子。

台子上，一台一座，雅致干净。说书人还没到，茶客们都仰着脖子在等。

坐定了，喝了两盏茶，只听得茶客们一迭声地欢呼。嘉宁抬头去看，说书人到了。

只见从屏风后面走出一个精瘦的老者，六七十岁年纪，须发皆白，眼里若有光，手持两块串了红绳的铜板，自然是锣铜先生了。

只见他走到台前，唱了个喏，道一声："列位客官请好。有道是，马瘦毛长蹄子肥，儿子偷爹不算贼，瞎大爷娶个瞎大奶，老两口过了多半辈儿，谁也没看见谁。"

众茶客哈哈大笑。

嘉宁也忍俊不禁。

锣铜先生一段定场说完，似是还不过瘾，又打了铜板，声音脆响，接着道：

"色色色，千古一过，君子失德小人常乐，大丈夫也难把美人关过。

"难难难，道德玄，不对知音不可谈，对了知音谈几句，不对知音枉废舌尖。"

众人齐道一声："好。"

锣铜先生作揖还礼，呷了一口茶，便开了口："今日说的这回书，唤作《霸王别姬》，单讲那西楚霸王项羽和绝代佳人虞姬……"

嘉宁喝着茶，饶有兴致地听着，如那书生入画，自己也渐渐走进了锣铜先生的故事里。

女子慢慢睁开眼睛，眼前蒙眬一片，不知自己身在何地。

唯一真切的痛感来自脖子上那一圈活物一般的伤痕。

一摸之下，才发觉已裹了绷带。

我是死了吗？

她不确定。

光柱透过窗户斜射，灰尘舞动，有种垂死的美。

昏昏沉沉之中，如坠梦里。

一会儿在吴中，与那个重瞳子的精壮少年终日戏耍，没有闲愁。两家都是江东望族，早已经结了秦晋之好，长辈们从小就开两个小儿女的玩笑。

一会儿又到了大江边上，昔日少年，已经长成力能扛鼎的八尺男儿。见江上一艘雕梁画栋的游船，在上百名纤夫的拉扯下，缓缓靠了岸。

身边有人赞叹："始皇帝万岁。"

她自己也被震慑住了，说不出话来。

只有少年睥睨地道了一句："彼可取而代之。"

一会儿自己已经穿了战靴、绣甲，随军出征。

乌骓马上，当然是大名鼎鼎的西楚霸王——项羽。

直到了垓下，四面楚歌。项羽在军帐中，痛饮酒，心绪难平，慨叹道："力拔山兮气盖世，时不利兮骓不逝。骓不逝兮可奈何，虞兮虞兮奈若何。"

她从军已久，身上也有了行伍习性，不啰唆，也不愿成为男人的负担，当即也和诗一首：

"汉兵已略地，四面楚歌声。大王意气尽，贱妾何聊生。"

说罢，不由分说，拔剑自刎。

魂梦到了这里，戛然而止。

脖颈上滚烫的疼痛，让她从梦里惊醒。坐起来，汗水已经沾湿了衣衫。

环顾四周，这才发现，自己身处暖阁中，身子滚烫。

门打开，父母领着一个丫鬟急急忙忙地冲进来。

虞姬一阵恍惚："我这是在哪儿？"

母亲已经垂了泪，老父只是哀叹，只有丫鬟开了口："小姐您回来了，这是虞府。"

"我回来了？"

"回来了，回来了，和您一起回来的，还有乌骓马。"

虞姬胸口一疼，挣扎着起身："乌骓在哪儿？我去看看它。"

不顾丫鬟和父母的阻拦，虞姬挣扎着冲出去。

虞家的宅院，下人们都停了手里的活计，眼神复杂地看着状若癫狂的虞姬，如同在看一个陌生人。

虞姬却没有注意到这些，只是在一片高烧的迷茫中，往马厩里走。

父母和丫鬟在身后追，阻拦也不是，不阻拦也不是。

虞姬冲进了马厩，乌骓马眼神空洞，似乎是失去了精气神儿。

乌骓马抬眼看了虞姬一眼。

虞姬眼泪夺眶而出。

一人一马陷入了沉默。

虞姬喃喃："霸王回来了吗？"

父母沉默，丫鬟不语。

乌骓马一声哀鸣。

虞姬再也撑不住，倒地晕厥。

等虞姬再一次醒过来，发现门帘外，跪着一个人。

"请进来吧。"

跪着的人推门进来，接着又跪倒在地。

是个孱弱的少年，脸色苍白瘦弱，似是被疾病折磨多年。

“你是谁？”虞姬问。

“臣本是霸王手下的八千子弟之一，名楚玉。只因体弱多病，霸王体恤我，出征之前，让我留在家里养病。”

虞姬叹息：“有霸王的消息吗？”

楚玉突然以头抢地，悲声震天。

虞姬心口一疼，却始终硬撑着，她是霸王的女人，不想在部下面前露出软弱的样子。

在楚玉断断续续的叙述中，虞姬这才知道了霸王的结局。

虞姬没有哭，出乎自己的意料，她出奇地冷静。

良久，才挥挥手让楚玉退下。

楚玉想说点什么，张了张口，却没有发出声音，只能默默退下。

接下来的几天，饭菜一直没有动。

虞姬吩咐丫鬟不要来打扰。

她洗净自己，换上在垓下那晚穿的衣衫，动作精准地在屋梁上，悬了用衣带拼接起来的绫子。

说好的“大王意气尽，贱妾何聊生”，霸王既去，我又何必活着？

虞姬踩上木凳，绫子套上脖颈，脖颈上自刎的伤痕，竟和绫子严丝合缝，近乎是某种天意。

不需要下决心了，决心早在垓下那晚就下定了。

她决然地踢翻了木凳。

濒死之际，往事并没有如传说中一样扑面而来。

倒是一些自己并不记得的事情，在眼前的雾气中，显露出来。

垓下之围，四面楚歌声中，虞姬挥剑抹向自己的脖颈，随即是金属碰撞声，清脆凌厉。虞姬手里的长剑应声落地，而脖颈上鲜血渗出来。霸王一把抱住她，手忙脚乱地取出药散，替她止了血，包扎了脖颈上的创口。

项羽抱着怀中女子，如雕塑般安静，外面楚歌声不绝于耳。

乌江江畔，项羽率二十八骑奔逃而至。

乌江亭长撑船在等，见到项羽，拜倒在地："江东虽小，但地方千里，数十万人，足以称王，请大王急渡。"

项羽大笑："我率八千江东子弟西征，现如今只剩下这二十八骑，即便江东父兄拜我为王，我又有何面目立于天地之间？"

乌江亭长无言以对。

项羽牵过乌骓马，乌骓马上，横卧着昏迷不醒的虞姬。

项羽道："虞姬自幼跟随我南征北战，我今兵败，岂能让她随我赴死。"

又指了指乌骓马："吾骑此马五岁，所当无敌，尝一日行千里，我不忍杀之。请您急渡虞姬、乌骓过江吧。"

乌江亭长不再言语，再拜而退，撑船过江。

汉军追至，项羽令二十八骑下马步行，持短兵与汉军相接。激战中，二十八骑纷纷倒毙，战至项羽一人。项羽受伤十余处，砍杀汉军数百人。

汉军不敢近前。项羽看见了自己的旧部吕马童，大笑："我听说汉王千金万户购我项上人头，你我相识一场，我就送你这份大礼吧。"

说罢，横剑自刎。

汉军一拥而上，争抢项羽的身体，人人都想得个万户侯。

乌江上，船只远去。虞姬似乎看到了霸王的头颅飞起来，对着漂在江水之上的虞姬笑，虽然隔得极远，但虞姬却看得清清楚楚。

一个声音从霸王的嘴角传到了虞姬的耳朵里：

“活着。”

虞姬猛然惊醒，身子中生出一股力量，双手拉住绫子，奋力挣脱。“砰”的一声，摔倒在地上。

脖颈上的伤痕更红艳，更醒目了。

虞姬倒在地上，脑海中一片清明：死了其实比活着容易。

乌骓马和“活着”，就是霸王给我最后的礼物。

要活着，活着就还有个人记着霸王，记着霸王不只是一代枭雄，不只是史书里的一个名字，还是一个女人的男人，一个妻子的丈夫，一个女孩心中永远不老的重瞳少年。

我活着一天，他就在我身体里一天。

虞姬喊来丫鬟，要吃饭。

丫鬟喜出望外，大喊着跑出去：“小姐要吃饭了，小姐要吃饭了。”

父母大喜过望，看着虞姬大口吃饭，看着看着，眼睛里也有了不易察觉的复杂神色。

虞姬从来没有以这种姿态吃过饭，顾不得什么礼仪，近乎狼吞虎咽。

现在我不只是一个人了，我要替霸王活着，把一个人活成两个人。

在屋子里待了足足半个月。

虞姬决心出门走走，晒晒太阳。

她没有惊动父母，也没有告诉丫鬟，自己一个人，悄悄出了门。

战乱中，江东还算是保存健全。

街市上，依然热闹。

只是老弱妇孺居多，少见青壮男子。

虞姬穿梭在街市上，有些恍如隔世之感。

直到路过一个烧饼摊，正在摊饼子的大娘突然停止了手里的动作，盯着虞姬看。虞姬不解。

困惑中，大娘突然把一个滚烫的烙饼砸在了虞姬胸口。

虞姬胸口被烫伤，还没有来得及喊疼，就听着大娘声嘶力竭道：“还我儿子命来！”

虞姬惊得倒退了几步，没有反应过来。

而此时，商贩们都一股脑儿围了上来，把虞姬围在了垓心，老弱妇孺的声音混成一团——

“红颜祸水。”

“误国妖女。”

“八千子弟，一个都没有回来，让我们怎么活？”

“三代单传，不是说好了升官发财吗？怎么就死了？连个尸体都没有，我上哪里哭坟去？”

“西楚霸王，叫霸王怎么会输？输了的人，怎么配叫霸王？”

“你还有脸回来？八千子弟都死了，霸王都死了，你怎么有脸活着？”

哀号声、叫骂声、哭泣声，声声暴击着虞姬。

虞姬蜷缩在垓心，江东父老围上来，这是她一个人的垓下之围。

菜叶、鸡蛋、烧饼、水果，所有能用来抛的东西，暴风骤雨一般砸过来，打定主意，要埋葬她。

虞姬站不起身来，只能任由人们发泄着愤怒。

一瞬间虞姬觉得一切真的是自己的罪过。

霸王已经身死，一切就报应在我身上吧。

直到一个瘦弱的身影冲进人群，挡在她身前，把自己的后背暴露给愤怒的人们。

是楚玉。

楚玉抱着虞姬冲出人群。

愤怒的人们还在背后追打。

楚玉慌不择路，抱着虞姬钻进了林子。

终于甩脱了人群，楚玉撑不住，倒地喘息。

虞姬这才看到气喘吁吁的楚玉浑身都是伤，脚被割破，头也流着血。

他的脸色就更苍白了。

虞姬挣扎起身，顾不得自己，忙给楚玉包扎伤口。楚玉要退，虞姬勒令："别动。"

楚玉只好僵硬着任由虞姬给自己包扎。

两人像是受伤的小兽，互相舔舐着彼此的伤口。

回到家，看到虞姬的样子，父母忙找了大夫。

母亲抱着虞姬垂泪，老父却只是叹息。

谁都知道，这不能怪那些妇孺。他们有怒气，不知道该向谁发。他们有眼泪，也不知道该向谁流。

虞姬给了他们一个出口。

虞姬甚至甘愿做这个出口。

虞姬不再出门了。

她做完了出口，就成了伤口。

成了整个江东的伤口。

人们只要看到她，就想起自己年纪轻轻就死去的儿子、孙子。

她是一个残忍的提醒。

虞姬把自己锁在方寸之间。

每日里，读书、看天、喂马，不知道何去何从。

父母来的次数也少了。

虞姬心里明白，她的存在，原本是让父母在乡里门楣光耀的，现在却成了让父母抬不起头来的隐疾。

只有楚玉每天都来，送来一束野花、一只兔子、一个木刻的玩具，给虞姬解闷。

其实虞姬并不闷，她一遍又一遍地回忆着和霸王相处的点滴。

有时候就问楚玉：“现在汉王怎么样了？”

楚玉就如实回答：“汉王占了更多地界……更多人向汉王称臣了……大汉朝建起来了。”

虞姬奇怪自己对汉王的态度。

她渴望知道汉王的消息。

汉王对于虞姬来说，也是一个提醒，提醒她，霸王不是她自己单纯的幻想，也是汉王实实在在的对手。

梦，大概是人心底愿望的投射，即便谁都知道梦是虚妄的，但谁都愿意多在梦里停留一会儿。

霸王骑着乌骓马，拥着虞姬，奔驰在永无尽头的原野上。

天地之间，突然剧烈地震动。

一双手，生生把虞姬从美梦中拉扯出来。

虞姬睁开眼，父母和楚玉都在。

烛火摇曳着令人不安的光。

母亲只顾着垂泪。

老父强作镇定地说了一切。

“江东有人把你还活着的事情告密给了汉王。汉王已经派人过江要来擒你了。落到汉王手里，怕是……”

老父不忍说下去。

转身递过来一个包袱："这是家里能用的所有的金银细软。你带着走吧。走得越远越好。"

虞姬呆住："我该去哪儿？"

父母都说不出话来。

良久，老父喃喃一句："离开这儿，去哪儿都好。"

楚玉突如其来地开口："我陪着小姐。"

随即跪倒在虞姬父母面前："我活着，小姐就活着。"

母亲眼泪止不住，老父黯然。楚玉瘦弱的身子颤抖着，苍白的脸上因为激动而泛着红光。

虞姬倒是镇定了。

走了也好。走了父母就会好过一点。汉王要擒拿我，自然是为了炫耀自己的武功，我不能失节，大不了就死在路上。我带着乌骓走。

楚玉把乌骓套上马车。

虞姬上了车，匆匆告别父母。

马车里，塞满了东西，似乎是父母给予她的最后馈赠。

来不及多说，楚玉赶着马车，星夜远去。

虞姬掀开帘子，透过窗棂，去看天上的星辰，亘古不变，美丽又冷漠。

楚玉不敢停歇，一路奔驰。

颠簸中，虞姬却睡着了。

一会儿又回到了小时候，虞姬和霸王玩皇帝和妃子的游戏。

一会儿又在霸王的暖帐里，霸王把虞姬压在身下。

赶了足足一夜，人困马疲。

离家越来越远了。

一声激烈的马嘶。

马车急停。

虞姬惊醒。

就听见外面的呼喊声，还有刀兵相接的声音。

她下意识地掀开帘子去看。

只见五六个流寇围着楚玉，楚玉左支右绌，两条腿都被刺伤，但仍在做困兽斗。

虞姬瞬间明白了，不动声色地从马车里拿出包袱，包袱里是几乎全部的金银细软。

“住手。”

一声娇叱。

流寇倒是都住了手。

楚玉已经受伤不支，倒地。见到虞姬要下车，拼命要站起来，却又被流寇一脚踢倒。

虞姬下了车，把包袱丢在流寇面前，朗声：“这是所有的金银，你们拿去，我们只求活命。”

流寇们捡起包袱，打开，看到里面灿灿的金银，眼睛都亮了起来。

随即又看着貌若天仙的虞姬，个个都动了色心。

“我们要钱，也要人。小娘子，乱世，你跟着这个痨病鬼活不久。不如跟着我们几个上山做大王夫人吧？”

虞姬不说话。

为首的流寇老大就要上前搂抱虞姬。

楚玉却发了疯，声嘶力竭地大喊着，挥着手里的剑，不要命地胡乱砍杀。

流寇们被吓了一跳，都不敢近身了，只是困着楚玉，不让他冲出圈子。

流寇老大不理会楚玉，凑近虞姬，摸了一把虞姬的脸。

虞姬没反抗，手里却多了一把匕首，不容分说地对准自己粉白的脖颈。匕首扎进肉里，血沿着刀刃流下，脖颈上的伤痕醒目地露出来，招摇又狰狞。

流寇老大吓了一跳。

虞姬很平静："我已是死过两次的人，再死一次，我不在乎。"

匕首往自己的肉里越扎越深。

流寇老大也愣住了，看看状若癫狂的楚玉，再看看从容赴死的虞姬，嘴里大骂一句"晦气"，扛着包袱，领着流寇，扬长而去。

楚玉还在砍杀，虞姬顾不上脖子上的血，大喊一声："楚玉！"

楚玉这才停下来，冲上来抱住虞姬。

两个人倒在泥泞中，狼狈不堪。

镇子上，乌骓的马蹄被扎伤，换了四块马蹄铁。

虞姬找来了大夫给楚玉治伤。

花光了贴身带着的最后银两，以及虞姬头上唯一的金钗。

十天后。

再次上路，除了一些衣衫、干粮，马车上一无所有。

楚玉把这一切都怪在自己身上："我不该把所有的金银都放在一个包袱里，也不该受伤花光最后的银两。怪我没本事，连几个流寇都打不过，让堂堂的霸王之妻受辱。"

"够了！"

虞姬喝止楚玉："钱没有了，没关系，人还在就有希望。现在，我不是霸王的美人，你也不是南征北战的八千江东子弟了。我们得放下身段，才能活下来。"

楚玉不敢再说话。

一路漂泊。

楚玉鞍前马后，严守着规矩。

主仆没钱睡客栈，就栖身茅屋、破庙、乡里废弃的老宅。

每逢不得已，要和虞姬共处一室，楚玉便找到竹竿，架起一个破布帘子，挡在二人中间，以免虞姬尴尬。

虞姬任由楚玉折腾，漂泊的路人，每个人的心里都得想点什么、信点什么。

天冷了起来。

两个人缺衣少食。

楚玉把所有能御寒的衣物都给了虞姬。

自己硬撑着。

因身上的伤刚好，一夜北风之后，生了病，发起了高烧。

早上起来，挣扎着起身，要去给虞姬烧水，结果头重脚轻，一头栽倒在地上，人事不知。

虞姬吓坏了。

这大概是离家以来，虞姬第一次感到害怕。

被流寇逼迫没有害怕。

一路奔波没有害怕。

缺衣少食没有害怕。

楚玉病倒，虞姬害怕了。

在这个世上，楚玉是她唯一的依靠，也是唯一的朋友，甚至是她和过去唯一的联系。

也只有他，虞姬不需要交代太多，楚玉就能懂得她要说什么，她在哭什么。

患难真情，原来是这个意思。

我要救他。

不择手段也要救他。

楚玉说着奇奇怪怪的胡话。

还在操心着给虞姬找衣服、找吃的，找一个能安睡的地方。

虞姬抱着楚玉，楚玉的身子忽冷忽热。

“一定要请大夫。”

虞姬喃喃自语：“身上分文没有，还能卖什么呢？”

虞姬第一次赶车，好在乌骓通灵性，拉着虞姬和楚玉往城镇里走。

虞姬看着乌骓，心如刀绞，总不能把乌骓卖了吧，那是霸王留给自己唯一的东西了。

回头看看马车里仍旧说着胡话的楚玉，虞姬又下定了决心。

到了一座小镇。

小镇已经在大汉朝治下，慢慢从战争的阴霾中走了出来。

商贩们开始上街，街巷上，又热闹了起来。

马车驶上街巷。

楚玉已经昏迷五天，耽误不起了。

赶着马车，去找买主卖掉乌骓马，换楚玉一条命。

乌骓马浑然不觉，虞姬却心如刀绞。

路过一座青楼。

青楼里，钟鸣鼎食一般气派。

虞姬看看马，又看看楚玉，心里升起来一个念头。

马车拴在青楼后巷，让招呼客人的小断看着。

虞姬进了青楼。

老鸨愣了，忙拦着：“姑娘留步，这里不招待女客。”

虞姬出奇地冷静，问老鸨：“我等钱救命，要卖自己一晚上。仅限一晚。我只要抓药的钱，剩下的都归你。”

老鸨闻所未闻，打量着虞姬，一脸的难以置信。

想了想，才道：“姑娘请跟我来。”

上了楼，暖阁里，老鸨让虞姬脱下衣衫。

虞姬深吸一口气，一咬牙，把衣衫脱光。

一览无余。

成年以后，除了霸王，虞姬从没有如此赤裸地暴露给任何一个人看。

老鸨的眼睛里有了光。

大夫给楚玉灌了药。

楚玉沉沉睡去。

大夫嘱咐：“要用药浴泡个三五天，才能彻底驱寒，不然以后会落下毛病。”

虞姬连忙点头，给大夫付了诊金。

客栈下等的客房里，虞姬要了滚水。楚玉赤裸着身子躺在木桶里。

虞姬细心地给他擦洗身子，就像当初伺候霸王一样。

楚玉瘦小的身上处处都是伤，新的、旧的、深的、浅的，密密麻麻，触目惊心。

“这都是为了我，”虞姬慨叹，“一个瘦弱少年能给的全部力量，楚玉都给了。”

尽管楚玉一路恭谨，一路小心翼翼，严守着两个人之间的主仆关系，但虞姬知道，这哪里只是主仆情谊呢？

男人永远骗不了女人。

能骗女人的，只有女人自己。

虞姬心里是满的，她只能装糊涂，只能辜负这个少年了。

虞姬叹息着、心疼着，看着楚玉，一会儿像是在看霸王，一会儿又像是在看自己从未有过的儿子。

照顾楚玉躺下。

虞姬给自己上上下下地清洗了一番。

身上搓得有了红光，皮肤都滚烫。

然后对着镜子，像审视陌生人一样，审视着自己。

上一次对镜梳妆，好像已经是上辈子的事了。

漂泊、流浪、风沙，让虞姬的皮肤变糙了，眼角有纹路了。

女人，真是经不起折腾。

即便是当年在战场上，也没有今日的颓废。

但虞姬还是精心地打扮了自己。比起愉悦别人，打扮，更像是女人对自己的尊重。

出了门，老鸨派来的小厮领着轿子在外面等。

虞姬上了轿子，她心里记挂着楚玉会做什么梦，丝毫没有为接下来自己未知的处境担忧。

她好像是想开了，没什么比活着重要。楚玉活着，我就活着。我活着，霸王就活着。

进了暖阁。

有丫鬟送进来精致的食物，烧酒、点心、小菜。

没有人来，虞姬索性吃了起来。

吃到一半，还未有人来。

虞姬有些焦躁，担心楚玉醒来，看不见自己。

想到这里，叩门声响起。

虞姬一惊，随即镇定了心神，起身开门。

来人四十岁上下年纪，身材保持得并不好，一看就是养尊处优惯了。

见到虞姬，尽管努力装出平静来，但眼神还是不得体地亮了亮。

虞姬在很多男人眼里看到过这种光亮。

虞姬要尽自己的本分，请客人就座，吃酒。

而自己不知道哪里来的灵感，在客人面前跳起了舞。

客人看得心旷神怡，问："这舞叫什么名字？"

虞姬摇头："没有名字。"

客人看着看着，流下泪来，直至号啕大哭。

虞姬没有吃惊，自顾自地跳舞。

乱世里，人人心里都有个苦处。

客人灌了酒，自顾自地说起来——

"我本是大秦的官吏，名叫赵璎。秦亡之后，流落到这里，除了带出来的金银，一无所有。

"一路南逃。

"路上，遇到了汉军。

"我抱着财物，妻子拉着儿女，四散奔逃。

"我躲了起来，妻儿却被汉军追上，我没有勇气冲出来和他们拼命，眼睁睁地看着妻儿被屠戮。

"苟活至今，每日被内疚折磨，只能纵情于声色，不能说活着，只能说还没死。

"今日看了姑娘的舞，莫名就想起我那亡妻来。"

虞姬只能叹息。

死了比活着容易。

她比谁都清楚。

她能做的，只有如同母亲抱婴孩一样，抱着赵璎的头，任由赵璎恸哭。

赵璎哭了良久，才慢慢抬起头来，看着虞姬，回光返照一般，近乎疯狂地亲吻虞姬。

虞姬能感觉到他脸上的泪很烫。

赵璎几乎是用尽了全身力气，扯烂了虞姬身上的衣服。虞姬几次被他粗鲁的动作弄疼，但虞姬没有作声。

赵璎像是明天不会到来一样，恣意发泄着自己的悲愤、愧疚、生无可恋，想要毁灭别人，也毁灭自己一样，冲撞着身下单薄的女子。

虞姬始终默不作声。

她身子在这儿，神魂却不在这儿。

她记挂着楚玉，怀念着那个已经不知道去了哪里的霸王。

赵璎最后一次从虞姬身上瘫软下来，喘息似乎都没有了力气。

虞姬努力起身整理自己。

身上带着赵璎恣意发泄后留下的伤痕。

虞姬几乎站不起来，她强忍着，她得回去了。楚玉醒来看不到自己，会以为自己出了事。

要走时，赵璎突然一把拉住虞姬，递上一包银子。

虞姬没有接。

赵璎直接跪倒在虞姬身前，抱着虞姬的腿，带着他这个年纪的男人少有的真诚："大秦亡了，但我银两够花。你不容易，就跟了我吧，我照顾你后半生。不，应该说，我们互相陪伴着后半生。"

虞姬愣了愣，从赵璎手里接过银子，没有说话，推门而出。

留下赵璎一个人跪在那里，在男人泄欲之后特有的迷茫里，发着呆。

虞姬回来的时候，楚玉还没有醒。

虞姬又洗了一次澡。

这一次搓得更狠一些。

再一次来到房间，坐在楚玉身边。

楚玉猛地醒了，不知道自己身在何地。

等弄清楚之后，慌了神："我们哪里还有钱……"

虞姬道："你不用操心这些，我已经办妥了。"

楚玉不解，狐疑间，就看到了虞姬脖子上刺目如红蔷薇的吻痕。

楚玉身子发着抖，努力将眼泪锁在眼眶之中。

虞姬浑若无事："你好好养养身子，别的事不用操心。你照顾了我一路，你病了，自然应该我照顾你。我们早已不是主仆，我们现在是相依为命了。"

楚玉身子发着抖，眼睛里锁着泪，只能点头。

接下来，两个人陷入了一种彼此心知肚明的沉默。

谁也没有就虞姬脖子上的吻痕说什么，也不必说什么。

有些事发生过了，就发生过了。再争论它，就是再次伤害。

奇怪的是，人之一生，很多复杂的道理，人们都是无师自通的。

虞姬照顾楚玉喝了水，说："我有点乏了，我睡一会儿。你有事情就喊我。我在隔壁，听得到。"

楚玉点了点头。

虞姬小心地关了门。

听着虞姬的脚步声，确认她回到自己的房间之后，楚玉把自己蒙在被子里，抖动着，无声地恸哭。

他不知道自己在哭什么。

哭自己无能？哭虞姬为了救自己的牺牲？哭当初没有跟着霸王的八千子弟去赴死？

虞姬倒在床上，什么都没有想，沉沉睡去。

天亮了，就好了吧。

天亮了，就什么都好了。

生活总是要继续的。

赵璎给的银子够花一段时间。

赵璎从老鸨那里知道了虞姬落脚的地方，默默地给虞姬交了租子。

平日里，送一些绸缎、点心、药物给虞姬。

虞姬照单全收。

人人都需要一个寄托。

乌骓是她的寄托。

而她自己也成了赵璎的寄托。

只是楚玉每次看到这些东西，都表情复杂，沉默不语。

新的地方，可以多停留一段时间了，没有人认识他们。

难得的平静生活，虞姬和楚玉都不知道能持续多久。

但是虞姬得以在平静下来的时候，在心底，祭奠霸王。

没有霸王的任何物件，虞姬就对着乌骓说话，好像乌骓能把自己的话带给霸王一样。

乌骓习惯了倾听虞姬没有上下文的自言自语。

乌骓以前是一匹勇猛的战马，现在乌骓是一个很好的听众。

每一次，虞姬和乌骓说话，楚玉都不会去打扰。

他远远地看着，远远地听着，然后默默走远。

他不会打扰一个女人纪念她的男人。

虞姬带着楚玉四处逛荡。

无意中，进了一个茶馆。

茶馆里，有说书先生，正在添油加醋地说着一回书。

仔细一听，说的是《霸王别姬》。

“那垓下之围，四面楚歌。霸王长叹‘虞兮虞兮奈若何’，虞姬唱‘大王意气尽，贱妾何聊生’。”

为了精彩，说书先生不免添油加醋，加了小说家言。

说虞姬浪荡；说虞姬红颜误国；说霸王刚愎自用，被美色所迷惑。

楚玉听不下去了，要去制止，却被虞姬拉住。

王侯将相、天底下的争权夺利、楚汉之争，最后也无非是街头巷尾的闲谈、方寸戏台上的唱词、茶馆里说书先生的添油加醋。

虞姬对楚玉说：“人们看戏，我们都是戏里的人，就让他们说去吧。”

“可是……”

楚玉说不出什么可是来了，只能沉默不语。

虞姬走出茶馆，突然有了个念头，说给楚玉听了：

“与其让别人乱说我与霸王的故事，倒不如我自己来说。”

楚玉呆住：“小姐，以你的身份，怎么能……”

说到一半自己停住。

虞姬笑：“到现在了，你还当我是那个衣食无忧的虞美人吗？”

楚玉愣住，无言。

小镇里，渐渐就传遍了。

有个说书人，与以往的说书先生不同。这个说书的，是个美人，绝色姝丽，文人骚客见了，都要吟诗作赋才能平静下来呢。

说书美人叫自己“赛虞姬”，最擅长说的一回书，正是《霸王别姬》。

茶馆里，赛虞姬说书，声若珠玉，茶客一迭声叫好。

开篇就是一句："只因撞着虞姬，豪杰都休。"

赵璎一直是常客，《霸王别姬》已经听了无数遍。

但只要赛虞姬说书，他就到茶馆捧场，叫好声最响，打赏最阔绰。

每每听到虞姬自刎时，赵璎都痛哭流涕。

茶客们指指点点："怪人，真是怪人。"

赛虞姬身边，总有个清瘦的少年，招呼着客人，替赛虞姬递茶水，递铜板，递毛巾。

赛虞姬说书时，清瘦少年就安静地听着。

也有人感叹："怎么这么美貌的女子，要抛头露面，出来说书呢？"

随即有人就拿话递过来："都得活着不是？"

虞姬一直没有答应赵璎的请求。

时间久了，赵璎也不着急了，依旧是送东西，来听书。

他现在也只剩下耐心了。

楚玉看赵璎时，眼神复杂。

赵璎能感觉到少年眼神里对自己的仇视。

但他每次都报之一笑。

一个深夜。

睡梦中的虞姬被激烈的砸门声叫醒。

披衣出门，见楚玉也推门而出，门口站着惶急不堪的赵璎。

赵璎递过来一个包袱，语无伦次："钱都在这里，套上乌骓马，快走。"

虞姬和楚玉都愣住了。

虞姬问："你怎知道马是乌骓马？"

赵璎道："西楚霸王的乌骓马，我们这些大秦遗老，能认不出来吗？"

虞姬和楚玉都呆住了。

赵璎道："来不及多说了，汉王派的人已经进了城。快走，你不能落在汉王手里，快走。"

虞姬接过包袱，不知道该说什么。

赵璎推了一把还在发愣的楚玉，喝道："快去套马。"

楚玉感激地看了赵璎一眼，转身冲出去。

赵璎扶着虞姬上了马车。

握住虞姬的手，说："我有寄托了，生还是死，都好过多了。快走吧。"

虞姬深深地看了赵璎一眼。

楚玉打马向前，马车在夜色中疾驰而去。

虞姬看着马车后赵璎渐渐模糊的身影，心里五味杂陈。

马车颠簸，像是昨天又重现了。

乌骓马脚力惊人，一路狂奔。

汉王的禁卫军擒住了赵璎。

人人都知道赵璎和赛虞姬交好。

禁卫军头领打量着赵璎，有礼有节："请说出虞姬的下落，不然以你前朝遗老的身份，按律要遭车裂。"

赵璎大笑："我不认识什么虞姬，虞姬不是已经随着西楚霸王死了吗？"

严刑拷打，赵璎自始至终没有说一句话。

昏迷时，他满脑子里只有两幅画：

一幅是，当年，他躲在草丛里，看着妻子儿女被杀；

另一幅是，虞姬在他面前，跳着那段没有名字的舞。

车裂当日。

人们都围着看。

谁也想不明白，这个出手阔绰的富贾怎么会是前朝余孽。

禁卫头领也想不到，这样养尊处优的赵璎，竟然是条硬汉。

到了最后，不免也起了敬意，问赵璎："还有什么话要留吗？"

赵璎更像是对自己说话："男人做一次浑蛋可以，但不能一直做浑蛋。"

禁卫头领不解。

车裂的瞬间，赵璎似乎看到了虞姬的笑容，看到了妻子儿女的招呼。

"团聚了。"

他最后说。

马车一路狂奔，不敢停歇。

直到在湖边被汉王的禁卫军逼停。

禁卫军围上去，马车里却空无一人。

乌骓马却突然发了狂，嘶鸣声中，开始攻击禁卫军。禁卫军猝不及防，谁能想到一匹马竟然如此难缠。

头领见了乌骓的雄姿，陡然间认了出来，大声感叹："这可是战马乌骓啊。"

林子里，一个山洞。

虞姬和楚玉都已经筋疲力尽。

楚玉害怕极了，身子发着抖。

虞姬却很镇定，低声安慰着楚玉：“不用怕，我不会落到汉王手里。”

楚玉一愣：“小姐……”

虞姬打断楚玉：“别再叫我小姐了，我们早已经不是主仆关系了。女人都得有个归宿，男人就是女人最好的归宿。”

楚玉听到这里，什么都明白了。

不知道哪里来的勇气，一把抱住了虞姬。

他近乎饿兽一般亲吻虞姬，咬啮虞姬，舔舐伤口一般舔舐虞姬。

虞姬抱紧了楚玉。

楚玉几乎把所有的热情、怜爱，一股脑都放进了虞姬的身体里。

在震颤的刹那，楚玉手里的匕首，抹上了虞姬脖颈上那道日渐加深的伤痕。

虞姬说：“伤痕是个邀请，我要去我该去的地方了。”

血流如注。

滚烫的鲜血染红了楚玉苍白的脸。

虞姬凑在楚玉耳边，说了最后一句话：“活着，替我们活着。”

楚玉发出野兽一般的号叫。

乌骓马身上布满了箭矢、伤痕，最后一丝气力消失，倒在地上，血流洇地，冒着滚滚热气。

禁卫军四下搜索。

满身是血的楚玉，横抱着虞姬，走出山洞。

和禁卫军对峙。

头领看看血染成的楚玉，再看楚玉怀里苍白的虞姬，叹了口气，对身后的禁卫军喊：“虞姬已死，传令收兵。”

禁卫军收兵离去。

楚玉抱着虞姬走在苍茫的暮色里，有星辰隐隐出现在了天际。

人间少了一个虞姬，天上就多了一颗星子。

楚玉这样安慰着自己。

把虞姬和乌骓葬在了山上向阳处。

这样太阳每天升起来，总是当先照在这里。

楚玉在虞姬墓前，坐着，坐到星辰漫天，坐到太阳升起。

数月之后。

虞姬葬身的地方，长出一种奇妙的花草，芳香怡人，闻风起舞。

不知道怎么就传出来一个名字——虞美人草。

铜板铮然作响，把嘉宁公子从故事中惊醒。

锣铜先生说到这里，唱了一句判词：

“正是：虞兮奈何，自古红颜多薄命。姬兮安在，独留青冢向黄昏。”

随即，转身离场。

只剩下默默无语的茶客们，还沉浸在故事之中。

良久，嘉宁公子终于缓过神来，问李叔：“难道这才是《霸王别姬》真正的故事？”

李叔不以为然：“嗨！公子听痴了，说书先生说的书，就当个才子佳人、悲欢离合听听，哪能当真呢？”

书童也道：“就是就是，虞姬啊，还是在霸王军帐中就死了的好，不然太受苦了。”

嘉宁公子不再言语，陷入了长久的沉默。

山上，向阳处。

一个身影远远走来。

正是那说书的锣铜先生。

一座并不起眼的坟墓。

墓周围，杂草被细心地清理过。

风吹过来，墓前，一丛丛神奇的植物，虞美人草，闻风摇曳，如没有名字的舞。

锣铜先生在墓前坐了下来，虞美人草舞姿更添绝艳。

夕阳西照，锣铜先生开始喃喃地和虞美人草说着什么。

那是一个男人，对一个女人的纪念。

09

一鬼一狐一书生

“是这里吗？”

一个书生模样的年轻后生，风尘仆仆地赶到淄川，迫不及待地问乡人。

乡人点点头：“就是这家了。”

书生名叫万里风，此番是慕名而来，

听说，淄川有一老者，如今已过古稀，一生当中，除了坐馆教书，无甚成就，只是皓首穷经地写了一部奇书，却无力付梓刊行，只由亲朋好友拿去传抄，竟也传遍了乡里。

辞别乡人，叩门。

老妪应门，万里风还未开口，老妪已然问了：“是来抄书的吧？”

万里风连连点头。

老妪闪开身：“进来吧。”

万里风走进来，一间陋室，简朴素净，最扎眼的就是一整面墙的书卷。

看了座，老妪沏了茶，让万里风稍待。

不多时，听着脚步响，万里风连忙起身。一矍铄老者大步走进来，万里风迎上去，一揖到底，叫了声“先生”。

老者连忙扶起：“远道而来，辛苦。来，看书，饮茶。”

茶不是好茶，涩，但提神醒脑。

茶香满室，老者取出一个古朴的木匣，木匣上铜锁已生了铜绿，木匣的棱角都被摩挲得不分明了。

木匣打开，里面是厚厚的一卷手稿。

老者做了个请的手势。

万里风洗净了手，一头扎进手稿之中，如书生入画，头再也抬不起来了。

老者也不着急，安静地靠在椅背上，沉思，饮茶，只在书生发出慨叹之声时，才拈须微笑。

老妪续了六次水，换了三次茶，外面日头斜下去，乌云爬上来，书生才从书卷之中抬起头。似乎是用尽了全身力气，久久说不出话。

老者又替万里风续了茶，万里风连饮三碗，才缓过神来，如自言自语：“如此奇书，不能刊行于世，遗憾，遗憾，遗憾。”

老者一笑：“这世上的事，说穿了也无非是六个字：尽人事，听天命。”

万里风摩挲着手稿：“先生如何就想起写这样的故事？”

老者看出去，喃喃道：“要下雨咯。”

万里风一愣，这才发现外面已经乌云密布。

老者续道：“下雨天，是讲故事的好时节。你不急着走，我讲给你听听。”

万里风喜出望外：“洗耳恭听。”

老者望着外面飘下来的雨丝，喝了一口浓茶：“事情要从一家客栈说起。”

每年科举，赶考的书生们从四面八方涌进京城。在山脚下一条必经之路上，有一家客栈，有个好听的名儿，叫可栖。传说中，这家客栈是多年前一个落第的秀才开的，专门招待赶考书生。

无论是赶考的、对未来满怀希冀的，还是落第的、不知何去何从的，都能在可栖找到暂时的宁静。

可栖不只是客栈，可栖里还有迎来送往的风尘女子。

这些女子招待的秀才多了，个个都满腹经纶，琴棋书画，样样在行。能讲四书五经，出口成章不在话下。

因此书生进考场之前，都要来可栖稍作休息。

一来二去，时人便把可栖称为小考场。

可栖之中，女孩子多，女孩子漂亮，女孩子有才华，倒不是最奇怪的。

最奇怪的是，在可栖里，常年都住着一个年轻的书生，名叫顾生。

顾生极其清瘦，脸色总带着一些苍白，像是刚刚淋过冷雨似的。只有在正午阳光最足的时候，顾生脸上才有一些血色。说话做事，总是伴着咳嗽声。

别的书生都把可栖当作一处暂时歇脚的地方，可顾生却像是把这里当成了家。

更奇怪的是，顾生做着一个奇怪的活计——收集故事。

来赶考的书生，只要有好听的故事讲给顾生听，就能从顾生手里换得一张“缱绻票”，一张缱绻票，就能换来和可栖的姑娘一夜缱绻的机会。

顾生之所以能提供缱绻票，是因为他天生有一双巧手，几乎什么都能做。但凡是姑娘跟他开了口，无论是要梳妆台、妆奁、铜镜，还是木雕的蚂蚱、蛐蛐儿，顾生不多时就做好了。

姑娘们都喜欢顾生，别的书生给顾生讲故事的时候，姑娘们就围着听，适时发出赞叹、调笑、哭泣声。

姑娘们是这世上所有故事最好的听众。

顾生做好了东西，就去集市上卖。双手就是百宝箱，只要能想出来的物件儿，顾生就能做得出来。

顾生有一个外号，叫万能青年。

万能青年这个外号是巧兮取的。

巧兮是可栖里的姑娘，算不上太红，但头发丝儿里都透着一股活泼劲儿。姑娘们说："跟巧兮待久了，自己就会重新变成孩子。"

没有人知道巧兮的身世。

巧兮也从来不说。

巧兮像是凭空出现在可栖的。

有人说："自从有了可栖，巧兮就在这里了。"

有人马上反驳："那怎么可能？要真这样，巧兮早就成了老黄瓜了。"

巧兮听到有人议论自己，就跳出来，做鬼脸，吓唬人："我是老妖怪。"

大家都哈哈大笑。

巧兮常常有一些突发奇想。

突然想要一个会飞的竹蜻蜓了，打算做一个储存雪水的罐子了，给自己的猫穿上一副精巧的铠甲了。

巧兮一想到这些好玩的，就坐不住了，央求顾生给她做。顾生从来不答应，取笑她："小孩子的玩意儿。"

但每天巧兮早上醒来，推开门，就发现门口放着自己昨天想要的东西。

整个可栖的清晨，都是从巧兮的笑声开始的。

能跟一个万能青年做邻居，巧兮觉得很幸福。

巧兮喜欢看着顾生收集故事。

顾生做了一个木匣，每听到一个故事，就把一句诗写在一张纸上。

什么“梦为远别啼难唤，书被催成墨未浓”了，什么“远把龙山千里雪，将来拟并洛阳花”了，什么“红楼隔雨相望冷，珠箔飘灯独自归”了。

巧兮看不明白，就问他：“这么长的故事，你怎么就只写一句诗呢？”

顾生就指指自己的心口：“诗只是个提示，故事都在这儿呢。”

巧兮感叹：“那你的心一定很大，不然怎么能装得下这么多故事呢？”

天气好的时候，顾生就一个人，赤身裸体，四仰八叉地躺在可栖山后的竹林里。

可栖里的姑娘们，男人见得多了，也不以为意。

巧兮总是爱看顾生晒太阳，顾生也不避她。

巧兮问：“你晒个太阳，一定要这么销魂吗？”

顾生就懒洋洋地回答：“我在晒故事。”

巧兮奇了：“晒故事？”

“我体弱，生怕心里的故事发霉，天气好的时候，就拿出来晒一晒。”

巧兮一愣：“你可真是个奇怪的人。我问你哦，你收集这些故事，做什么用的？”

顾生沉默了一会儿：“我有我的用处，人总得收集点什么。”

巧兮想了想："我能明白，就像我，我也在收集东西。"

顾生倒好奇起来："你收集什么？"

巧兮说："我啊，收集许诺。"

顾生没明白："说来听听。"

巧兮就侃侃而谈："你看啊，妓女和恩客，看起来都薄情吧？两个同样的薄情人，都是逢场作戏，不会掏心掏肺。但只有一样东西，两个人都是敞开了给，反正谁都知道是假的。"

"是什么？"

"是恩客对妓女的许诺：'待我高中状元，回来给你赎身。你等到桃花再开的时候，我就回来看你。'

"是妓女对恩客的许诺：'你是我最喜欢的男子。我身上或许有很多人，但心里只有你一个。'

"我就收集这个。"

顾生呆了呆："明知道是假的，干吗还要收集这些？"

巧兮就笑了："我这是数量弥补质量，没准儿有一天，我能从一大堆假的许诺里面，选出一个真的。有些东西，有一个就够了。就好比你收集的故事，好故事不求多，有一个就足够了。"

顾生看着巧兮，被她的这个想法惊艳到了。

顾生在可栖住了好几个三年了。

每一次都去赶考，放榜了就回来。

顾生一回来，姑娘们就知道——又落榜了。

巧兮就问他："科举到底有多难啊？你这么聪明的人，怎么考来考去总也考不上呢？让我看看。"

巧兮就跟着顾生学。

用古人语气，代圣贤立言。

越学越像样子，两个人能谈古论今了。

巧兮突发奇想："干脆我女扮男装，替你去考得了。"

顾生忍不住笑。

没有客人的时候，巧兮就陪着顾生，成天腻在一起。

巧兮觉得，人可真奇怪啊，两个太熟悉的人，独处的时候反而显得陌生。

巧兮能弄明白很多事，但有些事，她怎么也弄不明白。

就像以前会觉得别人咳嗽很吵，但顾生也总咳嗽，巧兮就不会觉得吵，反而觉得莫名亲切。

顾生有个好习惯，每日里早早就睡下了。

不像巧兮，几点睡觉，取决于客人的兴致。有时候一整夜都不能安睡，久而久之，就睡不好觉了。

为了让巧兮睡得好，顾生给巧兮做了一个精巧的枕头，里面填了荞麦，响动的时候，像落雨的声音。

巧兮说："你给我做的枕头，像个臂弯。"

从那以后，巧兮多了一个习惯，头一沾枕头就能睡着，不管什么时候睡下，总能睡得很饱。

可不知道从什么时候开始，巧兮头沾到枕头，反而睡不着了。一沾枕头，满脑子都是顾生，甚至能听到顾生的咳嗽声。

可隔着顾生这么远，按理说，是听不到咳嗽声的。

大概是想念顾生的咳嗽声了。

巧兮不知道自己是不是落下了毛病，又或者是顾生在枕头里做了手脚。要不然，一个姑娘怎么会想念一个男人的咳嗽声呢？

既然睡不着，索性就不睡了。

巧兮起了床，披着衣服，想去找顾生说话。

还没走到顾生的房间，就看到顾生一手挑着灯笼，一手拎着木匣往外走。

巧兮奇怪，这么晚了，他要去哪儿？

顾生挑着灯笼，轻车熟路地往后山走。

巧兮跟在他身后，看着他，听着他的咳嗽，感觉顾生像个行走的月亮。

穿过竹林，没走出多远，就看到了层层叠叠的花丛。巧兮没有记错的话，这里原本是一片乱坟岗，不知道是谁种了这么多花草。

巧兮躲在一棵树后，看着顾生挂起灯笼，安放好木匣，从怀里取出一叠纸钱，烧成灰，安静地等着。

不多时，花丛中，一个女子凭空出现，和顾生打招呼，看样子是极其相熟的。

巧兮觉得似乎一阵冰雪袭来，牙关轻颤，忍不住抱紧了自己，仔细去看，去听。

顾生叫了声："连城。"

巧兮听得分明，原来这个女子叫作连城。她到底是谁？看样貌，很好看，可不是可栖里的姑娘啊。

顾生打开木匣，让连城抓阄。

连城抓到一个，念出声来："红楼隔雨相望冷，珠箔飘灯独自归。"

顾生清了清嗓子："这个故事说的是……"

连城捧着腮听着。

树后面的巧兮，也侧耳听着。

顾生讲故事的时候，也不咳嗽了。

从前有个达官贵人，娶了个绝色的小妾，视若珍宝，轻易不肯示人。

这个达官贵人为了哄小妾开心，就建了一座高楼，极其宏伟。
但达官贵人只许自己来看她，不许小妾下楼。
小妾每日里只能站在楼上看街巷里的行人。

有一日，一个卖风筝的少年，不小心把风筝放到了高楼上。
小妾将风筝取下来，掷了出去，还给少年。
两个人因此相识。

从那以后，少年每天都来放风筝，只是为了看小妾一眼……

连城听着，巧兮也听着。
两个女人都听得好生伤感，连声叹息。
连城不时来几句评论，和顾生聊得很亲近。
巧兮不禁吃起醋来，迫切地想要知道这个女人到底是谁。

巧兮动了个心眼儿，当作什么事都没有发生过。
一到夜里，就跟着顾生，听顾生给连城讲故事。
时间久了，巧兮终于从顾生和连城的对话里，听出了来龙去脉。

多年前，顾生进京赶考。
路过这里，因没有盘缠，不能住在可栖，只好找了个破庙容身。
靠着年轻火力壮，也不觉得有多难受。
只是半夜里冷，睡不着。顾生索性就披着衣服起身，挑灯夜读，读书声朗朗传了出去，中气十足。
读累了，停下来，隐隐听到了有女子的哭泣声。

顾生挑着灯笼，循着声音走过去。
见到一白衣女子倒在树下，哭得不能自已。

顾生左右看看，四下荒芜一片。谁家的姑娘会大半夜在这里哭泣呢?

虽然知道事情有异，但顾生动了恻隐之心，俯身问：“姑娘，何事伤心？”

女子抬起头，泪眼盈盈地看着顾生，叹息道：“吵到公子了，对不住。”

顾生一愣：“姑娘有什么伤心事，说出来，看看我能不能帮到你。”

女子摇摇头：“我的事，没有人帮得了，公子还是请回吧。”

顾生道：“事在人为。”

女子有些吃惊地看着顾生：“事在人为，可我的事，不是人间的事。”

顾生呆住。

在女子哀婉的叙述中，顾生听明白了事情的原委。

“我叫连城。

“父母原本是官宦人家，不料因政见不同，得罪了京城里的权贵，定了个株连九族的罪名。

“出事前，父母偷偷送我出去，让我活命。可我一个小女子，哪有谋生的本领？一时间想不开，就……

“谁曾想，死后没有人祭奠，没钱打点关系，一直轮不到自己投胎。只能做个游魂，日夜受煎熬，因此在这里哭泣，吵到了公子。人鬼殊途，原本我不应该说这些，公子就当是南柯一梦吧。”

顾生听完了，明白了。良久，才开了口：“我帮你筹钱。”

连城呆住，看着顾生，不知道如何作答。

当年，顾生落榜，索性就回到了这里，靠着自己的双手，做了小买卖，住进了可栖。

顾生每日都来祭奠连城，烧许多纸钱。

看着坟地凄凉，懂得女孩子爱美，顾生就找了花的种子，在坟地周围种满了花。

又怕连城孤单，约定好，每天晚上三更时分，就来给连城讲故事。没有那么多故事可以讲，就到处去收集故事。

两个孤单的人，相互伴着，时间就过得快了。

又过了三年，顾生又一次落榜，连城还是没有轮到投胎。

两个人倒都释然了，世间的事，说穿了，无非六个字：尽人事，听天命。

巧兮知道了这一切，心里五味杂陈。

一来，对连城有埋怨，都死了还要来抢男人。

二来，对顾生生气，都这么相熟了，怎么还有这么大的秘密瞒着我？

三来，又对连城有疼惜，一个弱女子，做了鬼也还是弱女子，当真是可怜。

巧兮原本打算戳穿顾生，想看顾生东窗事发的窘态。

但话到了嘴边，不知怎的，又咽了回去。

巧兮似乎是无师自通地明白了一些道理：

女人有秘密，男人也有秘密，一对默契的男女，是从来不互相戳穿对方秘密的。

巧兮希望自己跟顾生有这样的默契。

能和顾生守护同一个秘密，让巧兮觉得自己和顾生更亲近。

姑娘家的情绪，复杂奇妙得很。

巧兮决心和顾生一起收集故事，到处帮着顾生吆喝。

好在天大地大，每一束阳光下都长着故事，可栖迎来送往，故事从四面八方涌过来。

天冷了起来，顾生的咳嗽也重了起来。

又到了三更，巧兮去跟踪顾生，却发现顾生的屋子里亮着灯。

巧兮推开门，顾生躺在床上，正喃喃地说着胡话。

巧兮走过去一摸顾生额头，滚烫。

顾生时而清醒，清醒的时候就挣扎要起身。

巧兮就乘机问："你去哪儿？"

顾生迷迷糊糊地说："去看她。"

巧兮又忍不住一阵醋意："去看谁？"

"连城。"

说着，顾生又要起身，巧兮把顾生按住："今天我替你去，故事我替你讲。"

一句话又把顾生惊醒了："你……"

巧兮故意笑："我都知道了。你歇着吧，我去。"

顾生不知所措："你……你会被吓到的。"

巧兮笑了，说了前半句："一个女人是永远不会被另一个女人吓到的。"

巧兮没说的后半句是："尤其是当这两个女人中间还有一个男人的时候。"

巧兮给顾生喂了药，顾生沉沉睡去。

给他盖好被子，巧兮挑着灯笼，拎着木匣，出了门。自己也成了一个行走的月亮。

巧兮赴过无数次约，但这一次，却有些古怪，她要见的是另外一个女人，哦不，女鬼。

走到了花丛前，巧兮定了定，深呼吸一口气，才走了进去……

顾生第二日下午才醒来。

醒过来，就看到巧兮在床边给他擦脸。

顾生迫不及待地问："你们……见面了？"

巧兮手里不停："见了啊。我们相处得很好。"

"你们说什么了？"

"我就给她讲故事。"

"没有别的了？"

"没了。"

顾生便不再问，心事重重的。

顾生身子好起来的那天晚上，就急不可待地挑着灯笼，拎着木匣出了门。

巧兮从阴影里闪出来，看着顾生的背影。这一次，她没有跟上去。

月光下，顾生问连城："你见巧兮了？"

连城点头。

"你们说什么了？"

连城道："无非是一些女孩子之间的悄悄话罢了。"

随即话锋一转："下个月要赶考了，今年你可有把握？"

顾生只是道："我也不知道。下个月也要轮到你投胎了，你有把握吗？"

连城沉默了。

顾生也沉默了。

这种沉默，大概就是巧兮所说的默契吧。

连城开了口："上次的故事，你还没讲完呢。"

顾生道："上回我们说到了少年和小妾终究还是没有忍住，少年大着胆子，爬上了高楼，和小妾欢好。"

"两个人开始还战战兢兢，到后来就轻车熟路了。

“一日不见对方，就茶饭不思。

“有一天，小妾却告诉少年：‘凡事皆有定期，万物皆有定时。此后，我不能再见你了。’

“少年不解。

“小妾不语，只是紧抱少年：‘记得我们初见时，那只风筝吗？’

“少年说：‘记得。’

“小妾道：‘要是天气好，你记得放飞，一定要把线剪断。’

“次日，少年依旧卖风筝。

“却见很多人往前跑。少年问路人：‘前面是怎么了？’

“‘前面高楼着火了，走，快去看热闹。’

“少年一听，慌了神。

“少年气喘吁吁地跑过去，见高楼大火熏天，救火的人都不能近前。

“少年疯了一般，要往里冲，被路人死死拉住。

“少年哭喊不休。

“大火烧了一整天才熄灭，少年瘫软在灰烬里。

“邻人传闻，达官贵人发现了小妾偷人，怒不可遏，要找到奸夫千刀万剐。

“小妾宁死不肯说出奸夫下落，达官贵人把小妾绑在床榻上，一把火烧了高楼。

“‘可怜啊，那么一个美人，最后还是化成了一团灰烬。’

“少年想起小妾的话，回家翻出那只风筝，放到最高的时候，斩断了丝线。风筝远远地飞向了天际。”

故事惹出了连城的眼泪。

临别之际，连城对着顾生的背影喊：

“顾生，这次投胎的名额里有我。我要走了。”

顾生呆住，良久。转过身来的时候，脸上已经有了笑：“太好了，终于等到这一天了。”

连城也笑：“顾生，谢谢你陪了我这么多年。”

顾生跟着笑：“你我之间，还用客气？这次科举，我一定高中。”

回去的路上，顾生走得很慢，月亮也跟得很慢。

巧兮帮助顾生收拾东西。

顾生有些失魂落魄。

巧兮自己开了口：“知道那天我见连城的时候，说了什么吗？”

顾生看着巧兮，摇头。

巧兮轻叹一声：“一个女人的心事，瞒不过另外一个女人，尤其她们还是为了同一个男人。”

那天晚上，巧兮走进了花丛，朗声说：“我是巧兮，是顾生让我来的。”

“我知道你是谁。”

巧兮回头，连城已经俏生生地立在那里。巧兮有些吃惊：“你知道我？”

连城笑：“你每次都跟着顾生来，每次都躲在树后面。”

“那你怎么不告诉顾生？”

连城说：“我想以后有个人陪着他。”

巧兮说不出话。

连城又问：“他又发烧了？”

“你怎么知道？”

连城叹息："他一身病，都是因我而起。"

"因你？"

"人鬼殊途，靠近我，他会生病。"

巧兮呆住。

连城招呼巧兮："妹妹，坐下说吧。"

巧兮依言坐下。

连城看着巧兮，似是很喜欢她。人愿意跟自己喜欢的人袒露心迹。

连城开了口："其实，我早就拿到了投胎的名额。"

巧兮又一次愣住："那你？"

连城接着道："顾生一心想要考取功名，却总是落第。我怕我走了，他一个人孤单，想多陪陪他。"

巧兮忍不住叹气："姐姐，你有没有想过，以顾生这样的才华，怎么会屡考不中呢？"

连城看着巧兮。

两个女人对视，良久，什么都明白了。

顾生听完，连连叹息："我一直觉得是我陪着她，没想到反而是她陪着我。"

巧兮道："陪着你的，可不止她一个人。"

顾生抬头看着正在给他收拾行李的巧兮，五味杂陈："巧兮，你对我的心思，我怎么能不知道，只是……"

巧兮打断了顾生："你别说了，我都明白。男人心里有一个女人，便容不下另一个女人了。都是我自己愿意的，你没罪过。"

"可是，我这一走，你也孤单了。"

巧兮笑："你忘了我是做什么的了吗？迎来送往，你也不过只是我的一个客人罢了，我才不孤单。你且安心考试吧。"

临行前，顾生去看连城，却只找到连城的留书。

书上只有一行字：凡事皆有定期，万物皆有定时。

顾生将书信收在怀中，大步向前，再也没有回头。

巧兮从花丛里走出来喃喃：“他走了。”

一个声音传过来：“他该走了。”

连城走到巧兮身边，两个女人站在了一起。

“你说，他还会回来吗？”

巧兮看上去很轻松：“如果他回来，我带他来看你。如果我也没来，就是他没有回来。”

连城没说话。

巧兮问：“你什么时候走？”

“今晚就走了。这次，不会再错过了。”

巧兮说：“来世，如果还有缘分，我们会是好朋友。”

“我们已经是好朋友了。”

两个女人相视而笑。

“祝你来世幸福。”

“祝你今生安乐。”

夜色里，两个女子都安静地看向了顾生离去的方向。

顾生走后，巧兮迷上了抄书，抄得到处都是，尤爱李义山。

巧兮记得，当年可栖新建的时候，自己的字还写不好呢。如今，字却越写越漂亮了。

君问归期未有期，巴山夜雨涨秋池。

何当共剪西窗烛，却话巴山夜雨时。

一年后，巧兮已然习惯了没有顾生的日子。

巧兮又在抄诗，抄的是：如线如丝正牵恨，王孙归路一何遥。

“巧兮。”

有人叫她。

巧兮以为自己幻听了。

“巧兮。”

巧兮回过头，山脚下的黄昏特有的流光溢彩里，顾生远远地叫她。

两个人就这样隔着流光对望了好久。

“我还是没有高中。”

“你这么聪明的人，怎么就屡考不中呢？”

“我也不知道。”

“那你挣钱了吗？”

“我还是个穷光蛋。除了一样东西，我什么都没带回来。”

“你带回了什么？”

“是一个许诺。”

巧兮呆住，看着顾生，痴痴地笑了。笑着笑着，又想哭：“可我……可我……我其实是……”

顾生打断巧兮：“我知道。”

“你知道？”

顾生点头：“我在几十年前可栖的方志里，发现了你的笔迹。那时候我就知道了，可栖不是秀才建的，是你建的。山中多狐，我早就猜到了。”

巧兮看着顾生的眼睛，认真地、伤感地说：“顾生，我怕我也不能陪你太久，我也有我的时辰。你要了我，日后会伤心的。”

顾生猛地抱住了巧兮：“有过，总比没有要好。两情若是久长时，又岂在朝朝暮暮呢？”

巧兮和顾生相携去看连城。

花丛里，有些花谢了，有些花又新开了。

巧兮问顾生：“你说，连城来世还是女孩吗？”

顾生答：“说不定，能做我们的女儿。”

巧兮笑。

顾生说："木匣里，那些故事，我不知道该不该烧给连城。"

巧兮道："烧了干吗？"

"那怎么处理？"

"著书立说，藏之名山，也让后世有缘的人看看。"

顾生一愣："我这些故事，也可以吗？"

"当然可以了！"

"那，书名叫什么好？"

"让我想想，一鬼一狐一书生，索性就叫《鬼狐录》吧。"

顾生笑了："《鬼狐录》？妙。"

两人辞别了连城的冢，相携而去。

身后，坟头，有一朵花，轰然绽放。

外面大雨如注。

万里风听完，赞叹不已："敢问先生，这个故事，可是真的？"

老者笑道："故事故事，真真假假，假假真真，何必计较？我故去的好友渔洋先生写过几句诗，倒是颇符合老夫心境：姑妄言之姑听之，豆棚瓜架雨如丝。料应厌作人间语，爱听秋坟鬼唱诗。"

万里风心中一片清明，感觉自己从此比别人多了一个世界，说不出的满足。突然间，他抬头，看到了挂在屋子正中的一块牌匾，上书两个大字：

聊斋。

老者逝去五十年后，《鬼狐录》换了个人们更熟悉的名字，刊行于世——《聊斋志异》。

老者姓蒲，名松龄，字留仙，后人更愿意称呼他聊斋先生。

— 10

昭君怨

一千多年以前，朔北，大漠。

这一日，北风劲吹，天空中，雁字成行，正向南飞。

星罗棋布的大帐前，立着一个女子。这一年，女子已经五十三岁，身旁儿女恭顺地服侍着。

女子身着胡人的衣服，眉眼间，却明显是汉人。

此刻，她正仰着头，看着天际中南飞的北雁，莫名流下两行泪来。

儿女不敢上前安慰，只能安静地陪着，直到女子吩咐道："取我的琵琶来。"

女儿应声前去，不多时，抱过一把古香古色的琵琶，双手递给女子。

女子接过琵琶，早有人递上了座。女子坐下来，看雁阵在云端时隐时现，弹了起来。

乐声被北风鼓荡，由近及远，似是传到了更远的地方。

儿女们都肃然，听惯了的这首汉曲，唤作《凤凰于飞》。

女子弹着琵琶，似乎把自己带回到了多年以前。那时候，她有一个好听的名字，叫皓月。

西汉年间，负责为皇宫选秀的掖庭，开始了一年一度的民间选秀。

南郡秭归县，有一位名叫皓月的女子，被认作是良家子，又弹得一手好琵琶，随即被选入掖庭。

入宫之时，皓月年纪尚小，并不知道前方迎接自己的，究竟是怎样一番际遇。

皓月小儿女心性，进了掖庭，只觉得事事新奇。后来，皓月很快熟悉了掖庭。

原来，除了宫女，罪人女性家属也要在此劳作、种田、织锦，以赎罪。

其他宫女都躲着这些罪人家属，对她们也不甚客气。但皓月反倒愿意和她们接近，从而认识了许多蔬菜的长相、草药的君臣佐使，学会了不少锦缎的织法。一旦得了空，她就跑到罪人家属的院子里，弹起琵琶。乐声悠扬中，人们的目光好似能越过掖庭四面的高墙。

这一日，皓月照例抱着琵琶来到罪人家属的院子，见女人们都围在一起，叽叽喳喳地争论着什么。

皓月拨开人群去看，才发现人群中一只硕大的白色大雁倒在血水之中，身上的白色皮毛都被染成了红色，正奄奄一息地蠕动着。

皓月俯下身，查看大雁的伤口。听女人们说，大雁是从空中直直地跌落下来的。

皓月对众人喊："快找点水来，没准儿还有救。"

众人七手八脚地忙碌起来，找水的，递草药的，很快把白色大雁裹成了一只粽子。

接下来的日子，皓月不当值的时候，就悉心照料大雁。每天喂食喂药，还亲手做了一个铺满了软草的窝。大雁伤重，虽然能勉强吃食吃药，但眼神里毫无生气。宫女们来看大雁，都道是："伤得这么重，活不了几天了，皓月你别费工夫了。"

皓月就不高兴了："你们别当着它的面说这种丧气话，我一定能救活它。”

轰走了宫女们，皓月就看着大雁，对大雁说话：“喂，你可别死啊，你死了怎么对得起我？来，吃药。”

大雁眼神灰暗，面对着皓月递上来的草药，就是不张嘴。

皓月急了：“你想死是吧，我还就偏不让你死。”

说罢，自己把草药嚼碎了，嘴对嘴喂给大雁。

喂完了药，皓月嘴和舌头都麻了，整整三天说不了话。宫女都笑皓月傻，哪有嘴对嘴喂药的？喂的还是一只半死不活的大雁。

皓月也不以为意，倔脾气上来，宁可自己说不出话，也坚持每天给大雁喂药、上药，活动双脚和翅膀。

皓月特别喜欢看大雁的翅膀，每一次喂完了药，皓月都口齿不利索地对大雁说：“你看看你，有翅膀，能飞，想去哪儿去哪儿，多好！还不好好活着吗？我要是你，我飞上天就不下来了。”

皓月一脸向往的表情映在大雁灰暗的眼睛里，这双眼睛，渐渐有了光。

大雁的伤慢慢好了起来，也能自己吃药了。皓月把大雁当成了宠物，没事就跟大雁说话，有时候也当着大雁的面换衣服。

日子久了，皓月就把大雁当成了老友。想家的时候，就跟大雁说起自己家乡的风物，一年四季里的好吃的。初潮的时候，就一脸羞赧地告诉大雁：“吓死我了，我差点以为我要死了。我都漏了我。”

一夜，给大雁喂了食，皓月累得惨了，安置好了大雁，就倒在床上，在其他宫女此起彼伏的鼾声中，睡着了。

睡到了三更，皓月突然被叫醒，迷迷糊糊地睁开眼睛，睡眼惺忪地看着一个一袭白衣的公子，正在月光底下，对着自己作揖行礼。

皓月还以为是梦，半睁着眼，说话含含糊糊："是谁给我托梦吗？说吧，何事？"

白衣公子一囧："姑娘，多谢你相救。"

皓月睡眼蒙眬，听得也不分明："什么？什么相救？"

白衣公子一揖到底："不敢相瞒，我是姑娘救回来的白雁，同伴都唤我雁三公子。"

皓月哼哼一声："别闹了，你这个梦还挺调皮。你是雁三公子，我就是第七公主。你一定是个梦，宫里哪来的男人啊。除非……除非你是个小太监，小太监你胆子挺大，还敢来梦里开姐姐我的玩笑，看我怎么罚你。"

说罢，不由分说，一把掏向了雁三公子的胯间。

雁三公子生平从未遇到这样的境遇，一时间，不知道该收腹提臀还是跌倒在地。倒是皓月还没撤手就一声惊呼："你真是男人？不是梦？"

雁三公子极其生硬地推开了皓月的手，觉得自己双颊滚烫，连退后了三步，一声也发不出来。

挑了灯，皓月带着雁三公子，在宫女们的呼噜声中，蹑手蹑脚地出了门。在掖庭花园的假山下，皓月把灯挑到最亮，举到雁三公子身前，睁大了双眼，上上下下仔仔细细地打量着他。

雁三公子被看得极其不自在，咳嗽一声遮掩尴尬，开了口："我本孤雁，跌落至此，给姑娘添麻烦了。这些日子，感谢姑娘相救，我这就要去了。"

皓月惊叹："原来妖精的说法，是真的。咦？你要去哪儿？"

雁三公子道："去死。"

皓月惊呆了："是我耳朵坏了，还是你嘴瓢了？我好不容易救了你，喂水喂药这么些日子，你总算好了，又要去死？消遣我吗？"

雁三公子又作揖："姑娘是我的救命恩人，我不敢欺瞒。我本天上鸿雁，只因痛失爱侣，三日不食，一心寻死，却不料跌落到这里，被姑娘所救。"

皓月又气又急："这是怎么说的？听这意思还埋怨我了？我倒问问你，你有翅膀不飞，为何要寻死？"

雁三公子声音平静："鸿雁天生成双成对，从不独活，我痛失爱侣，孤雁南飞，心中恓惶，了无生趣，本想着一死了之，没想到被姑娘所救，我不敢就此死去，只好等着伤愈之后，跟姑娘道了谢，再去赴死。"

皓月听到这里，惊叹之余，多少听明白了，心中纳罕，情情爱爱，究竟是何物？让生灵连命都不要了？

顿了一会儿，说道："我听父母说，雁最讲求'仁义礼智信'。雁阵当中有雁序之说，老雁引领阵头，壮雁飞得再快，也不会赶超到老雁前边，是为礼。是也不是？"

雁三公子显然吃了一惊，没想到皓月竟然知道这些，只是点头。

皓月又问："但凡有老弱病残的大雁，整个雁群都会加以照顾，绝不会弃之不顾，直至终了，是为仁。是也不是？"

雁三公子再一次点头。

皓月娓娓道来："所谓犬为地厌、雁为天厌、鳢为水厌，意思是说，大雁敏锐机警，野兽或者猎户，都极难接近地上的雁群。是为智。

"时节变换，大雁至秋而南翔，风雪无阻，从不爽期，是为信。是也不是？"

雁三公子拱手道，姑娘说得是。

皓月点头："那就好，既然你的命是我救回来的，就属于我了，从今以后，你是我的宠物，我让你死，你才能死，我不让你死，你就要好好活着。你身为大雁，不会不遵雁信之说吧？"

雁三公子呆立，说不出话来。

此后，雁三公子果然没有违背雁信。平日里，皓月当差的时候，就自行飞出去，不知道去哪里。

在皓月回来之前，雁三公子一定会准时飞回来，等到深夜，其他宫女都睡下了，雁三公子便化成人形，和皓月在假山下相聚说话。

皓月好奇心重，总是有问不完的问题。

“南方什么样？风物几何？有什么好吃的？女孩子穿什么衣服？戴什么花？”

“天上什么样？风什么味道？雨什么味道？云朵能吃吗？飞的时候见到其他的鸟，会打招呼吗？”

雁三公子就逐一回答，但皓月就总是问不够。

这一日，皓月当值回来，累得一直打哈欠，告诉雁三公子：“你可不知道，今日宫里来了个什么匈奴的单于，声势那叫一个浩大，他们穿的衣服、骑的马、身上的味道都和我们汉人不一样。听说啊，陛下还亲自接见单于了呢。哎，我问你，匈奴到底在哪儿啊？说是什么朔北大漠，我从来没去过，你去过吗？”

雁三公子道：“朔北劲风，是极寒之地，我自幼体弱多病，经不住大漠的风吹，因此从来没有去过。”

皓月打量着雁三公子：“真羡慕你有翅膀，可以去很多地方瞧瞧看看，不像我，总是被困在这里，除了宫中，哪都去不了。”

雁三公子摇头：“去哪里不重要，重要的是和谁去。”

皓月一呆：“你和你的妻子，去过很多地方吧？”

雁三公子听皓月提起了亡妻，眼神里似有一阵火烧了起来。

“我与妻子自幼相识，一起长大，秋天南飞过冬，等北方春归，再飞回来。去过许多地方，吹过不同味道的风，踩过许多形状的云，也见识过人间至盛的繁华。大雁终生一夫一妻，绝无二心，我与妻子结缘之后，便定了同生同死之约。

“一日，雁阵捕食，不料，遇到了张网捕雁者，我等深陷罗网之中。

“我和壮雁奋力脱网，救出老弱之后，才发觉我妻子和其余雁伴未能脱网，等我俯身下去搭救之时，捕雁者已将我妻子杀害了。

“我悲从中来，不想独活，但还有大雁落网，雁阵被打乱了，我不能就此死去，只好又和壮雁一起，救出了其他同伴，护送雁阵飞远。

“等雁阵脱险之后，我独自脱离雁阵，不吃不喝，一心求死，本想着投向我妻子死去的方位，却在空中失了力气，跌落到掖庭之中，被姑娘所救。”

皓月听完，看雁三公子的眼神里，有了一种从未存在过的光彩，带一点崇敬，又带一点怜惜。

她没有说话，只是拾起自己的琵琶，告诉雁三公子：“这琵琶是我入宫之前，父母赠我的，蚕丝做冰弦，我送你一首曲子吧。”

皓月说罢，弹起琵琶，是一曲《凤凰于飞》。

雁三公子听着，为之下泪，喃喃：“凤凰于飞，翙翙其羽，说的就是恩爱的夫妻。此后的日子，万里层云，千山暮雪，都只有我一个了。”

皓月弹完曲子，握住了雁三公子的手，说道：“虽然我年纪小，还不能体悟情爱，但我看你对她的思念，却也知道这世上没有什么比‘惦念’更美的东西了。有你惦念着她，那你们两个，就都是幸福的。你要是死了，她就再也没有谁惦念了。你不只为了自己活着。”

雁三公子听完，看着眼前俏丽天真的女子，呆住，自己从来没有想到过这一层。

又一日，画工们纷纷入宫，给众宫女画像。

宫女们盛装打扮，叽叽喳喳地传言，陛下挑选侍寝，都是看画像，要是被选中，以后得宠，入住后宫，就再也不用在这里寂寞了。

宫女们拿出所有财帛，一股脑儿都给了画工，央求画工把自己画得好看一些。

这是画工们的主要收入来源，他们来者不拒，养家糊口，又助人为乐，何乐不为呢？

轮到了皓月，皓月也递了财帛，但这个名叫毛延寿的画工，头都没抬，伸手要接，皓月却停住：“请大人把我画得丑些。”

毛延寿揉着酸疼的胳膊，抬起头，有些莫名其妙地看着眼前的女子，疑惑：“其他宫女都央求我把她画美，你为何要我把你画丑？”

皓月道：“不瞒大人，我不想被选中，我想自在一点。”

毛延寿笑了：“自在？选中了岂不是更自在？”

皓月却摇摇头，眉宇间凝结着一丝愁苦：“选中了，就不自在了。”

毛延寿脸上的笑容一敛，第一次遇到要把自己画丑的宫女。

画完之后，皓月仔细看了。

毛延寿问：“够丑吗？”

皓月扑哧笑出声来：“够了够了，再丑一点，我都看不下去了。谢谢大人。”

说罢，拿起笔，在画像旁边写上了自己的名字。

当即给毛延寿行了礼，兴高采烈地去了。

看着皓月离去，毛延寿还没回过神来。

下一个宫女上前，看毛延寿正在出神，就开口道：“她啊，一直就奇奇怪怪的，天天跟大雁说话。大人不用理她，请大人把我画得美一些吧……”

毛延寿耳朵里什么都听不见了，低头看那张画像，旁边工工整整地写着“皓月”二字。

夜里，皓月把这件事告诉了雁三公子。

雁三公子问："你不是一直想去别的地方看看吗？怎么有了机会，你却拒绝了？"

皓月看着雁三公子，眨着眼睛，说笑似的："你飞不到朔北，我舍不得你啊。"

雁三公子一愣，不知如何答言。

皓月笑了："好了，我逗你的。我知道你心里总惦念着你妻子。不说啦，我们去放风筝。"

掖庭中，起了风，简易的风筝在天上飞，旁边一只大雁上下腾挪。

大雁沿着丝线往下看，皓月兴高采烈地跑着，跳着，笑着，叫着。

此后，毛延寿常常来掖庭给宫女们画像。

每次来，都和皓月说上几句话。

皓月热心地帮他磨墨、洗笔、递染料，也学着他的样子，画上一两笔，竟然颇有样子。

毛延寿赞叹："你很有天赋。"

皓月就笑："我只是好奇。想问大人，你给这么多人画像，心里能记住的人，又有几个？"

毛延寿被皓月问住了，呆了半晌，竟然答不上来。

皓月脸上沾着染料，说了句："有的人丹青能画，有的人只有情爱能画。"

毛延寿又吃了一惊："皓月心里有个人了？"

皓月没说话，举起自己画好的画给毛延寿看："大人，你看我画得如何？"

毛延寿去看，见绸缎上，有一只风筝，一只白雁。不解，问皓月："姑娘画的是？"

皓月道："姑娘家的心事，就不跟大人说了。"

说罢，站起身来，蹦蹦跳跳地去了。

毛延寿看着皓月身后并不存在的行走痕迹，呆立了良久，忍不住笑了。

翌日，毛延寿应召入宫。

原来是匈奴呼韩邪单于到了。

元帝设宴款待。

呼韩邪单于海量，喝美了，起身行礼：“呼韩邪愿做汉人的女婿，请陛下恩准。”

元帝一听，龙颜大悦，和亲可避免多少生灵涂炭，当即准了，吩咐毛延寿、画工：“将掖庭的美人画像呈上来，朕亲自为单于选后。”

毛延寿恭谨地呈上画像。

元帝翻了几张，眉头一皱，见画像上有一只风筝，一只白雁，不解。

毛延寿在一旁看着，暗骂自己粗心。

元帝又翻了一张，指了指：“就这位美人吧，赐予呼韩邪单于。”

毛延寿胸中一凉，见那画像上的女子，旁边明明白白地写着两个字：皓月。

圣旨下得很快。

掖庭里议论纷纷：“怎么就选中她了？我早就看到她和那个画工眉来眼去，想不到他们早就串通好了。”

皓月接到了圣旨，紧接着就有了自己的房间和仆人。

皓月脸色平静，吩咐人备了酒饭，关上门，和雁三公子对坐。

无言，只饮酒。

几杯酒下肚，雁三公子开了口：“我带你走，三更，你俯在我身上，我带你飞出掖庭。”

皓月看着雁三公子，眼睛里有了光：“有你这句话，我就够了。只是，我走得了，我的家人走不了，要是我抗旨不遵，我的家人就要受到株连。我常说自在，但人生在这个世上，总是被牵绊着，又有几个人能真正自在？我只能去。”

皓月举起酒杯：“公子，你我这段缘分，原本就是天赐的，皓月虽然年纪小，但深知不可贪心的道理。谢谢公子，让皓月从此以后，心里都有个惦念。这杯，我敬你。”

雁三公子叹了一声，仰头喝酒，如此一来，眼泪就不会流下来。

出塞前，毛延寿偷偷赶来，对皓月说：“是我误了你。”

皓月笑：“大人这叫什么话？要说误也是我自己误了自己。山水有相逢，大人保重。有机会，再跟大人学画。”

皓月赐称：王昭君。

皓月盛装出塞那日，浩浩荡荡，仪仗绵延数十里，长安城内，百姓纷纷前来相送。送别之际，元帝才第一次见了昭君的样貌，心中后悔不迭：我怎么将这样的女子拱手送了出去，遗憾，遗憾啊。

但事到临头，君无戏言，只得如此了。

皓月在马车上，脸色平静。

出了长安城，远方一片平沙，再往前走，就远离故国和故人了。

皓月捧起琵琶，奏冰弦，正是那曲《凤凰于飞》。

凤凰于飞，翙翙其羽。

琵琶声传了出来。

突然有人惊呼：“看。”

送别的百姓和仪仗都仰起头，只见天空之上，一只白雁，孤雁盘旋，吟啸，附和着琵琶声声。

马车中，皓月弹着琵琶，听着雁鸣，泪湿云鬓。

一曲离别意，尽在这曲《凤凰于飞》之中。

送别的人们，都被这景象惊呆了。

陡然间，白雁纵身飞向马车窗前，吟啸。皓月探身出来，见白雁嘴角含血，终于再也忍不住，眼泪奔涌。

雁三公子道：“姑娘，我这条命，就此还给你了。日后，你若是惦念我，就看看南飞的北雁吧。替我活下去，我想被惦念着。”

说罢，雁三公子吐尽了最后一口血，跌落在平沙之上，就此殒命。

皓月眼泪蓦地止住：“雁三公子，等胡地的草色青了，我就去找你。”

车马远去。

皓月再也没有回头，只有那一曲《凤凰于飞》，响彻天地之间。

送行的百姓，见白雁落地，都道是因为皓月的美貌，从此就传扬开来，有了“平沙落雁”的传说。

毛延寿看着那幅画着风筝和白雁的画像，什么都明白了。

元帝回宫之后，大为恼怒，急召画工，质问：“是谁画的昭君？为何把美人画成画中的样子？使朕痛失美人，是何居心？”

画工们都吓得噤声。

毛延寿却向前一步，昂然道：“是我画的。”

元帝不解：“为何如此？”

毛延寿朗声而笑：“有的人丹青能画。有的人却只有情爱能画。”

元帝震怒，早就听说画工和昭君有染，果不其然，遂下令斩杀毛延寿。

刑场上，毛延寿道：“我与皓月之清白，天地为证。”说罢从容赴死。

皓月经过数月行程，抵达朔北大漠。

入了秋，就成日里抱着琵琶，弹奏《凤凰于飞》，看着北雁南飞。

皓月为呼韩邪单于诞下麟儿，待呼韩邪单于病逝之后，皓月上书元帝，想归汉。

元帝回旨：你已经是昭君，就遵从匈奴习俗吧。

所谓的匈奴习俗，即父死子继，父亲归天之后，由儿子娶继母。

皓月断了归汉的念头，嫁给了呼韩邪单于的儿子，复株累单于，又生下一对子女。

老翅儿回寒暑，不知道看了多少次北雁南飞。当年的皓月，如今的昭君，已经五十三岁了。

一曲《凤凰于飞》弹完，天上鸿雁吟啸，皓月安详离世。

儿女们哭倒在地，而曲琵琶那，似乎还回荡在北风之中。

匈奴将昭君厚葬。

北地草木荒凉，却唯有昭君墓上，草色青青，后人称为“青冢”。

此后，诗人们写下许多诗词来纪念这个女子。

她有很多名字：皓月，王嫱，呼韩邪单于阏氏昭君，明妃。

她留在历史上的记载极少，却永远活在了诗里面。

其中王安石于宋嘉祐四年，写下《明妃曲》二首——

其一

明妃初出汉宫时，泪湿春风鬓脚垂。

低徊顾影无颜色，尚得君王不自持。

归来却怪丹青手，入眼平生几曾有；

意态由来画不成，当时枉杀毛延寿。
一去心知更不归，可怜着尽汉宫衣；
寄声欲问塞南事，只有年年鸿雁飞。
家人万里传消息，好在毡城莫相忆；
君不见咫尺长门闭阿娇，人生失意无南北。

其二
明妃初嫁与胡儿，毡车百辆皆胡姬。
含情欲语独无处，传与琵琶心自知。
黄金杆拨春风手，弹看飞鸿劝胡酒。
汉宫侍女暗垂泪，沙上行人却回首。
汉恩自浅胡恩深，人生乐在相知心。
可怜青冢已芜没，尚有哀弦留至今。

而雁三公子并无记载传世，但元好问那首《雁丘词》，却似是道尽了雁三公子的心境：

问世间，情为何物，直教生死相许？
天南地北双飞客，老翅几回寒暑。
欢乐趣，离别苦，就中更有痴儿女。
君应有语：渺万里层云，千山暮雪，只影向谁去？

横汾路，寂寞当年箫鼓，荒烟依旧平楚。
招魂楚些何嗟及，山鬼暗啼风雨。
天也妒，未信与，莺儿燕子俱黄土。
千秋万古，为留待骚人，狂歌痛饮，来访雁丘处。

一 11

孟姜女

北风劲吹，草木摧折。

此刻，一群女人，满面风霜，衣衫褴褛，每个人都背着一个包袱，正迎着风往北走。

其中，女人群中，唯一的男人，独臂，正弓着腰，拉着一辆车。

车上，一个叫姜芦的女子正遥望着北方。

这是公元前221年。秦始皇灭六国，天下初定，但仍旧是百废待兴。这群女人走过的地方，时不时就能见到饿死的人。

大多数活着的，都关心着食物。

没有谁在意这群女人从哪里来，又到哪里去。

女人群中的独臂男人只顾着拉车，一言不发，从表情到步伐，都像极了一头牛。

他走在队伍最前面，身后的女人三三两两地跟上来，步伐飘忽却又透着坚定。

她们已经走了三个多月。

要是这时候，你正好迎面遇见她们，你包袱里还有一块饼、一块腊肉，女人们都会围上来，叽叽喳喳地问你：“你需要缝补衣服吗？”“你走累了想捏捏腿脚吗？”“你想摸我的奶子吗？”“你想和我睡个一晚上吗？”……

如果你说“好”，她们只会向你要一口吃的，就愿意答应你几乎所有的要求。

除了姜芦。

因为姜芦被女人们认为是队伍里最富有的，她还有一个愿意为她拉车的男人，尽管他少了一只胳膊。

而这个独臂男人，即便在这样的路上，也不想让姜芦受一点委屈，维护着她最基本的尊严。

女人们有些恨姜芦。

“她凭什么？”

如果你问她们：“你们这是要去哪儿？”

她们会不约而同地看向姜芦，而姜芦会抬起头，看着你，告诉你：

“天冷了，我们要去给丈夫送冬天的衣裳，丈夫走的时候，还穿着春衣呢。”

你要是想弄明白她们的丈夫去了哪里，事情就要从头说起……

劈山岭，山脚下，有个村子。

村子有个奇怪的名字，叫葫芦村。

葫芦村之所以叫葫芦村，因为全村人都以种葫芦为生。

葫芦可以做酒壶，剖开可以做瓢，运用一点想象力之后，还可以做成装饰品。

而这些都可以换成钱，换来吃穿用度。

葫芦村里，有个奇怪的女孩，叫姜芦。

姜芦种的葫芦尤其好，村子里甚至有人说，姜芦就是葫芦生的。

因为姜芦的父母生不了孩子，就每天在葫芦园里烧香，求子。

有一天，父母发现葫芦园里长出来一个颜色鲜艳的葫芦，剖开以后，发现里面躺着一个女孩。

他们欢天喜地，把女孩养大，给她取名叫姜芦。

虽然这只是传说，但葫芦村的村民仍旧对此深信不疑，证据之一，就是姜芦种的葫芦，饱满、圆润，甚至颜色各异。

如果姜芦不是葫芦生的，为什么她能种出这么好的葫芦呢？

但姜芦身上更奇怪的地方是，她从来没有流过眼泪。

打从生下来就不会哭。

小时候，被邻居欺负、摔倒了、受伤了，她都不会掉眼泪，只会笑。

即便是努力想要学别的孩子哭的表情、姿势，也只能发出几声干号，绝无眼泪。

后来，姜芦的父母先后去世，姜芦伤心万分，努力想让自己哭出来，也没有挤出过一滴眼泪。

父母离世都不掉眼泪，村民们认为姜芦不孝，没有人喜欢不孝女。

谁会喜欢一个薄情的女人呢？

除了万喜良。

万喜良是村子里的破落户，家贫。自己也不务正业，唯一的消遣，是骑在姜芦葫芦园的土墙上，给姜芦讲笑话，逗姜芦笑。

而姜芦又最不经逗，常常被逗得咯咯娇笑，而且一笑起来，就停不住。

笑声就像从山上落下来的泉水击打石壁，煞是好听。

年纪轻轻的万喜良，仅仅是听着姜芦的笑声，就能脸色涨红，腰里像长出来一棵树，顶得猛了，裤裆也就撑破了。

姜芦一定是天上的仙女，借葫芦来胎生，不然人世间怎么会有笑得这么好听的女人呢？

万喜良坚信这一点。

他嘴里叼着一根草，骑在墙上，对着姜芦叫嚣："姜芦，我要娶你当媳妇，让你睡塌我的炕，给我生孩子。"

正在浇葫芦的姜芦就拿水泼他："别做梦了，我才不喜欢你这样的男人。"

万喜良就不爱听了："你凭什么不喜欢我？你不喜欢我，那你喜欢什么样的？"

姜芦弯腰浇水，笑着说："我喜欢读书人。"

万喜良嗤之以鼻："读书有什么好？"

姜芦说："读书人什么都明白，什么都能解释。"

万喜良更不爱听，摇摇头："现在连饭都吃不饱，谁还有闲心思读书？依我看，你还是死了这条心，嫁给我算了。"

姜芦一瓢水泼过来，万喜良打了个激灵，没坐住，一个倒栽葱，掉了下去。

隔着墙，他还是听见了姜芦银瓶炸裂一般的笑声。

不知道为什么，即便姜芦说了这样让他伤心的话，他还是觉得无比幸福。

万喜良觉得，这个世上，有些女人，是有毒的。

姜芦葫芦种得好，其实有自己的秘诀。

她每天晚上，都跟葫芦园里的葫芦说话。

有时候是念几句诗，有时候唱几句曲儿，有时候说说自己的心事。

她觉得葫芦们都能听懂。

风一吹，葫芦藤就摇头点头。

这是只属于她和葫芦们的秘密。

女人的心思，除了夜风、月亮、三四月的春雨、漫天的星辰还有她亲手养大的植物，又有谁能真正弄懂呢？

这一晚，姜芦正在和葫芦们说着话。

月光照过来，土墙上，一个白影一晃而过，跃进了葫芦园。

姜芦心说：搞不好又是万喜良来偷葫芦。

随手拎起了一个盛水的大葫芦防身，走了过去。

借着月光，姜芦看见葫芦藤下面有一团白影在蠕动。姜芦轻轻呼吸给自己壮胆，随即举起大葫芦就砸了过去。

一声惨叫。

一声男人的惨叫。

等那团白影动了动，姜芦才看清，竟然是个赤身裸体的男子。

姜芦一团怒火烧了起来：“哪来的轻薄子，也太不要脸了。”

不由分说，抡着葫芦就是一通狂打。男人惨叫着往葫芦藤深处躲，边躲边叫着：“莫打，莫打。”

姜芦哪管那么多，噼里啪啦高频率地狂抡。

男人终于怒了，大喊一声：“够了！”

姜芦手里的葫芦一顿。

男人开口：“其实我……”

“砰”的一声，葫芦砸在了男人的脑袋上，应声碎成几瓣儿。

男人看着姜芦，眨了几下眼睛，身子一歪，昏死了过去。

姜芦看看倒地的男人，又看看自己手里已经不知道碎到哪里去的葫芦，也愣了。

还没反应过来，就听见外面人声、狗吠，火把烧红了夜，有差役喊：“奉旨捉拿逃避徭役的壮丁，凡包庇者与罪人同罪。”

姜芦看看躺在地上遍体鳞伤的男人，这才明白了。赶忙用葫芦藤盖住了男人，自己跑出去，等着差役来搜查。

直到差役叫嚣着离去，门也没响。姜芦松了口气。

回到葫芦藤下，一瓢水泼过去。裸男醒了过来，睁开眼睛，再一次弄明白了处境，更加慌乱，双手一会捂住自己的下体，一会捂住自己的头。

这倒是把姜芦逗笑了。

姜芦的笑声传过来，比凉水还让裸男觉得通透，他喃喃地解释：“小人范希郎，逃窜中慌不择路，才翻墙进了姑娘的园子。”

姜芦忍着笑问：“那你逃命为什么不穿衣服？”

范希郎道：“差役一路放狗追我，我急中生智，把衣服丢得到处都是，本想这样就能让狗子迷路……”

姜芦哈哈大笑：“你倒是够聪明的。”

笑完，看着此情此景，又像是自言自语似的，说：“古时候有‘蕉叶覆鹿’，现如今有我姜芦葫芦藤覆裸男，不知道以后我会不会被写进书里？”

范希郎一怔：“原来姑娘叫姜芦，原来姑娘也是读书人。”

姜芦连连摆手：“我就是读了点杂书，可不敢叫自己读书人。”

此后，姜芦就偷偷把范希郎留下来，替他疗伤。

没有钱抓药，就去卖葫芦。

范希郎一天比一天好起来，除了帮着姜芦照料葫芦园，还会给姜芦讲讲书中的掌故，什么《邹忌讽齐王纳谏》了，《冯谖客孟尝君》了，《唐雎不辱使命》了……

但姜芦更喜欢听范希郎读《诗经》。

每次范希郎念诗的时候，姜芦就定定地看着他，眼神清澈如碧波。

姜芦最爱听的是一首邶风，名曰《击鼓》。

> 击鼓其镗，踊跃用兵。土国城漕，我独南行。
> 从孙子仲，平陈与宋。不我以归，忧心有忡。
> 爰居爰处？爰丧其马？于以求之？于林之下。
> 死生契阔，与子成说。执子之手，与子偕老。
> 于嗟阔兮，不我活兮。于嗟洵兮，不我信兮。

范希郎告诉姜芦，这首诗里，就有一个故事。

一个要外出打仗的战士，想对留在家中的妻子说心里话。

此番离去，怕是不能相见。

打起仗来，不知道这样被拆散的眷侣还有多少。这也是圣人讨厌打仗的缘由。

姜芦听罢，说："我是个小儿女，家国征战我不懂。我倒是觉得，要是有这么一个男人，如此深情厚谊地对我，即便他告诉我，分别之后不能复见，又如何？我早已许下了与你生死契阔的誓言，那我就算是死了也满足了。"

范希郎没想到姜芦会读出这样的用意来，他怔怔地看着姜芦，心里说不出是什么感觉。

万喜良来的时候，姜芦就把范希郎藏起来，女人要隐藏自己秘密的时候，男人多数时候都无力察觉。

日子久了，范希郎伤也好了。

伤好了，就没有理由再住在葫芦园。圣人说了，名不正则言不顺。

范希郎提出了辞别。

姜芦正弯着腰给葫芦浇水，听到范希郎的道别，没有回头，只是问：“你要走了？”

“嗯。”

“去哪里？”

“回家。”

“你家里可有妻儿在等？”

“无妻无子，我自幼是孤儿。”

“那你要是被差役抓住怎么办？”

“那我就再跑，再翻墙跳进你的葫芦园。”

“……那你走吧。我就不送了。”

范希郎看着姜芦的背影，以前没想过，一个转身要这么耗力气。

姜芦听着脚步声远去，看着一藤的葫芦，还是忍不住叹息了一声。

范希郎磨磨蹭蹭地走出去三里路。

突然一个声音喊他。

他转过身，就看见姜芦抡着一个硕大的葫芦像流星一样向他冲过来。

范希郎不解，怔住。

姜芦飞奔而来，借势跃到了半空之中，以一个女人几乎不能完成的姿势，双手高举着葫芦，毫不迟疑地向着范希郎的头顶砸了下来，“砰”的一声。

范希郎还没反应过来，就跌倒在地，昏死过去。

姜芦半拖半拽地把范希郎拖回了葫芦园。

等范希郎醒过来，摸着头顶上的包，一脸无辜地问：“姑娘为何又打我？”

姜芦深吸一口气，说：“你是读书人，你知道，男人和女人住在一起总需要一个理由。你道别的时候，我想找一个留下你的理由，但我笨，一时半会儿，我没找到。我只能用这个办法。你受了伤，就要留下来养伤。我在你脑袋上打出来一个留下你的理由。”

范希郎呆住，哭笑不得，紧接着猛地伸出双臂，狠狠地抱住了姜芦，连声说：“打得好，打得好。”

姜芦被抱得近乎窒息。

从此之后，两个人在葫芦园里，一起读书，种葫芦。

等到春暖花开了，请了乡里乡亲，在葫芦园里，简简单单地办了婚事。

婚宴上，被邀请的万喜良以为是在做梦。这才多久，姜芦的葫芦园里怎么就长出来一个男人呢？

男人终于察觉到女人隐藏已久的秘密之后，一切也都晚了。

万喜良喝多了，掀了桌子，大吼：“我不同意这门亲事！”

跳起来，揪着范希郎的衣领：“你从哪里冒出来的，凭什么就娶了姜芦？你娶了姜芦，我将来娶谁？”

姜芦走过来，拉住了万喜良，告诉他：“万喜良，我心已经给了他，就不能给你了。”

万喜良看着姜芦，大颗眼泪砸下来，一言未发，转身大步离开。

据说，男人觉得自己伤心了，就是要长大了。

婚后，日子平和安静。

姜芦把葫芦种出了不同的样子。

范希郎手艺很好，在葫芦上刻诗，卖出去，换了钱，买吃的，买穿的，买花种。

两个人想象了未来的无数种可能。

生三五个孩子，把葫芦园扩大一番。

为了到底是要给范希郎起个书斋，还是要给姜芦盖个花园，争执不休。

一日，春光正好，夫妻二人正在葫芦园里照料葫芦。

范希郎穿着姜芦纺的薄薄麻衣，还是出了许多汗，姜芦替他擦汗。

女人看着男人忙碌时流汗的样子，心底时不时就会泛起温柔来。

墙外一阵骚乱，一群差役牵着鹰犬就冲进来，大呼小叫着绑了范希郎，大声宣布："范希郎早已经被选为壮丁，命就给国家了，要为国尽忠。"

姜芦死命拦住，差役把刀横在了姜芦脖子上："抗命吗？"

范希郎担心姜芦受伤，安慰她："娘子你且放心，我一定会回来的。"

差役们绑着范希郎就往外走。

姜芦被推倒在地，伤心过度，晕倒在地。

等姜芦醒了过来，就看见了万喜良。

姜芦挣扎着要起身。

万喜良拉住她："你要去哪儿？"

"我要去找我的丈夫。"

万喜良按住姜芦："他已经被押到北面了，不只是他，村子里所有的精壮男子，连同牛马都被拉走了。要给皇帝修什么大工程。到底是什么工程需要那么多人啊、牛啊、马啊？"

姜芦一怔，看着万喜良。

万喜良晃了晃空空如也的袖管："我断了自己的一只右臂，才勉强留了下来。"

姜芦摸着万喜良的袖管，看着他，心里痛得说不出话，但眼睛里却干涩无比，还是没有眼泪流下来。

姜芦有些恨自己，她也觉得自己是个薄情的人。

“你是为了我才……”

万喜良摇头：“你想得美，我只是为了逃避徭役。”

姜芦看着他，说不出话来。

这就开始了漫长的等待。

一个女人一生中，总是要花许多时间，等一个男人，以不同的方式。

春去秋来。

北雁南飞。

叶子黄了又绿。

思念丈夫的时候，姜芦就读《诗经》，温习当初范希郎讲过的掌故。

万喜良来帮助姜芦照料葫芦，看着姜芦在读诗，他发现，姜芦以前只是没有眼泪，现在连笑声也没了。范希郎带走了姜芦的笑声。

这让万喜良觉得很难过，甚至比当初姜芦嫁给范希郎还难过。

万喜良想起姜芦说过的话：“读书人什么都明白，什么都能解释。”

万喜良有些恨自己不是个读书人，他不明白自己心里现在的感受，就算他明白，他也说不出来。

秋去冬来，风吹凉了经过的一切，一天比一天冷。葫芦园里，一片萧瑟。

范希郎没有书信寄回来，姜芦送去的书信也没有回音。

音书断绝，原来是这个意思。

姜芦常常坐在葫芦园，看着天色，就陷入了沉思。

对丈夫的思念像个旋涡似的，能轻而易举地吞没女人。

夜里，姜芦睡到半夜，突然爬起来，点起了油灯，开始缝补寒衣。

万喜良再来，惊觉姜芦把葫芦园卖掉了。

万喜良有不好的预感。

到处去找姜芦，发现姜芦正在挨家挨户地游说那些同样被抓走了丈夫的女人。

“跟我去北方吧，天冷了，北方更冷，丈夫们走的时候，还穿着春天的衣服呢。”

有的女人像是听不懂姜芦的话：“你在说什么啊？”

有的女人觉得姜芦疯了：“你知道北面有多远吗？我们出了葫芦村，就会死在路上，连尸体都会被野狗吃了。我不想被野狗吃。”

有的女人似乎被姜芦激怒了，姜芦这番话提醒了她们，自己还有个丈夫。姜芦的提醒，对这些忘记丈夫存在过的女人，无异于一种侮辱。

她们把姜芦打了出来。

姜芦着急了，嗓子都哑了。

“你们不是口口声声说思念丈夫吗？你们不怕丈夫受风寒吗？你们不想见见他吗？你们就这么忍心吗？”

女人们都不再回应，看着姜芦，一起冷漠了下来。

姜芦在女人群中，像是个奇怪的生物。

万喜良在一旁看着，这回他明白自己心里的感受了。他很心疼，心疼眼前这个丢了丈夫的女人。

姜芦最后说：“七天之后，我出发，你们要是愿意，就跟我一起走。我在村口等你们。”

七天之后，姜芦背着一个包袱、一个葫芦。

包袱里是给丈夫的寒衣，给自己的干粮，还有无数个希望。

葫芦里，盛满了思念，也盛满了家乡的水。

等到晌午，没有一个女人来。

姜芦叹了一声，要走，就听见有人喊她：“姜芦。”

她回过头，就看见万喜良自己拉着一辆牛车赶了过来。

他只有一只手了，只能像耕牛一样，把牛车套在自己肩膀上，弓着腰，吃力地往前走。他努力把自己当成一头牛，就真的像一头牛了。

一个男人到底有多爱一个女人，才会为了她，把自己变成一头牛？

姜芦觉得自己无力承受这样的重量。

直到这头牛走近了她。

“你来干什么？”

万喜良喘息着：“傻女人，你知道北面有多远吗？关山阻隔，你自己到得了北方吗？”

姜芦坚定地说：“我到得了。我去找我自己的丈夫，这是我自己的事情，你不用陪我。”

“我知道，我知道你的心给了你的丈夫，就像我的心给了你一样。此生，我不能跟你在一起了。但我希望和你一起上路，这可能是我这辈子唯一接近你的机会了。我没有别的想法，只是想再听听你的笑声。但我知道，在你找到丈夫之前，你不会笑的。那我就陪你找到他。我希望你成全。”

“你这又是何苦？”

万喜良笑：“那你又是何苦？”

姜芦沉默了。

“上路吧。”

这条路，并不容易走。

越往北，天越冷。

两个人风餐露宿。

越往北，沿途所见的情景就越发惨烈。

很多村子，壮年男子走了，也带走了村子里的生气，只剩下了老弱病残和死气沉沉。

女人们勉勉强强地维持着生计。

有的女人听说姜芦是北上寻夫，竟然像是找到了希望，纷纷响应，求姜芦带自己同去。

姜芦没想到，沿途还能凑成一支寻夫的队伍。

绝望会传染。

但希望加上希望，就更有希望。

寻夫的队伍一路往北走。

盘缠花光了，干粮吃尽了，女人们就开始用自己的手艺、自己的力气，最终不得已用自己的身体，只为了换一口吃的。

每一次“出卖”，都化成了往北走的力量。北方有风雪，北方也有丈夫。

你需要缝补衣服吗？你走累了想捏捏腿脚吗？你想摸我的奶子吗？你想和我睡个一晚上吗？

“我只要一口吃的。”

“有吃的就有力气。”

“有力气就能继续往北走。”

“我的丈夫在北面等我。”

有的女人生了病，死在了半道上。

临死前，垂死的女人托付姜芦："活着见不到我丈夫了，我把精魂附在寒衣上，求你替我把衣服送给他。他脸上有一颗很大的痣，你不会认错人。"

有的女人，出卖身体的时候，被好心的恩客看上，想了一夜，索性就住了下来。她们痛恨自己，痛哭着告诉姜芦："我实在走不动了，对不起，对不起，对不起。我本来就是寻夫，现在我就把恩客当成我新的丈夫吧。"

有的女人把自己的心迹翻译成了劝解姜芦的话语。

"你身边不就有个男子吗？丈夫丈夫，在一丈之内，才叫夫君。你又何必舍近求远？就跟你身边这个男人好好过日子吧。别折磨自己了，别往北走了。"

姜芦没说话。

万喜良知道，姜芦不说话，不是认同，而是怕伤到他。

他很珍惜这样的默契。

万喜良开了口："她是我心里的人，但我不是她心里的人。我就是要陪着我心里的人，找到她心里的人。"

女人就叹息："你们两个啊，都是傻子。"

寻夫的女人越来越少。

这支北上的寻夫队伍，终于开始土崩瓦解了。

只剩下姜芦和万喜良。

万喜良把牛车换成了最后一点食物。

两个人相互扶持着继续往北走。
姜芦走不动了，万喜良就扶着她，背着她，抱着她，拖着她。

向北，向北。

姜芦受了风寒，身子滚烫，没有药治疗。
姜芦咬着牙，忍着，终究是昏迷了。
万喜良扛着她，找到了村子里唯一的大夫。

万喜良求大夫救人，头磕破了，磕出了血来。
大夫无奈，指着姜芦问：“她是你什么人？”
万喜良额头上的血流进了眼睛里，看着姜芦，一个字一个字地说：“她是我妻子。”
说这句话的时候，万喜良心里有惊心动魄的幸福感。

大夫用了自己的最后一服药，救醒了姜芦。
万喜良把最后的口粮，分给了大夫一半。

继续往北。

万喜良把食物都省下来，给姜芦吃。
尽管如此，还是不够。
两个人饿得都没有了力气。
姜芦饿得晕了过去。
万喜良说：“我去给你找吃的，你等我。”
说着，就挣扎着往外走，往外爬。
姜芦迷迷糊糊地好像看见了范希郎，听到了范希郎给自己读《诗经》。
直到，嘴边一股血腥味传过来，饥饿蛊惑着她的舌头、她的喉咙、她吞咽的能力，她忍不住喝了起来。

突如其来的饱腹感，让姜芦很不适应，沉沉地睡了过去。

再醒过来，看见万喜良正躺在自己身边，终于放心了似的看着她。

姜芦问他："你给我喝的是什么？"

万喜良笑："我找到了一个屠户，他给了我一葫芦猪血。"

姜芦问："你喝了吗？"

万喜良拍拍肚子："我喝饱了才回来的。"

两个人带着这一葫芦猪血，继续上路。

谁也不知道还要走多久。

他们已经丧失了对时间的感知，甚至也不知道疲倦了，只知道往北走，双脚已经学会自己辨认方向。

姜芦向一个路过的樵夫问路。

樵夫指着前面的一座山告诉他们："翻过这座山，再走三天，就能看见了。"

总算是逼近了。

姜芦觉得心里又腾起了力量，她去看万喜良，想给万喜良一些鼓励。

万喜良看了姜芦一眼，眼神里有什么东西涣散了，随即委顿在地。

姜芦吓坏了，连忙去拿葫芦，想给万喜良喝口猪血，但，葫芦却是空的。

姜芦看着脸色惨白的万喜良，看看手里的葫芦，脑子里一阵轰鸣，什么都明白了。"你给我喝的是……"

万喜良用尽力气举起手，姜芦连忙握住。

万喜良说：“我只能送你到这里了，我听不见你的笑声了。”

姜芦想要笑给万喜良听，却笑不出来。

她想哭，却没有眼泪。

她更恨自己，猛地抽自己的耳光。

万喜良拦住她：“我没读过什么书，很多事我不明白，很多事我也解释不了，但我能明白你为什么要去给范希郎送衣服，我很高兴我能明白这些，我更高兴我能和你一起亲历这些。”

说罢，万喜良闭上了眼睛。

姜芦抱着万喜良瘦弱惨白的尸身，呆立在山脚下苍凉的风里。

“我不会让你被野狗吃掉的。”

姜芦一把火，将万喜良的尸身烧成了灰，把骨灰装进了那个曾经盛过万喜良鲜血的葫芦。

姜芦说：“丈夫给我讲过一个掌故，周灵王时，苌弘被杀，蜀人把他的血藏起来，三年之后，血化成了碧玉。

“万喜良，你的血在我的身体里，从此以后，你就是我的一部分了，你就永远和我在一起了。你也算是求仁得仁吧。走，我们上路。”

翻过了山，继续往北走。

累了就睡。

醒来继续走。

继续往上爬。

眼前越来越模糊，只剩一口心气儿撑着。

眼前再一次清晰起来，就看见了漫山瘦弱的壮丁在凿山劈石，遍体鳞伤的牛马拉着滚木，监工们举着鞭子，像抽打山石一样抽打壮丁。

烟尘滚滚中，蜿蜒而去的就是从大周开始就一点一点兴建起来的长城。

已经无法只是用宏伟、壮丽、巍峨来形容了。

那几乎是人力的顶峰。

但此时，这一切在姜芦眼里，都不重要。

她的丈夫在这里，范希郎在这里，什么千秋功业，什么前无古人，这些都跟这个寻找丈夫的女人无关。

她的脚，终于踏上了长城的城砖。

壮丁们都呆呆地看着这个衣衫褴褛、浑身是伤，几乎已经分辨不出性别的陌生女子。

连监工的鞭子也愣在了半空中。

姜芦检视着壮丁们脏兮兮如雕塑的脸庞，个子高的，矮的，少年的，中年的，有头发的，没有头发的，腰背仍旧挺直的，驼背的……

“你脸上有颗痣，这是你的寒衣，你妻子让我捎给你。她死在了路上。

“你见过我丈夫吗？

“他叫范希郎。

“我是他的妻子。

“我来给他送寒衣。”

壮丁们面面相觑，这里人太多了，没有人在意别人叫什么。

他们到了这里，就和牛马一样了，牛马要名字又有什么用？

但姜芦还是震撼了他们。

那是来自一个女人对男人的震撼。

这样的震撼让这些男人，身体和灵魂里，某一部分在同一时间复苏了。

“范希郎。

“范希郎。

“我是你的妻子。

“我是姜芦。”

姜芦重复着、嘶喊着。

你能听到她嗓子眼撕裂了。

你能看到她声音里流出了血。

姜芦喊哑了嗓子。

姜芦的呼喊激起了声浪，壮丁们一迭声地喊了出来：“范希郎，你老婆来给你送寒衣了！”

声浪回荡在山谷里。

壮丁们是替姜芦呼喊，似乎也是在替自己呼喊。

这样的呼喊过于感染，又过于壮观，监工们放下了鞭子，也加入了声浪。

“范希郎，你老婆来给你送寒衣了。”

但，没有人回应。

直到一个声音，由远及近，如同击鼓传花一样传过来，差点被山风吹散了，才勉强传到姜芦耳边，姜芦才听清楚了——

“范希郎，三个月前，已经死了。”

长城上一切都安静下来。

所有人都看向了姜芦。此时，似乎所有人都有了同一种感觉：有什么东西幻灭了，那不只是姜芦自己的幻灭，好像也是所有人的幻灭。

姜芦却异常冷静："死了？怎么死的？"

壮丁们把这句话传开去，一个声音传回来：

"这里的规矩是，壮丁只要敢逃跑，每次被抓回来就要干更重的活。范希郎逃跑了六十几次，三个月前，累死了。死前已经说不出话，手一直往南指。"

"他的尸骨呢？"

回来的声音响起来："按照惯例，修筑长城死在这里的壮丁，都埋进了城墙里。"

姜芦仍旧没有眼泪。

甚至没有哭的表情。

她在壮丁们复杂的目光里，踩在长城上，继续往前走。

壮丁们、监工们，都纷纷让开了道路。

姜芦走，一直走。

直到跌倒在长城上。

她努力欠起身，动作缓慢地举起葫芦，砸在了长城的城砖上。

她已经没有力气。

落在城砖上的葫芦，几乎连声响都发不出来。

壮丁们甚至不忍心再看。

你把头扭过去，有些绝望，你不愿意见证绝望。

也是这时候，你听见连绵不绝的响动，从长城深处传过来。

你能感受到那种震颤。

这种震颤越来越强烈，你几乎站不住。

你扭回头，看过去，就在姜芦葫芦落下去的地方，一道裂缝，蜿蜒地延伸开去。

你和壮丁们都站立不住，东倒西歪。

在震彻天地的响声中，城墙轰然倒塌，尘土漫天，整个世界都随之颤动。

等到尘土散去，你看向姜芦，姜芦看向那些四分五裂的城砖，那些被埋葬在城墙里的尸骨纷纷重见了天日。

那是许多女人的儿子，也是许多女人的丈夫。

姜芦看着森森白骨，已经没有力气站起来。她以手做脚，一寸一寸往前爬，爬近那些白骨。

靠近了。

白骨太多，她认不出到底哪一团白骨才是自己的丈夫。

就在这时候，姜芦觉得自己眼睛里，有什么东西复活了。

有什么东西从眼角流出来，流到脸颊上，炽热、滚烫。姜芦不知道那是什么。她用手指去触碰，尝了尝，苦的、涩的、咸的。

是眼泪。

二十多年的生命中，第一滴眼泪。

积攒了这么多年，原来是为了这么一天。

突如其来的领悟，让姜芦顿悟了一般。

像是久旱的泉眼被唤醒，泉水奔涌而出。顺着脸颊，顺着破烂的衣衫，顺着瘦弱的腰肢，顺着健硕到不协调的小腿。眼泪如决堤的洪水，以席卷之势，流下来，流到了城砖上，流到了白骨上。

“范希郎。”

姜芦接着喊。

眼泪和喊声，互相唱和着，像一首动听又惨烈的曲子。

你和壮丁们都愕然地看着，谁也不敢相信，一个女人怎么会有这么多眼泪。

那些眼泪，在寒风中冒着热气，烫着冰冷的城砖，叩问着森森的白骨。

“你是范希郎吗？”

眼泪流干了。

姜芦的眼角，流出了血，血混着眼泪，就像是某种解药，又像是某种毒药。

“血泪。”

有人惊呼。

“这是血泪。”

血泪流在地上，自觉地汇成了一道溪流。那股溪流，活了过来，蜿蜒着流过数堆城砖，绕过一些白骨，迫不及待地奔向了一个去处。

那是一团残缺不全的骨殖。

血泪混成的溪流，冲向了骨殖，拥抱了骨殖。

骨殖发出嗞嗞的声响，像在回应血泪的拥抱，血泪不容分说地渗了进去。

这是一次团聚。

姜芦爬过去，抱起了骨殖："范希郎，我找到你了。夫君，你冷吗？穿上妻子为你缝制的寒衣吧。"

在壮丁们的注视下，姜芦把寒衣给骨殖穿上，紧抱在怀中："夫君，要是没有万喜良，我找不到你。他说他想听我的笑声，我现在找到你了，我可以笑出声来了。我想谢谢他。"

姜芦笑出声来。

笑声如山涧的清泉，洗濯着她流经的一切。

你和壮丁们都被这串笑声感染了。

姜芦笑着，笑得很开心，笑得很像小时候。

她抱着范希郎的尸骨和装有万喜良骨灰的葫芦，嘴里念着什么，纵身跳下了山崖。

有的壮丁听见了姜芦念的是："执子之手，与子偕老。死生契阔，与子成说。"

有的壮丁说，他看到姜芦跳下去，又看到一只鸟飞了起来。

有的壮丁说，后来，他经过山谷的时候，发现那里长出了一整片葫芦……

12

霓裳羽衣曲

天宝十四年，马嵬坡。

男孩和女孩正在叽叽喳喳地唱着《霸王别姬》的戏文。

乱世，似乎也不能打搅孩子们的童年。

突然间，大地震动，车马喧嚣。

两个孩子不得不停下来。

男孩胆子大，拉着女孩就往前跑，想去看看发生了什么。

马嵬坡下，六军肃穆，所有的眼睛都在看着同一个方向——一个女人在跳舞。

女人的舞姿绰约，步履轻盈，梦幻得不像人间。

一个男子，衣着华贵，骑高头大马，被簇拥在垓心。他离女人最近，却勒住了马，不敢再前进一步。

女子的舞步正踩在了他的心坎上，他蓦地想起了那个名闻天下的诗人，曾写诗赞颂眼前翩翩起舞的女子：

云想衣裳花想容，春风拂槛露华浓。

若非群玉山头见，会向瑶台月下逢。

她是杨玉环，令天下“不重生男重生女”的杨贵妃。

他是李隆基，九五之尊，大唐君主，当今的天子。

现在，他却是世界上最窝囊的男人。他将要亲自下令，处死自己心爱的女人。

一曲舞毕，杨玉环停下来，面色平静，对着李隆基盈盈一拜。

李隆基不忍再看，转身催马离去，几次差点跌下马来，幸亏被左右扶住。

龙武大将军，陈玄礼，对着高力士点头。

高力士得了令，一声长叹，捧着白绫，走向前去，跪倒在了杨玉环面前。

白绫上，不知什么时候，落了灰尘，高力士连忙把灰尘拂去。

杨玉环看在眼里，对着高力士微笑，说了句：“多谢。”

白绫套上了杨玉环脖颈。

高力士转过身去，陈玄礼挥了挥手。

杨玉环觉得自己被推入了一片无底的虚无，四周尽是浓重的雾气，她的身子不停地下坠，下坠。

在下坠之中，忍不住想起了许许多多的往事……

那一年，杨玉环十岁。

在家人的护送下，来到了洛阳。

这里是杨玉环的三叔杨玄珪的府邸。

十岁的杨玉环此时还不知道，当她踏进府邸的那一刻，她的命运，就要彻底地被改变了。

杨玄珪是个乐师，供职于唐乐府，常常给达官贵人演奏，技艺无双。

杨玄珪有个徒弟，还是个男婴之时，就被杨玄珪收养，取名萧七。

杨玉环的到来，终结了萧七原本无趣的童年。

有些人，一出现就带着光环，会照亮你和你身边的一切。

两个孩子都年幼，很快就相熟了。

同吃同住同玩耍。

杨玄珪授课的时候，杨玉环和萧七坐在一起，托着腮听。

春困，谁要是先睡着了，另一个就努力撑起对方的身子，以免对方歪倒。

比起乐器，萧七更喜欢舞枪弄棒。从后山砍了竹子，做成长枪，毫无章法地攻击并不存在的敌人。

每次，杨玉环都会假扮被掳走的公主，让萧七搭救自己。

孩子们演戏的时候，全世界都是背景。

杨玄珪弹琴的时候，杨玉环就闭上眼睛听。

宫商角徵羽，每一个音调，都有灵性，都有翅膀，能让听的人踮起脚来就周游四海列国。

萧七学琴学得慢。

杨玄珪有时候发了怒，骂萧七孺子不可教。

萧七就和师父顶嘴："男人本来就应该征战沙场，建功立业，躲起来弄管弦，没什么出息。"

杨玄珪大怒，举起藤条，就抽打萧七。

杨玉环跪在一旁，让萧七认错。

萧七疼得咬牙切齿，兀自嘴硬，就是不肯讨饶。

萧七的屁股上了药，趴在床上，疼得说不出话来。

杨玉环在一旁给萧七喂饭，忍不住骂他："你是不是傻？三叔说什么你就听着，顶什么嘴？这不是找打吗？"

萧七疼得咝咝地倒吸着凉气，嘴里却不肯示弱："我怎么想的，我就怎么说。我不会说谎。"

杨玉环心疼又无奈："真是个憨货。疼不疼？"

萧七这才点头："疼，真疼。"

杨玉环拿着扇子给萧七扇伤口："我考你背诗吧，背诗就不疼了。"

"迢迢牵牛星，皎皎河汉女。终日不成章，泣涕零如雨。"

"你接着背。"

萧七就忍着疼，跟着背：

"纤纤擢素手，札札弄机杼。河汉清且浅，相去复几许。盈盈……盈盈……"

"笨！

"盈盈一水间，脉脉不得语。"

读书声，琅琅地传出来。

春去秋来，两个孩子和园子里的花花草草一起长了起来。

每天，萧七练完了琴，就跑到街上，看卖艺的拳师打拳，跟着人家学，净是些铁砂掌、一指禅、硬气功什么的。

双手每次都练得血肉模糊，抚琴的时候，钻心地疼。一疼，音律就乱了。

杨玉环就训他："你打拳就打拳，非要弄伤自己吗？你弄成这样，还怎么抚琴？”

萧七就觍着脸问：“你心疼了？”

“呸！我才不心疼，你不好好抚琴，我怎么跳舞？”

两个人常常去给达官贵人演奏。

萧七抚琴，杨玉环跳舞。

见过的人都说，萧七的琴音如飞鸟，杨玉环的舞步就像是踩在了飞鸟上，轻盈缥缈，不似人间所有。

这样的琴，这样的舞，只有最默契的两个人才能催生出来，可谓大唐琴舞双绝。

唐朝女子豪放，每次演出之后，萧七总是会收到女孩带花香的信笺，表达对他的爱慕之情。

杨玉环就用夸张的语气取笑他：“萧七公子，听你抚琴一曲，之后就茶饭不思了。不知萧七公子有无妻室？如果没有，小女子年方二八，愿荐枕席。”

萧七就涨红了脸：“别胡说！我才不喜欢她们。”

杨玉环就眨着眼睛问他：“那你喜欢谁？”

萧七一滞：“我……”

“你说话啊。”

“我……不说！”

看着萧七涨红了的脸，杨玉环就笑：“憨货，你知道为什么你抚琴的时候，我舞跳得这样好吗？”

萧七摇头，不解。

杨玉环看着萧七，道：“因为不管有多少人在场，我的舞都是跳给你一个人看的。”

萧七呆呆地看着杨玉环，说不出话。

杨玉环说完，就蹦蹦跳跳地走了。

良久，萧七才回过神来，喃喃自语：“真巧，我也是只抚琴给你一个人听的。”

开元二十二年，唐玄宗李隆基的女儿咸宜公主在洛阳大婚。

咸宜公主素来听说洛阳有琴舞双绝，点名让萧七和杨玉环来婚礼上演出。

两个人应邀而去。

婚礼盛大。

圣上亲临。

皇亲国戚都到了。

萧七抚琴，宫商角徵羽传出来，绕梁不绝，听痴了在场的众人。

杨玉环舞步缥缈，如踏飞鸟，如踩云朵，似乎一阵风吹过来，就能飞向天际。

在场的人都看傻了眼。

尤其是男人。

眼睛像是被拴在了杨玉环身上。

武惠妃的眼睛却一直在盯着两个男人看。

一个是当今圣上，唐玄宗李隆基，自己的丈夫。

另一个是自己的儿子，咸宜公主的胞弟，寿王李瑁。

丈夫和儿子的眼神，始终没有离开过正在起舞的杨玉环。

丈夫和儿子的心事，总也瞒不过妻子和母亲。

武惠妃不动声色，心里却有了计较。

婚礼结束后，武惠妃单独见了儿子李瑁，劈头就问：“你喜欢那个跳舞的女子？”

李瑁不敢马上回答，愣在那里。

武惠妃道：“你也到了婚嫁的年纪，既然你有中意的女子，那我来做主吧。”

意外之喜，让李瑁不敢相信，眼前再一次浮现出杨玉环的舞步，脑子里恰到好处地蹦出来《洛神赋》里的句子：仿佛兮若轻云之蔽月，飘摇兮若流风之回雪。

这样的女子，能成为自己的妻子，怎能不令人欣喜若狂？

人的命运似乎总是在平凡的一天被改变。

此时的杨玉环和萧七还浑然不觉，像往常一样打打闹闹。

“刚才我弹得如何？”

“弹得好是好，可我总觉得好像少了一些什么。”

“少了什么？”

“我也说不上来。我呢，我跳得好吗？”

“好。”

“你除了‘好’，就不会说点别的夸我的话了吗？”

“就是好。”

“憨货！”

李隆基听完武惠妃的话，出神了半晌。看到武惠妃正盯着自己，才连忙咳嗽一声，道：“皇子的婚事，就按爱妃说的办。”

圣旨下来得快，杨家上下一片欢喜。

如此殊荣，会改变整个杨家的命运。

杨家上下，人人看杨玉环的眼神都变得仰慕、尊敬，甚至带着一丝嫉妒。

杨玉环身上似乎有了某种光环。

她正被家人们团团围住，向她道喜。

杨玉环应接不暇地回应着，房子里挤满了人，她心里却空荡荡的。

此刻，萧七正一个人在后院发了疯一样劈柴，手都磨出了血泡。

不知道劈了多久，柴已经高高地耸立了起来。

身后，多了一个人。

萧七闻到了杨玉环身上特有的香气，没有回头。

杨玉环站定，也没说话。

两个人沉默以对。

“恭喜你啊寿王妃。”

杨玉环没说话，只是拉起来萧七布满血泡的手，轻轻地吹着，从衣袖里取出布条，替他包扎。

萧七心如刀绞，甩脱杨玉环的手，大步离开。

杨玉环呆呆地站在那里，面色平静，身影却萧瑟无比。她走上前去，握住斧子的柄，上面隐隐传来一股温热。杨玉环一声轻叹，惊起了一只落在树枝上歇脚的鸟。

杨玄珪给杨玉环递茶：“环儿，杨家的命运，从今天开始，就拴在你身上了。”

杨玉环接过茶，没饮，轻声道：“我是杨家的女儿，我知道该怎么做。”

杨玄珪欣慰：“你是个聪慧的女子。多余的话，我就不说了。萧七这里，我会替他寻一门好亲事，你且放心。”

杨玉环手里的茶杯抖了一下，茶水洒出来，道：“萧七性子烈，就有劳三叔照料了。”

大婚前，杨府上下，大红色铺满了所有角落，所有人都很忙碌。

萧七站在杨玉环的闺房之外，远远地看着，从不靠前。

有时候，萧七和杨玉环会远远地对望一眼，千言万语都藏在了眼神里。

两个人离得很近，却又很远。

萧七这才明白，《古诗十九首》里那一句“盈盈一水间，脉脉不得语”到底是什么意思。

杨玉环出嫁那天，场面盛大无比，人声鼎沸。

皇子大婚，自然不同于寻常百姓。

人人都争睹王妃的盛世美颜。

街巷上，人山人海。

杨玉环坐在轿子里，等待着自己命运的降临。

萧七没有去送。

他不能，也不敢。

他自幼什么都不怕，现在却像个懦夫。

一个人在空无一人的府里，抚起琴来。琴音飞出去，眼前似乎凭空出现了一个正在跳舞的女子。

那是离他越来越远的杨玉环。

李瑁将杨玉环引进了寿王府。

新婚之夜，李瑁看着如花美眷，心中欢喜，却没有新郎的那种急迫，只是柔声问了一句：“环儿，你想不想家？”

杨玉环轻轻点了点头，努力把眼泪锁在眼眶里。

李瑁轻声道：“以后这里就是你的家了。”

李瑁的身子压上来的时候，杨玉环的眼神越过他的肩膀，穿透了屋顶，看到了夜空中的牵牛织女星。一滴泪终于从眼角跌落下来，渗入了繁花锦簇的被衾之中。

新生活扑面而来。

李瑁对杨玉环恩宠有加。

杨玉环也尽着一个妻子的本分。

晚上，提起笔来，想要给洛阳写信。

可总是找不到合适的语气。

倒是三叔写信过来，告知杨玉环，家中一切安好。末了再提及一句："我与萧七每日精研音律，颇有所得。家中一切安好，勿念。"

杨玉环把信中有关萧七的句子，反复读了几遍，心里说不上来是什么滋味，有点释怀，又有点心酸。

忍不住自己感叹："唉，女人的心思啊。"

李瑁告诉杨玉环："我喜欢看你笑。"

杨玉环脸上就从来不露愁容。

但眼神里却还有藏不住的阴郁。

李瑁都看在眼里。

一日，李瑁告诉杨玉环："我知道你雅好管弦之声，我特意请来一个乐师，给你助兴。"

杨玉环不甚有兴趣，但又不能坏了李瑁的兴致，强打起精神，勉强出席。

等到乐师上前，杨玉环抬起头，心里的五味都涌上来。

乐师不是别人，正是萧七。

萧七看起来消瘦了不少，作揖行礼："给寿王和王妃请安。"

一个称呼，就能把两个人隔开一座山。

杨玉环握紧了拳，尽量让自己的身子不要抖，指甲狠狠地扎进肉里。

萧七开始了演奏，曲调之中，满是和杨玉环的点滴。

此刻，杨玉环知道以前萧七的琴音里少什么了。

少了一个“情”字。

现在，他琴音里，有情了。

杨玉环知道，这些情，浓烈到这样的程度，都是来自于她。

男人总是因为一个女人而变成熟。

杨玉环不肯让眼泪流出来，不敢让身子抖，努力控制着自己。只有头上的金钗，似乎感知到了某种激荡在主人身体里的情绪，轻轻地颤动。

李瑁开了口：“环儿舞步天下无双，何不趁这个机会，上前去跳一支舞？”

杨玉环一愣。

李瑁看着杨玉环，温和地笑。

杨玉环点了点头，起身的时候，差点摔倒，幸亏侍女及时扶住。

杨玉环走上前去，眼神看进萧七眼睛里，差点就要融化在里面。

“请问娘娘要跳什么曲子？”

“跳《孔雀东南飞》吧。”

孔雀东南飞，五里一徘徊。

一人抚琴，一人跳舞。

这个时刻，是只属于两个人的。

其他所有，都沦为故事的幕布。

李瑁也看得呆住，方才信了人间亦有神迹。

最后一个琴音弹完，杨玉环也跳完了最后一步。

两个人长久对望了一眼，恨不得就此双双死去。

杨玉环经不住这样强烈的情绪，再无力气，整个人软在地上。

萧七下意识地要去扶，迈出了一步，却又硬生生停住，整个人僵在了原地，心如刀绞。

侍女们连忙跑过去扶起王妃。

李瑁急忙问："环儿无碍吧？"

杨玉环答："不妨事。只是很长时间不跳了，有些脚软。"

李瑁这才放心地鼓起掌来，问萧七：

"是乐师的琴声好，还是王妃的舞步好？"

萧七作揖，没敢看杨玉环："自然是王妃的舞步好。"

李瑁很高兴，当即赏了萧七。

萧七谢了恩，不敢再看杨玉环，杨玉环也不敢再看他。

两个人都是一样的心思，怕多看了一眼，就拆分不开了。

萧七低着头告退。

杨玉环低着头，看自己的衣襟。

"等等。"

李瑁突然叫住萧七，萧七一呆，转过身，低着头。

李瑁道："乐师琴音妙绝，不知道是否愿意留在王府，给王妃奏琴？"

萧七和杨玉环同时一惊。

不敢相信会有这样的好事。

萧七跪在地上，对李瑁行礼："愿意。"

萧七留了下来，成了寿王府的乐师。

每天都给杨玉环奏琴。

为了避嫌，萧七抚琴给杨玉环听的时候，两个人从不交谈一句。

只用眼神、乐曲和舞步交流。

那是只属于他们两个人的语言。

外人大概永远也破译不了。

李瑁生性温和，行事妥帖，也没什么大的野心。

平日里，得空就和杨玉环一起听萧七奏琴，看杨玉环跳舞，斗酒十千。

一次，李瑁大醉，躺在杨玉环怀里，对她说：“环儿，你是我在这个俗世的出口。”

杨玉环并不能准确地理解李瑁的意思，但她知道，她给了李瑁一个出口，就好像萧七也是她的出口一样。

李瑁迷迷糊糊地道：“环儿，你要是在府里气闷，就换了便装，去街上走走。可以让萧七陪你。”

李瑁如此信任，让杨玉环和萧七受宠若惊。

谁也不想做出对不起寿王的事。

两个人懂得知足。

这样的局面，已经是上天的恩赐。

能相思相望，即便不能相亲，又有何妨？

每一天的相见，都是偷来的。

五年光阴匆匆而过。

开元二十五年，一个深夜。

李瑁被叫醒，急召他入宫。

杨玉环蒙眬醒来，李瑁让杨玉环接着睡，杨玉环坚持起来替李瑁更衣。

送到门口，见外面夜色浓重，一如看不到头的命运。

杨玉环隐隐有不好的预感。

李瑁进了宫，惊闻其母武惠妃薨逝了。

李瑁悲伤过度，晕厥在地。

武惠妃是李隆基最宠爱的妃子。

武惠妃的离世，让李隆基深受打击，宣布厚葬武惠妃，大赦天下。

大葬之后，李瑁强撑着的力气终于用尽了，病倒。

杨玉环悉心照料。

李瑁形销骨立，对杨玉环吐露心声："我虽然贵为皇子，但骨子里却是个弱小之人，如今没有了母亲的庇护，对这尘世，也不由得害怕了起来。"

说着，看了杨玉环一眼："环儿，幸好我还有你。"

杨玉环抱住李瑁，安慰："我就在这里。"

男人愿意把脆弱展示给一个女人看，那就是真的爱她。

武惠妃薨逝之后，李隆基终日郁郁寡欢。

后宫佳丽三千，却没有一个中意的。

世上好看的肉体应接不暇，有趣的灵魂却少之又少。

有一天，听宫廷乐师奏乐，李隆基猛地想起了，当日在咸宜公主婚礼上，那个跳舞的女子。

"她叫什么来着？"

左右连忙答道："叫杨玉环。"

皇帝想要什么，是不需要自己开口的。

许多人比皇帝自己还要明白他的心思。

这是权力的好处。

总是能轻易地得到一些珍贵的东西。

很快就有人进言：“杨玉环姿质绝佳，适合入宫，陪伴圣上。”

李隆基毕竟要考虑自己的身份。

杨玉环到底是儿子的妃子，不可如此草率地决定，没有当即应允。

很快，一纸诏书进了寿王府。

内容简单：武惠妃薨逝，敕书杨氏出家为女道士，道号“太真”，为武惠妃祈福。

萧七立在一旁，嘴唇咬出血来。

杨玉环呆立。

大病初愈的李瑁，接了圣旨，送走了传旨的人，一口鲜血吐出来。

不知道是天意弄人。

还是人意弄人。

辞别前夜。

李瑁和杨玉环房中对坐。

李瑁说：“原本想给你一方天地，让你安心生活，可现在……”

杨玉环止住了李瑁：“王爷能给的，都给了。玉环知足了。此后，还请王爷保重。”

李瑁抱紧杨玉环，用几乎听不见的声音自言自语：“我的出口没有了。”

当天夜里，李瑁像换了一个人一样，近乎凶残地冲撞着杨玉环的身子。

杨玉环坦然承受。她没有说出来的话是：玉环心已有所属，这也是我能给你的全部了。

萧七，在风里，呆立了一整夜。

第二天，等杨玉环醒来，李瑁和萧七都已经在等。

李瑁替杨玉环打点了行囊，道："吃穿用度，都在里面，要是还缺什么，尽管派人告诉我。"

杨玉环谢恩。

萧七立在一侧，不敢上前，只能远远地观望。

此时，李瑁却一挥手："萧七，你再来弹奏一曲如何？"

萧七奏琴，近乎用了全力。指尖被琴弦磨破，流出血来，染红了琴弦。

杨玉环听在心里，把所有的痛都尽可能锁住。她要留着这些痛，在没有人的时候，独自享受。

一曲弹完，"铮"的三声响，琴弦应声断了三根。

在杨玉环听来，那就是告别了。

李瑁却突然开口："环儿，萧七，我对不住你们。"

杨玉环和萧七同时悚然一惊，不知李瑁为什么突然说出这样的话。

李瑁难掩心痛，接着道："以后，你们两个人的命，我就做不了主了。不过，我已经奏请父皇，说环儿喜欢音律，请乐师萧七跟随。"

萧七和杨玉环听着，都呆住了。原来，他什么都知道了。

两个人双双跪倒在地，叩首："谢谢王爷周全。"

李瑁看了杨玉环一眼，叹了口气，转过身去，挥了挥手："走吧。"

杨玉环成了女道士，道号太真。

萧七侍奉左右，也入了道籍。

谁也不知道明天会发生什么。

这时候，能做的，只有用一万分的力气珍惜当下。

唯一值得庆幸的是，萧七和杨玉环又可以独处了。

道观，就是他们的小世界。

除了奏琴、跳舞，杨玉环迷上了种花草。

萧七便和她一起，在道观之中，种满了各色桃花，桃红、嫣红、粉红、银红、殷红、紫红、橙红、朱红。

春天一来，桃花开遍，美得令人肝儿颤。

萧七得了珍稀的桃种，种出来的桃花娇艳异常。

一日，天气晴好。

得了空，萧七奏琴，杨玉环便在落英缤纷中翩翩起舞。

圣旨毫无征兆地来了。

两个人不得不停下来。

诏杨玉环三日内入宫。

等到宣旨的人走了以后，两个人沉默不语。

恰巧起了风，眼看着要下雨，此时桃花竟然纷纷闭合，如同害羞一般。

萧七和杨玉环都看向了闭合的桃花，呆住。

萧七道：“也许是你跳舞的时候过分好看，连桃花也输给了你，不由得就害羞起来。”

杨玉环笑了：“憨货，净会瞎说。”

两个人靠在了一起，谁也不再说话。

天地之间，只有风、雨和一株株会害羞的桃花。

李隆基赐给李瑁一个新的妃子，封为寿王妃，一切不言自明。

李瑁当天又吐了血，但还是谢了恩。

回到杨玉环的房间，摆设没有动过。杨玉环用过的琴，似乎还在铮然作响。杨玉环身上的味道仍旧飘散在角落里。

李瑁一个人，关上门，在房间里发呆。

而太真观中，另一个男人也在睹物思人。

世界上，有时候，就会有这种奇妙的联系。

譬如，两个男人，都在为了同一个女人伤心。

杨玉环入宫，被封为贵妃。

李隆基对杨玉环珍爱非常。

听说了杨玉环喜欢桃花，便在御花园之中种满了桃花。

为了提防鸟儿啄伤花草，李隆基下令，在御花园所有的树上，都挂上金铃。

风一吹，御花园中，铃铛作响，桃花纷飞，宛如仙境。

六宫粉黛在杨玉环面前，似乎都失去了颜色。

男人在热恋之中，眼睛里容不下别的女人。

虽然对杨玉环极尽恩宠，但李隆基仍觉得不够，因此重用杨家士人。

封杨玉环的族兄杨国忠为宰相。

整个杨家，因此而得势。

杨玉环谢恩。

李隆基对杨玉环道出真心：

武惠妃离世之后，朕被困在一片汪洋之中，直到你出现了，你就是救我命的一艘船。

杨玉环心中难过，可我却把萧七丢在了海里。

八月十五，中秋。

李隆基和杨玉环赏月。

杨玉环看月亮悬上中天，想起萧七。此时，他也和我一样，看着同一个月亮吧。

李隆基看身边美人，看月亮，心有所感，道："月中有嫦娥，我身边有玉环，我不输九天仙人。"

当天夜里，与杨玉环无限温存。

李隆基做了一个梦。

梦见自己进了月宫，云雾中，到处都是仙乐飘飘，又见到了嫦娥仙子。

李隆基默默地记下弦乐的谱子。

醒来之后，连忙吩咐人准备笔墨，将曲调记了下来，名曰《霓裳羽衣曲》。

找了个好天气，召见杨贵妃，亲自给贵妃插上金钗，命乐师奏《霓裳羽衣曲》："环儿，为朕舞一曲。"

杨玉环听见了乐声，想起萧七，心中感喟，把所有思念都化在舞步之中。

见杨玉环跳得如此动情，李隆基也被感染，对左右说："朕得杨贵妃，如得至宝也。"

而此刻，正在跳舞的女子，心里想着的却是另一个人。

痴儿女，无论身份地位，总是被情爱折磨。

其时，宫中并没有册立新皇后，宫人们都称呼杨玉环为娘子。宫人们都知道，杨贵妃实际上身居皇后之位。

一个秋天。

据说民间有一个乐师，养了一只白鹦鹉，乐师弹奏之时，白鹦鹉展喉而歌，实为天下奇景。

李隆基听说后，召其入宫中演奏。

是萧七。

杨玉环几乎坐不住了。

萧七弹奏，白鹦鹉歌唱，如泣如诉，听得杨玉环心潮波动。

只是，此刻两个人的距离，更远了。

李隆基激赏不已，重赏萧七，要把白鹦鹉留在宫中，陪伴杨贵妃，赐名白鹦鹉“雪花娘”。

匆匆一面，没说一句话，萧七就被送出了宫。

萧七走后，杨玉环心中波澜不定，不知道此后再见面又是什么时候。

而后便大病一场。

李隆基急坏了。

杨玉环请求：“我想回一趟太真观，为皇上和我自己祈福。”

李隆基当即应允。

太真观中，两人相见，一别如雨。

只顾着看对方，却一句话也说不出来。

此后，杨玉环想方设法出宫，甚至不惜三番五次和妃子们发生冲突。

李隆基没想到杨玉环如此善妒，一怒之下，将杨玉环逐出宫门。

只有这样，杨玉环才能如愿见到萧七。

萧七当然知道这样来之不易的见面，对杨玉环来说有多危险。

伴君如伴虎，如此三番五次触怒圣上，环儿有性命之忧。

萧七告诉杨玉环："我不能总是一味地苦等。我想离你近一些。"

杨玉环不解："你要去哪儿？"

萧七道："男儿建功立业，自然是南征北战。如果我立了战功，成为武将，就可以常常入宫了。到时候，我们会有更多见面的机会。"

杨玉环摇头："沙场之上，兵器又没长眼睛，万一你受了伤怎么办？"

萧七看着杨玉环："可我总要做点什么，不然我活不下去。"

杨玉环只能抱紧萧七。

李隆基思念杨玉环，每次一怒之下把杨玉环逐出宫门，没过几日，就又后悔了，急召杨玉环回宫。

萧七进了龙武大将军陈玄礼的队伍，成为陈玄礼的部下。

因作战骁勇，跟随陈玄礼出生入死，很快就被提升为副将，伴随陈玄礼左右。陈玄礼对其青眼有加。

天宝十四年，十一月初九。

早已按捺不住的叛将安禄山以讨伐杨国忠为名，发动叛乱，率军直捣京师长安。

天宝十五年，安禄山的叛军攻破长安门户潼关，致使长安无险可守，眼看着长安就要沦陷。

李隆基惊慌失措，命陈玄礼集合禁军，重赏，挑御马九百匹，带上杨玉环、太子等宫中大臣、家眷，仓皇出逃。

安禄山攻破长安。

长安城内一片混乱。

李隆基一路奔逃，征召当地官吏前来护驾，可是竟无一人前来。

日上三竿，李隆基还没有吃饭，饥肠辘辘。

杨国忠只好用随身携带的银两买来胡饼。

李隆基和杨玉环就在马车里分着吃了。

见杨玉环长途奔波，花容失色，李隆基叹息：“环儿，苦了你了。”

杨玉环笑：“就当是出来玩耍，何苦之有？”

李隆基为之展颜一笑。

晚上，沿途的百姓听说皇帝来了，还没有吃饭，都带着粗茶淡饭赶来，献给皇帝。

皇子皇孙们饿得惨了，也顾不了那么多了，直接用手往嘴里塞，争抢饭菜。

李隆基见到这样的惨状，忍不住落泪。

杨玉环替李隆基擦去眼泪，轻声安慰：“一时受辱算不得什么，请陛下保重龙体。”

一路上，官吏士兵，跑的跑，逃的逃。

逃到马嵬坡，官员和将士们又饿又累，几近崩溃。

不知是谁振臂一呼，六军随即哗变。

陈玄礼见势不妙，当即提议：“事到如今，一切都是奸相杨国忠的过错，将士们随我斩杀奸臣。”

乱军之中，将士们高喊“杨国忠与胡人谋反”。杨国忠还没有反应过来，便被乱箭射于马下，死于乱军之中。

萧七趁乱冲进杨玉环所在的驿站，来不及多说：“告诉杨玉环，杨国忠已经被杀，现在趁乱，我护送你逃跑吧。”

杨玉环道：“现在我走了，事情就更没法收场了。”

六军包围了李隆基。

李隆基只身走出来。

陈玄礼替将士们请求李隆基：“杨国忠谋反，已被诛杀。如今这个局面，杨家脱不了干系。众怒难平，请圣上以社稷为重，处死杨贵妃，给六军将士一个交代。”

李隆基听完几乎跌倒。

高力士只好劝李隆基：“如今只有这个办法了，请圣上尽快决断。”

李隆基没有回话，只是道：“我要见玉环一面。”

李隆基召见杨玉环，却无论如何也开不了口。

你怎么忍心跟你所爱之人说你要她死？

杨玉环早已听说，拜倒在地：“玉环不过是个女人，陛下请以天下社稷为重。”

李隆基说不出话。

高力士听见外面喧哗，只好催促：“请圣上决断。”

李隆基不答。

杨玉环看在眼里，对高力士道：“陛下答应了。”

高力士看向李隆基，李隆基近乎是用尽全身力气点了点头。

杨玉环再拜，跟随高力士离去。

李隆基跌倒在地。

此时，萧七跪倒在陈玄礼面前，以头抢地，血流满面：“我和杨玉环自幼青梅竹马，聚少离多，现在让我看着心爱之人身死，我实在做不到。请将军念在我随你出生入死的分上，放玉环一条生路，我愿替她死。”

陈玄礼摇头不答，命人将萧七绑了起来。

杨玉环请求为李隆基再舞一曲。

其实是想跳给萧七看。

李隆基骑在马上，心中响起了《霓裳羽衣曲》的调子。

眼前正在起舞的女子，很快便要与自己天人永隔，死在自己手里。

李隆基不忍再看，转身催马离去。

杨玉环脖颈上套上白绫，在浓雾中的虚无里下坠，不知道何时才能坠入谷底。

陡然间，身子一滞，似乎被什么拉了一把。

眼前浓雾渐渐散去，眼前，一个人的脸，清晰起来。她发觉自己正躺在一个人怀里，是日思夜想的萧七。

见杨玉环醒来，萧七松了一口气，轻声道：“我带你走。”

陈玄礼脱去盔甲，在李隆基面前叩头谢罪。

李隆基沉浸在哀伤之中，心如死灰，强打起精神，慰劳六军。

陈玄礼率众高呼万岁，六军继续前行。

马上，李隆基无数次回头，眼前尽是杨玉环跳霓裳羽衣的影子，几次差点跌下马来。

萧七和杨玉环做平民打扮，一路南逃。

路上，萧七道：“虽然不应该说这样的话，但直到此时，我才觉得，你是我的了。”

杨玉环抱紧了萧七，仍旧惊魂未定。

此后，李隆基回京，第一件事，便是派人去马嵬坡寻找杨贵妃的尸身，却一无所获。

李隆基忧闷欲死。

一个宦官于马嵬坡乱军之中拾到一个贵妃的香囊，献给了李隆基。

李隆基把香囊藏进自己的衣袖，随身携带，日夜不离身，但仍旧解不了对杨玉环的思念之苦。

于是，诏令天下画工，都来瞻仰杨贵妃生前的画像，命令他们替杨贵妃画像，越多越好，越像越好。

李隆基将这些画像挂在宫中，白天看，晚上看，边看边唏嘘不已。

萧七和杨玉环一直往南走。

变卖行囊的时候，却被一个瞻仰过杨贵妃画像的画工发现。

画工觉得找到了进身之阶，当即密报给知府。知府邀功心切，派人追杀萧七和杨贵妃。

萧七奋力反抗，却仍旧被追兵抓捕，连同杨贵妃一起，被送往长安。官府派人快马加鞭，告知圣上。

押送路上，萧七在囚笼之中，对在马车上的杨玉环喊："这次就算死，我也不会再离开你了。"

杨玉环回应："有你，去哪里我都不怕了。"

李隆基听闻杨贵妃没有死，欣喜若狂。

当即就乔装，出了宫禁。

见到原本丰满、现如今瘦弱不堪的杨玉环，李隆基恍如隔世，禁不住悲从中来，抱紧杨玉环痛哭不已："环儿，跟我回宫吧。"

杨玉环放开李隆基，拜倒在地："玉环不能跟陛下回宫了。"

李隆基呆住。

知府把萧七带上来，萧七见到李隆基，不肯跪。

李隆基道："你救下贵妃有功，要什么犒赏朕都给你。"

萧七昂头："我只想跟陛下说一句话。"

"你说。"

"你是九五之尊，不可能为了心爱之人去死。但你至少应该保她周全。

"我是一介草民，为了保护她，我随时可以赴死。

"这一点，我比你强。我不能再把环儿交给你了。"

李隆基哑口无言。

杨玉环跪倒在地："陛下，我和萧七青梅竹马，三十余年来，聚少离多，尝尽了分别之苦。玉环也陪着圣上这么多年了，请陛下成全我们，就当我已经死在了马嵬坡吧。"

李隆基将杨玉环扶起来，未发一言，替杨玉环擦去脸上的污迹，长叹一声，转身离去。

人的步子原来可以这样沉重。

三日后，杨玉环和萧七被人送到了码头，上了遣唐使返回扶桑的商船。

遣唐使告诉杨玉环："陛下密令，为了保护你们，送你们二人远赴扶桑。"

杨玉环对着天子所在的方向，拜倒谢恩。

长安，宫禁之中。

李隆基双手捧着那只叫雪花娘的鹦鹉，鹦鹉已经死去多时。

李隆基亲手将鹦鹉埋在了御苑中的桃花树下，称鹦鹉冢，以此来纪念杨贵妃。

这是只属于他一个人的伤感。

大海之上，萧七和杨玉环立在船头，穿过浓重的海雾，看见阳光渐渐显露出来，二人紧紧相拥。

商船将萧七和杨玉环送至扶桑一个名叫“油谷町久津”的地方，两个人住了下来。

从此以后，不知所终。

油谷町久津，至今有杨贵妃墓。

— 13

黄风怪

黄风怪那时候年纪轻轻，住在灵山脚下，是一只修成人形的黄毛貂鼠。

灵山上，什么都能沾一点灵气。

黄风怪只有一个爱好，吃。

而且最爱吃芋头。

尤其是山脚下，一个书生种的芋头。

书生种芋头养活自己，经常在田间地头吟诗作赋。

黄风怪远远地看，不知道他在叽里咕噜说些什么。

他全部的心思都盯着地里的芋头。

等到书生把芋头挖出来，收进了地窖，黄风怪等的机会终于来了。

他化归原形，摸进地窖里，享受他的盛宴。

吃得圆滚滚，躺在地窖里，觉得此生满足，不多时就睡了过去。

迷迷糊糊中，突然听到书生叫骂："又是你这个小偷！"

黄风怪心叫不好，这是被发现了。爬起来，赶紧往外跑，跑出去两步，又折回来，怀抱了几个大芋头。

心想，吃的可不能丢。

跑出来，化成了人形。

奈何吃得太多，跑不快，只听着书生的叫骂声越来越近。他吓坏了，左右看看，见屋后面有个枯井，慌不择路，冲过去一头扎进去，却好像踩到了什么。

抬头一看，是一个俏丽的女子，怀里抱着笔墨纸砚，也是一脸惊慌。

黄风怪刚要出声，女子做了个嘘的手势，黄风怪连忙闭了嘴。

井外，书生的脚步声近了，随即又远了。

两个人这才松了一口气。

黄风怪爬上来之后，拉了女子一把。

女子道了声："谢谢。"

黄风怪问："好巧啊，你也来偷东西吗？"

女子倒也配合："幸会幸会。"

两个人跑到了山顶僻静处。

黄风怪烤了芋头，递给女子，问："你叫什么？"

女子说："我叫香玉。"却没接黄风怪手里的芋头。

黄风怪不明白："你不饿？"

香玉说："我吃过了。"

黄风怪在吃芋头的时候，看到香玉在水边照着自己的样子给自己画像。

黄风怪这才明白，原来她偷笔墨纸砚是为了给自己画像啊。这人得有多爱美？

黄风怪走过去，看了看画上的女子，问："你画的是谁？"

香玉说：“我自己啊。”

黄风怪摇头：“这不是你啊？”

香玉抬头，瞪了黄风怪一眼：“这就是我。”

黄风怪很坦诚：“画像上的人比你好看。”

香玉猛地站起来，收起画像，气呼呼地走了。

黄风怪叼着嘴里的芋头，笑了：“接受自己有这么难吗？”

再一次见到香玉，是黄风怪在山顶上咬石头的时候。

香玉正裸着身子，幕天席地地躺在山顶，如一幅山水。

黄风怪吓坏了，看呆了。

嘴里的石头咬得嘎嘣脆。

香玉听见了，侧过头看见了黄风怪，见怪不怪，反而问：“你在干吗？”

黄风怪咬着嘴里的石头说：“我……我在磨牙。”

“磨牙？”

黄风怪指了指自己的牙：“不磨牙的话，牙会长得很长，最后我就吃不了东西了。”

香玉听了叹了口气：“上天造物这样设计，真有点过分。”

黄风怪一愣，顺着香玉的话：“可不！所以说，贪吃不是我的错，是我的天赋和使命。”

香玉笑了。

黄风怪这才敢问：“那你在干吗？”

香玉说：“我在吃饭。”

“吃饭？”

“餐风饮露。”

“你是神仙？”

“我本是灵山上的一块玉石，受天地灵气，一不留神，修成了人形，有了现在的样子。玉石吃饭，自然是餐风饮露咯。”

黄风怪作为哺乳动物，不理解什么是餐风饮露。

正如香玉作为无机物，无法理解什么是“吃饭”。

黄风怪想了想，问：“那你是不是也不会拉屎撒尿？”

香玉一块石头丢了过来，黄风怪笑着逃窜。

香玉说：“我从来没有到过人间的集市上看一看，你要不要和我一起？”

黄风怪心里很高兴，嘴上却说：“你知道，我平时从不去人多的地方。”

香玉不解：“为什么？”

黄风怪说：“你没听过那句话吗？”

“什么？”

“老鼠过街，人人喊打。”

香玉一愣，笑了：“反正你现在已经是人形了，你可以跟人们一起打过街老鼠。”

黄风怪被怼得说不出话来。

到了集市上。

香玉想买胭脂水粉，但不知道什么是钱。

正不知道该怎么办，黄风怪很潇洒地付了钱。

香玉不解：“怎么你会有钱？这不是人间的东西吗？”

黄风怪一脸骄傲：“我从功德箱里偷的。”

香玉吃惊：“这你都敢偷？”

黄风怪毫不在乎：“这有什么不敢？老鼠胆小，只是俗人对我们这个物种的误解。再说了，香客捐香火钱，供奉灵山，我也是灵山的一分子，花他们点钱天经地义。”

香玉笑了：“你说得倒挺有道理。”

黄风怪哈哈大笑：“活着要知道变通。”

黄风怪看着香玉用买来的胭脂水粉打扮自己。

看着看着，香玉就不是香玉了，香玉是一座山，一条河流，一只好吃的芋头。

那个时候，黄风怪还不明白，一个男人看着女人打扮的时候，心里总是温柔的。

香玉打扮完，站起来，在黄风怪面前展了个身段，问他："好看吗？"

黄风怪看着香玉，周身无缘无故地起了妖风，只能拼命点头，说不出一个字来。

香玉问："你知道我为什么要打扮吗？"

黄风怪脱口而出："为了画像呗。"

香玉点了点头，又摇了摇头。

黄风怪不解。

香玉说："我想给一个人看。"

黄风怪跟着香玉去了书生家里。

两个人躲在梁上。

书生手里捧着书，读一会儿，就抬头看，看着看着，时而叹息，时而笑出声来，时而又怔怔地流泪。

那是一幅女人的画像，已经颇为古旧。

黄风怪仔细去看，画像上的女人并不是香玉。

香玉轻声告诉黄风怪："那是他的妻子，几年前染病死了。自那以后，他就对着画像，又是念诗，又是笑，又是哭，我不明白为什么，就是觉得能做画像上的人真好，能死了真好。"

黄风怪被香玉的话吓了一跳："你这是什么话？好好活着才能吃吃喝喝，干吗要死？"

香玉看着书生，轻声说：“越是得不到什么，就越想要什么。”

黄风怪问：“你想做画像上的人？”

香玉眼神不离书生，没说话。

不知怎的，黄风怪一时间有些伤心。

黄风怪跟着香玉去她家里。

香玉住的洞穴，已经布置成了房子的模样。

墙壁上满是画像，画像上都是香玉自己。

香玉看着画像，说：“我画了这么多自己，可怎么也做不了他画像上的人。”

黄风怪看着满墙的画像，说：“我可能有一个办法。”

书生又在看画。

看得入了神。

画像上的妻子突然活了过来。

书生呆呆地看着，妻子从画像上款步而出，走向了书生。

书生回过神来，一把抱住了久别的妻子，痛哭流涕。

妻子在书生怀里，感到书生的眼泪砸进自己脖颈里，有些不知所措。

书生抱着妻子，突然疑惑了：“你身上……很冷，像……像一块玉。”

妻子呆住。

书生放开妻子，端详着，看进了妻子的眼神里，好像从眼神里看出了什么。

“你不是我家娘子。”

妻子更加不知所措。

书生妻子的样貌如雾气一般散去，化作了香玉的样子。

书生后退了几步，看着香玉，猛拍自己的脸，道歉：“唐突了，我一定是思念过度，才将你误认作我妻子了。”

书生再仔细看，认了出来：“你是天天来偷笔墨纸砚的女子吧？”

香玉点点头。

梁上，黄风怪叼着嘴里的芋头，看到香玉被拆穿，不知怎么，竟然有些高兴。

书生请香玉坐下，坦言：“你每次来偷笔墨纸砚，其实我都知道。”

香玉看着书生，不知道该说些什么。

书生说：“你的心思，我也多少知道一些。”

香玉的眼神里有了期待。

书生说：“但我心里只有我家娘子一个。我不能辜负她，也不想辜负你。”

香玉心里难过，脱口而出：“可她已经死了。”

书生的眼神瞬间更暗淡了。

香玉后悔自己说出这样的话，心里乱得很。

良久，书生指了指自己的心口：“可她在这里是不会死的。”

这下，香玉的眼神暗淡了。

梁上，黄风怪摸了摸自己的胸口，不知道心里是什么滋味。

山顶上。

香玉独坐，闷闷不乐。

黄风怪走到香玉身边坐下来，劝她：“凡人一生不过几十年，而时间对你来说，是永恒的。他只是你千万年生命中的一个过客而已。就像石头上爬过一只蚂蚁，石头是不会在乎蚂蚁的。”

香玉摇头：“正因为活得太久了，我才想在乎那只蚂蚁。蚂蚁爬过之前，我只叫存在，不叫活着。”

黄风怪似懂非懂地看着香玉，满脑子回响着香玉的这句话。

香玉叹息："我可以变成他妻子的样子，但永远变不成她。"

一句话到了黄风怪嘴边，黄风怪努力阻止自己说出来，但没成功，他说："你不必变成她，你应该取代她。"

香玉看着黄风怪："这样好吗？"

不等黄风怪回答，又问："我能吗？"

黄风怪点点头："你先得学会一件事。"

人间的厨房。

黄风怪和香玉躲起来，看着人间的厨子做饭。

烟雾蒸腾。

香气四溢。

黄风怪口水直流，对香玉说："有女子来灵山求姻缘，问师父怎么搞定喜爱的少年？

"师父给了她一联：若他情窦初开，你且宽衣解带。若他看尽繁华，你便炉边灶台。"

香玉不解："那我是宽衣解带，还是炉边灶台？"

黄风怪不知怎么了，心里一紧，说："你应该学会做饭。生灵，总是要吃饭的。吃饱了饭，才有希望。"

香玉的眼神里冒出了光。

黄风怪眼神里却汹涌着一些伤感。

黄风怪面对着形色各异、已经分辨不出是什么的食物，愕然地看着香玉。

香玉在烟熏火燎后，满脸期待地看着黄风怪。

黄风怪咽了一口口水，奋勇地吃了起来。

香玉眼睛不离黄风怪，黄风怪只好猛吃。

吃完了，黄风怪对着香玉无奈地摇摇头。

香玉脸上的期待消失了："不好吃？"

"不，是很难吃。"

香玉有些气馁："那你怎么还要吃完？"

黄风怪打了个饱嗝："我这还不是为了鼓励你。"

香玉握了拳，再接再厉。

黄风怪道："你加油，我先去吐一会儿。"

等到一个冬天过去，黄风怪吃到胖了起来。

终于对香玉点了点头："你成功了。我也不能再吃了，再吃下去，我就爬不动了，老鼠爬不动，早晚会被逮到。"

香玉哈哈大笑。

书生锄完草，回到家，家里已经摆了一桌子精致的菜肴，菜肴面前还端坐着一个俏丽的女子，香玉。

书生礼貌地拒绝："姑娘，你何必这样？我不值得的。"

听书生这么说，香玉眼里突然开始流下眼泪，大滴大滴的眼泪砸下来，不多时，香玉脚下已经湿了一片。

书生呆住了："你别哭了，我……我吃。"

香玉立马笑逐颜开，给书生大筷大筷地夹菜。

香玉高兴地抱了黄风怪，黄风怪能察觉到香玉身上的冷。她没有体温，但热情从她眼睛里流露出来。

香玉说："谢谢你教我用这一招。"

黄风怪说："女人的眼泪，对男人来说，永远是致命武器。虽然，那些眼泪只是露水。"

香玉想了想："不行，我还得多准备点露水。"

说罢跑了出去。

黄风怪看着香玉轻盈的背影，她已经是一个沉浸在爱情里的小女孩了。

“哎。”

香玉每天给书生做饭。
书生越吃越多。
看画像的次数越来越少。

等到书生能吃三大碗饭了。
等到书生和香玉吃饭的时候，有说有笑了。
梁上的黄风怪却瘦了下来。
那时候黄风怪还没有读到过那句“为伊消得人憔悴”。

黄风怪匍匐在师父脚下：“我心里苦。”
师父就问：“是吃不饱苦，还是求不得苦？”
黄风怪嘴上说：“吃不饱苦。”心里的声音却是：“求不得更苦。”
师父说：“放下，放下就好了。”
黄风怪忍不住叹息：“要是人人都能做到，那还有什么红尘苦？谁还来求佛呢？”
师父语塞。

香玉又一次抱了黄风怪，说：“我今天给他做饭，发现他妻子的画像不见了。他收了起来。”
黄风怪一呆，喃喃：“那真好。”
香玉自言自语：“我想我可以替代她了。不，我会替她照顾他。”
看着香玉，黄风怪开始羡慕那只爬过石头的蚂蚁了。

黄风怪独自来到香玉的家，看着满墙的香玉画像，从天亮看到日落。

黄风怪化成黄毛貂鼠，偷吃琉璃盏里的灯油，吃得肚儿浑圆。

满足地躺在佛案上，呼呼大睡。

睡着了，眼角里还流了泪。

等黄风怪醒过来，看见师父正看着自己。

师父大骂：“孽畜，琉璃盏都暗了，你这是吃了多少？”

黄风怪眼角还有泪：“我饿。”

师父叹息：“吃也解决不了问题。在灵山待着，日子久了，你会得道。何必故意跟自己过不去？”

黄风怪打着饱嗝：“师父，我只是贪吃。贪吃不是我的错，是我的天赋和使命。不过，吃了就要认，师父罚我吧。”

师父摇头：“得了，你快溜吧。”

黄风怪一呆。

师父突然大喊：“有小偷偷了灯油，快来人啊。”

喊完了，对着黄风怪眨眼睛。

黄风怪给师父叩了个头，化作一阵黄风，离开了灵山。

此时，香玉正在给书生盛第三碗米饭。

八百里黄风岭。

青岱染成千丈玉，碧纱笼罩万堆烟。

高的是山，峻的是岭。陡的是崖，深的是壑。响的是泉，鲜的是花。

伤心的，是一只黄毛貂鼠。

黄风怪坐在山顶上磨牙。

突然起了兴致，把自己脱光，幕天席地，餐风饮露。

小妖们疑惑：“大王这是在干什么？”

黄风怪看着万仞青山，说：“只是想起了一个故人。”

八十年后……

黄风怪收到了香玉的一封青鸟传书，上面只有一个字：回。

黄风怪回了灵山。

见到了香玉。

不知道是不是黄风怪的错觉，香玉清瘦了。

据说，只有走进你心里的那个人，你才能察觉到她是胖了还是瘦了。

黄风怪跟着香玉到了书生的家。

书生躺在一个阴沉木的棺椁里，身上满是鲜花。

黄风怪其实料到了。

香玉说："这几十年，我很快活。"

黄风怪没说话。

香玉接着说："我知道他会走，但……"

香玉看了黄风怪一眼："但我不想再做一块石头了。"

黄风怪心里一抽，疼得闭上了眼睛。

香玉说："我想做他手里的一块玉。"

黄风怪本以为这么多年，自己已经长大，长大了就不容易难过了。

但此时，他觉得悲从中来。

忍不住抱了香玉，抱得凶狠。

他惊讶地发现，香玉有体温了。

香玉说："有匪君子，如切如磋，如琢如磨。说的是他，也是我。"

香玉说："他给了我体温。"

黄风怪没说话，心里一抽一抽地疼。有句话，他再也不会说出来了——我多想做那个给你体温的人哪。

香玉说：“我想跟你告个别，谢谢你。”

黄风怪笑了：“何必客气，我们都是偷东西的人。偷来的东西，总是要还的。”

在黄风怪的注视下，香玉抛却了人形，化成了一块碧玉，躺进了书生的手心。

黄风怪挥手，一阵黄风凭空而起，裹挟着棺木，埋进了土里。

黄风怪在墓前站到天黑，乘风回到了黄风岭。

黄风洞中，挂满了香玉的画像。

黄风怪躺在洞中，每个角度都能看见香玉。

他吃芋头，念诗，唏嘘，又哭又笑。

他明白书生当年的相思了。

—— 14

鱼跃龙门

湖底住着一个妖怪，一起风，她就出来看看。

妖怪在湖底住了很久，时间对于她而言，几乎没有意义。

她见过许多故事。

对她来说，湖面就是一块幕布。

幕布上，总是上演着故事。

她是个观察者。

她见过在湖边幽会的少男少女，对即将到来的人生悲喜，一无所知。

她见过因爱生恨、投河自尽的痴情女子，被情爱滋润，又被情爱折磨。

她见过在湖边吟诗作赋的诗人骚客，一生不得意，不在庙堂，又心忧国事。

她见过了许多。

见得多了，有时候心里也重了，眼神也不清澈了。

很多人不喜欢回忆，大概就是这个原因。

湖底有水草，有游鱼，她在湖底抬头看着，波光粼粼，妖怪知道，又起风了。

她跳舞一般浮上去，风吹着湿发，看着不远处的两座青山，觉得很凉爽。

妖怪极目四顾，湖面上不见有船，湖岸上也不见有人。

这个湖可真寂寞，比这个湖更寂寞的，就是妖怪自己了。

人生真漫长啊，她觉得。

当你觉得人生漫长了，就是在等一个人出现。

那天刚下过雨，妖怪在湖底刚刚睡醒，就看到水草摇曳中，有个影子。

仔细看，是个赤裸着身子游泳的少年。

水的折射，让少年看起来有些变形，平添一份可爱。

生活大多是日常，某个人的出现，就是日常里的例外。

少年就是这个例外。

少年游得累了，摸了几条鱼，放进随身带着的鱼篓里，旁若无人地在岸上躺成一个“太”字。

妖怪在水底看着，觉得人的身体真有意思。

少年歇了一会儿，恢复了体力。

又一头扎进水里，自负水性好，这次潜得更深、游得更远，差点就发现了妖怪。

妖怪把自己藏在鱼群后面，偷看少年。

少年在水里，也像一条鱼。

陡然间，他身子一抖，挣扎了几下，嘴里噼里啪啦地冒出泡来。

低头一看，被横行的水草缠住了脚，怎么挣也挣脱不开。

一慌张，空气用得更快。

这时候，一个同样赤裸着身子的女子不知道从哪里游了过来，在少年因为窒息而产生的混沌里，解开了他脚上的水草。

少年感觉自己离着女子很近，却又很远。最后的空气也用完了，他什么都不知道了。

等少年醒来的时候，发觉自己躺在岸上，这次这个“太”字写得不太好，潦草了许多，吐出几口水，就看见了一个更好的字：“大。”

少年惊呆了。

看着学着自己，同样躺成一个字的女子，随手扯过来衣服，盖住自己，为了打破尴尬，劈头就问：“是你救了我？”

女子这才欠起身，看看少年身上的衣服，明白了什么，伸出手，凭空在湖水中一抄，一团水草升上来，活物一般，轻盈地盖在了女子身上。

少年看呆了：“神仙？”

女子耸耸肩。

少年又问：“妖怪？”

女子这才点点头。

少年恍然大悟：“哑巴妖怪。”

女子笑了：“你才哑巴。”

少年不好意思地挠挠头：“谢谢你救我。”

妖怪说：“我只是不想让你死在我家里。”

少年不解：“你家？”

妖怪指了指湖面。

“噢噢噢，”少年明白了，“你住在湖里，你是个什么妖怪，叫什么名字？”

妖怪瞪了少年一眼："叫我平湖吧。"

"平湖，你好，村里人都叫我小豆子。"

妖怪看了看天色："不早了，你的鱼篓都满了，该回家了。"

小豆子愣了："可我才摸了两条……"

说着他转头看向鱼篓，鱼篓里的鱼都快跳出来了，小豆子的后半句话咽了下去。

再回过头，妖怪已经不见了。

小豆子看向湖面，湖面上波光粼粼，里面像是藏满了秘密。

小豆子背着一鱼篓的鱼，回到了村子。

小樱已经在村口等，远远地就迎上来，看着鱼篓里的鱼，拍着手大叫："驴儿，你摸了这么多鱼啊。"

驴儿是小樱对小豆子的爱称。

小豆子都忘了这个称呼的起源了，好像是因为村里张大户家养了一头好看的驴子，小樱非说跟小豆子长得像。

从那以后，小樱就叫小豆子驴儿，驴子，驴驴。

一天变好几个花样。

小豆子就由着她。

"驴驴，晚上来我家吃饭吧？"

小豆子答应着，心里想着湖底的妖怪，第一次没有跟小樱分享，他觉得自己有秘密了。

晚上，小樱的父母做了一桌子鱼。

小豆子吃得很香。

小樱的父亲说："我一直出海打鱼，想不到那片野湖里也有这么多鱼。"

小樱一脸骄傲："那是驴驴摸鱼儿的本事好。"

小豆子不好意思地笑了。

怀揣着秘密的人，有种奇妙的满足感。

吃完饭，小樱央求父母："晚上让驴驴跟我一起睡吧。"

母亲瞪了小樱一眼："你都多大了？"

小樱不解："十六啊。"

母亲只好耐心解释："你是女孩，小豆子是男孩，你们不能一起睡了。"

小樱毫不在意："那我们小时候不是天天一起睡吗？"

母亲说："男孩女孩长大了，就不能一起睡了。"

小樱似懂非懂。

小豆子背着鱼篓，回到了自己的院子。

点了油灯，想着湖里的妖怪，觉得自己有点古怪。

好像人有了秘密，也就有了心事。

小樱气喘吁吁地跑过来，一过来就抱住小豆子："吓死我了，走夜路真吓人。"

小豆子让小樱歇着："大晚上，你跑来干吗？"

小樱从怀里掏出一个纸团，小心翼翼地打开，是几个已经压扁了的甜豆包。

"哎呀，跑得急，都压扁了。"

小豆子拿起来就吃了一个。

小樱看着小豆子很开心："甜吧？"

小豆子说："甜，你也吃。"

小樱把甜豆包往小豆子嘴里送："驴吃驴吃。"

小樱说："你自己一个人睡，我不放心，我来陪你睡。"

小豆子笑了："我是孤儿啊，从小就一个人，都习惯了。"

小樱瞪他："我不习惯行了吧？"

小豆子讨饶。

小樱在小豆子旁边睡着了。
小豆子睡不着，枕着自己的胳膊，想着心事。

第二天，一大早，小樱醒来，小豆子就不见了。

湖边，小豆子往水里扔石子：“喂，平湖，出来玩吧。”
扔了十几颗石子，在湖面上激起了一环又一环的涟漪。
平湖果然来了。
今天，她身上的是不同的水草，有不同的颜色。

两个人坐在岸边。
小豆子问平湖：“你从什么时候开始住在湖里的？”
平湖想了想，说：“我记不清了。不过，我知道湖是怎么来的。”
“嗯？怎么来的？”

“传说，天上有一个仙女下凡，后来就和凡人相恋了。
“上天震怒，就派天神把仙女带走了。
“仙女人间的恋人，当然舍不得，一路狂追，喊得声音都流了血。
“仙女就把自己梳妆的镜子扔下来，化成了这面湖，以此让恋人寄托思念。”

小豆子听完，感叹：“为什么上天不让他们相恋，净干这种坏事？”
平湖叹口气，没说话。

从那以后，小豆子几乎每天都来找平湖说话、聊天，说一大堆没有意义的话。
他给平湖讲村子里发生的趣事儿。

平湖就给他讲那些她透过湖面看到的故事。

悲悲喜喜，分分合合，就是切切实实的人生。

小樱对小豆子整天往湖边跑不太高兴。

问小豆子，小豆子就说去摸鱼儿，但有时候回来，鱼篓又是空的。

小樱打算第二天偷偷跟着小豆子，去看个究竟。

她心里宣告：我驴驴这么可爱，万一被坏人逮走呢？

结果到了夜里，小樱的父亲突然发了旧疾，一病不起。

这次的病来得猛，请来大夫，开了药，怎么吃却也不起作用。

小樱家里本来就不富裕，钱很快花光了。

小樱急得哭起来。

小豆子劝："你别急，我想想办法。"

小樱哭得厉害："你能有什么办法？"

小豆子把事情跟平湖说了，平湖从湖里捞出一把珍珠，倒在小豆子手里，嘱咐他："拿去换钱治病。"

小豆子把珍珠交给了小樱，小樱给了她妈。她妈吓了一跳，但救命要紧，顾不上问太多，急匆匆地去镇上换了钱，请了更好的大夫，买了药。

父亲吃了药，渐渐就好了起来。

母亲把剩下的一颗珍珠递给父亲看。

父亲把玩着，心里起了疑，就问小樱。

小樱如实说了："是驴儿给的。"

父亲眼里的疑问就更深了。

小豆子再一次去见平湖的时候，不知道身后有小樱父亲跟着。

小樱父亲愕然地看着，小豆子和湖里的一条硕大的鲤鱼玩耍，小豆子自己还自言自语地说话。

那条鲤鱼鳞片闪着光，不知道有多少年月了，一看就是一件至宝。

临别之际，平湖告诉小豆子："明天你别来了。"

小豆子问："为什么？"

平湖说："明天十五，每个月十五，我都要休息。"

小豆子又问："为什么，为什么每个月十五你都要休息？"

平湖恼了："女孩家的事情，你问那么细干吗？"

小豆子只好闭了嘴。

这个月十五夜里。

平湖跃出水面，化成一条锦鲤，在月光下，翕动着鳞片，从鳞片里隐隐透出来的光芒把湖水照得通透。

黑影里，突然一声喊。

小樱父亲，领着渔民，张着渔网，从四面八方一拥而上。

锦鲤躲闪不及，落了网，怎么潜也潜不下去。

身子离开水的那一瞬，失掉了所有的力气。

小樱父亲率领着渔民，把锦鲤封进了硕大的鱼缸里，宣布："明天我们一起去镇上，献给县令大人，县令大人将锦鲤当作祥瑞，献给皇上，皇上一高兴，县令升官发财，我们也跟着沾光，以后就再也不用过苦日子了。"

小樱躲在门后听着，看着那个黑色的鱼缸，猜到了她的驴子每天都去湖边干什么。

夜深了，小樱到了院子里，想要掀开鱼缸上的石头，但力气小，掀不动。

鱼缸里，一个声音传出来，吓了小樱一跳："你认识小豆子吧？"

小樱把脸贴到鱼缸上："你是谁啊？"

鱼缸里的声音说："你快去找他，让他来救我，晚了就来不及了。"

小樱走出去两步，又折回来，问："你出来以后，不会把我们都吃了吧？"

鱼缸里的声音很无奈："我吃素的。"

小樱带着小豆子，小心翼翼地爬进院子。

两个人合力都掀不开石头。

小豆子想了想，说："我有办法。"

他找来一把杀牛用的锤子，两下就把鱼缸敲碎了。

水流了一地。

一条锦鲤扑棱着跃出来。

小豆子也愣了："一条鱼？"

这条鱼说话了，声音奄奄一息："傻子，是我。"

小豆子打了个激灵："平湖？"

小樱愕然地看着小豆子："一条鱼还有名字？"

平湖用尽了力气："快送我回湖里。"

两个人这才反应过来，小豆子抱起鲤鱼，大步往外跑，小樱紧随其后。

小豆子跑得鞋都丢了，把小樱丢在二里地之外，跑得太快，到了湖边，收势不及，自己和鲤鱼一起跌入了湖水中。

呛了几口水，小豆子被托举了起来，在湖面上转了圈，送到岸边。

小豆子欠起身，看着湖水里，平湖游过的地方，有血流出来。

小豆子喃喃自语："原来你是一条鲤鱼。"

鲤鱼在湖面上打了个挺，说："我受了伤，要去海里疗伤，你跟我来吧。"

少年乘着鲤鱼，在大海中遨游，欢叫："你是好大一条鱼啊！"心里说不出地快活。

"嗳，我听说鲤鱼跃过大海里的龙门，就会变成神龙，你什么时候跃过龙门？"

"嗨，那只是个传说，哪来的龙门？"

小樱赶到湖边，等了半天，也没有小豆子和鲤鱼的影子。

小樱吓坏了："不会是鲤鱼把驴驴吃了吧？"

礁石上，平湖终于化成了女人的样子。

问小豆子："吓到你了？"

小豆子摇头："惊艳到我了。"

鲤鱼不见了。

小樱添油加醋地说："我半夜里亲眼看到鲤鱼飞上了天。"

渔民们都吓坏了，七嘴八舌："可别得罪了神灵。"

渔民们都回家烧纸，向神灵赔罪。

以后谁也不敢再提这件事了。

小樱父亲哀叹："白白错失了发财的机会。"

从那以后，湖边只有小豆子会去。

鲤鱼和少年见面，有时候在湖边，有时候在海里。

天落雨的时候，少年和鲤鱼就彼此透露着各自内心的秘密。

小樱总是躲在树后面看，看到小豆子和鲤鱼耍得开心，自己脸上也带着笑，心里却不是滋味。

小樱心里也有秘密了。

有了秘密，就有了心事。

她的野驴好像找到另外一片小草原了。

雨水拍打着湖面。

平湖今天看起来心事重重。

小豆子还没从刚才骑着鲤鱼遨游大海的兴奋中回过神来，看到平湖心不在焉，就问："你有心事？"

平湖看着小豆子，眼神变得郑重："你知道我为什么会在湖里住这么久吗？"

小豆子一愣："因为湖底是你的家。"

平湖摇头："我本是瑶池里的一尾鲤鱼，因为贪恋人间繁华，偷偷下了凡，触犯了天条，上天罚我在这片湖里看守一件东西。"

"什么东西？"

"驱山铎。"

"什么玩意儿？"

平湖潜入湖底，又浮上来，手里多了一个布满铜绿的铃铛。

少年接过来："一个铃铛？"

说着要摇，被平湖拦住："不能摇，驱山铎有动摇山川的力量。"

少年盯着手里的铃铛，一脸的难以置信。

平湖说："到这个月底，我看守驱山铎的日子就满了，我就要带驱山铎回到瑶池了。

"我打听到消息，此地依山傍水，又能入海，已经被天庭划定为仙界，而仙界之中容不下凡人。"

小豆子听不明白："我听村里的叔伯说，我们祖祖辈辈都在这里，这里怎么就成仙界了？"

平湖叹气："凡人的一生，不足百年，在天庭看来，不过弹指一挥，天庭说这里是仙界，这里便是仙界。"

小豆子胸中怒气涌上来："好不讲理的天庭。大不了，我们离开这里。"

平湖又叹气："天灾就要来了。"

小豆子愣了："天灾？"

"天行有常，不为尧存，不为桀亡，即便是天庭，也要遵循天道轮回，不可随随便便占用人间的地界，除非……"

"除非什么？"

"除非有一场天灾，人间沦为焦土，天庭自然就可以把这片焦土变为仙界福地。"

小豆子听完，久久说不出话来。

良久，眼神变得凶狠："那还有办法吗？"

平湖凑到小豆子耳边，说了些什么。

十日后，吃完了晚饭，小豆子告诉小樱："夜里无论听到什么声音，都不要起来，天亮了，一切就好了。"

小樱被小豆子少有的严肃表情吓了一跳，但此时，不知怎么了，觉得和小豆子有了某种默契，她没多问，就点了点头。

夜里，湖边。

小豆子和平湖看着天际的星星。

平湖说："紫微星一出，天灾就要来了。"

小豆子握紧了手里的铃铛，看着平湖："天一亮，不知道我是不是还活着，但有句话，我想说给你听。"

平湖看着小豆子，觉得他在一瞬间就长大了，她似乎知道小豆子要说什么。

平湖的眼神在刹那间清澈了："你什么都不用说，我都知道。"

小豆子摇动铃铛。

铃铛上，铜绿缓缓褪尽，精光大射，声如霹雳，山川震动。

驱山铎身形大涨，如穹窿一般，飞升而起，笼罩了四野。

小樱夜里睡不着，听到了声响，只身走出来，四下里望望，见四周金光闪烁，金光之中，又有看不懂的字词流动。

小樱非常想念她的驴驴。

一夜之后，村民上山砍柴，愕然地看着眼前的山林，已然是一片废墟。

湖边，小豆子和平湖一夜未眠，看着天际。

陡然间，黑云暴涨，大雨瞬间砸了下来。

黑云之中，隐隐有战鼓声。

十万天神，列阵云端，一个声音传出来："大胆鲤鱼小妖，胆敢将驱山铎交由凡人滥用，引起天崩地裂，生灵涂炭，你要为数十万生灵之死负责。"

少年冷笑："你们真无耻啊，敢做不敢承认。天地不仁以万物为刍狗。"

说完这句话，回头问平湖："这句话是这么说的吧？"

平湖有些宠溺地点了点头。

天神震怒："无知黄口小儿，胆敢藐视天威。"

一道光激射而来，小豆子喘不过气来。平湖猛地推开小豆子，自己抵住强光。

小豆子跌落在地，胸口酸胀，抬头看着强光之中，平湖身上鳞片翕动，有血渗出来。小豆子知道，离开了水，平湖撑不了太久。

他举起驱山铎，摇动，几乎握不住，虎口炸裂，心肺震颤，再也抵受不住驱山铎的力量，大口大口的鲜血喷在驱山铎上。

驱山铎精光大盛，天地为之变色，湖边，两座青山拔地而起，在驱山铎的驱使下，奔向光柱之中，挡在了平湖身前。

平湖跌落在地，身上的鳞片，已被鲜血染红。

天神冷笑："螳臂当车，你还想逆天而行吗？我看你有多少血可以吐。"

强光更强，耀得人睁不开眼睛。

两座青山被逼得倒退。

小豆子猛捶自己的胸口，又一大口鲜血喷在驱山铎上。

铃声大震，两座青山又前进了几分。

小豆子用尽了全力。

天神好整以暇。

两座青山死死地向小豆子逼近。

平湖清醒过来，眼看着小豆子以凡人之躯，驱动驱山铎，已近油尽灯枯，很快就要被青山压住。

当即腾空而起，飞奔向小豆子，以一身血肉，抵住两座青山。

山底下，两个人合力抵住青山，百忙之中，还不忘对着看。

一切都在眼神里，说什么都是多余的。

小豆子苍白的脸上有了笑容。

平湖吐出嘴里的血污："答应我，娶妻生子，好好活着。"

小豆子不及回答，便被一股力量推了出去，驱山铎应声碎裂成尘土。

小豆子爬不起来，眼睁睁地看着两座青山将平湖逼进湖水中，青山欺压上来，压住了湖面，也压住了平湖。

小豆子爬过去，拍打着两座青山，手掌拍出血来，山底却再无回应。

小豆子指着天际虚弱地叫骂：“你放她出来，有本事压我，欺负女人不算本事。”

天神的声音传过来：“这两座山，没有驱山铎，神和人都移不开。你有生之年，不会再见到鲤鱼了。”

天神似乎意兴阑珊，天际的黑云隐去了，天地重现了光彩。

小豆子不顾小樱和村民的劝阻，在两座青山前拍打了七天七夜，用尽了力气，喃喃自语：“我一定要把你救出来。”

村民们都觉得小豆子比疯子还疯。

他在做一件疯子都不会做的事情——

移山。

日出而作，日落而息。

一点一点地要摧毁两座青山。

这怎么可能呢？

青山还未改。

小豆子长大了。

他娶了小樱。

小樱如愿以偿地成了她驴子的妻子。

新婚之夜，小豆子跪在小樱床前：“如果我不救她，她永远见不了天日。我得救她。”

小樱看着丈夫的眼睛，说了一句：“你是我的驴驴，我跟你一起救。”

第二天，青山前，除了小豆子，还多了个小樱。

小夫妻两个都疯了。

村民们哀叹：“年纪轻轻就疯了，可惜啊。”

一双儿女出生那天，小豆子破天荒地没去移山。

他陪着妻子、儿子和女儿。

眼神里有精光闪过。

小豆子从少年到了中年，儿女们长大了。

同伴们嘲笑小豆子的儿女：“爹妈是疯子，你们也是疯子。”

儿女们对嘲笑不屑一顾：“父母现在做的事情，我们现在不懂，你们更不懂，但以后，人们都会懂的。”

儿女们娶妻生子。

小豆子和小樱都老了。

小樱离开那天，给小豆子做了一大包甜豆包，嘱咐：“你想我的时候，就吃豆包，很甜。驴子，我先走一步，去那里等着你，我就是你的一片草原。”

说完，闭目安详而逝。

小豆子悲从中来，吃着甜豆包，老泪纵横。

孙子辈和重孙辈，已经无从获知爷爷、太爷爷为什么要移山。

但他们理解爷爷、太爷爷的坚持。

这种坚持已经渗入了他们家族的血液。

小豆子是死在山前的。

临死之前，他运走了最后一筐山石，留下了一句后人听不懂的话：“鲤鱼早晚有一天会跃过龙门的。”

到了第四代人，青山似乎已经顶不住了。

夜里的一场地震，加上一场大雨，让两座青山彻底坍塌了。

山底下，露出来那面原本只存在于传说中的湖。

雨过之后，湖面上空横跨起一道炫目的彩虹，美得妖艳，甚至惊心动魄。

湖水翻腾，一条硕大的鲤鱼，冲破水面，腾空而起，浑身鳞片翕动，跃过了天空中的彩练，在众目睽睽之下，化成一条神龙，蜿蜒游走，青光四射。

“鲤鱼跃龙门了！”

村民们惊呼。在这时候，所有人都想起了当年那个移山的少年。

他或许一早就知道，山底下有神龙。

而此刻，只有神龙自己知道，她的龙门不在大海，她的龙门在人间。

少年就是她的龙门。

神龙落地，化成女子，模样没有变化，只是眼神里更清澈了。

她打量着村民，目光锁定。她从那些眉眼间，看出了小豆子的模样，当年那个裸着身子，在湖水里游泳的少年模样。

恍惚间，已经百年光阴了。

神龙端详着小豆子的儿孙，递给他们一颗珠子，盈盈拜了拜：“我将永保这里的太平。”

随即，腾空而起。

天地之间，落了大雨，足足下了三个月。
人们说，雨水很奇怪，尝起来味道像眼泪。

后世，人们再说起移山的少年，说起小豆子，给了他一个诨号：愚公。

15

盘丝洞

北宋年间，东京府大相国寺东门外有一条并不起眼的街巷，城里的人几乎都到过这里，哪怕没有事，人们也愿意来走一遭，看看官宦人家的美妇、书香门第的小姐。

她们常常群集于此，从早到晚地流连，只为了一样东西——刺绣。

这条贯通南北的街巷，就是东京府大名鼎鼎的绣巷。

几乎所有闯下名声的绣娘都居住在这里。

软榻上的鸳鸯枕，小姐闺房里挡眼的山水屏风，王孙公子随身佩戴的锦绣香囊，皆是出自这些绣娘的巧手。

宋人将这些民间刺绣的手工艺人称为百姓绣户。

绣巷之中，绣娘云集，无论是样貌还是绣技，个个都是千里挑一。每日清晨，大相国寺敲响第一声清钟，绣娘们便早早地起来，沐浴更衣，濯手熏香，开始一天的飞针走线。

千百个婉约的绣娘当户而绣，十指灵巧生风，一度令东京府的多情少年和文人骚客不饮而醉。

这一日，一辆三驾的马车呼啸而至。

几声马嘶，绣娘们都停了手，抬头去看，猜测着马车里是哪个达官贵人的公子。

马车在绣巷停下来，高头大马，都很是神骏，马车花纹繁复，十分华贵。

车上下来一个俊俏的小厮，向各位绣娘一拱手，道："我家公子有一件珍贵的衣衫破了，想请各位绣娘给补一补，只要能补得好，赏黄金一百两。"

绣娘们都吃了惊，交头接耳地议论着。

小厮回到马车上，一双手递出来一个木匣。

小厮恭谨地捧着木匣，又走上前来，将木匣摆在一块布上，自己从袖中取出一双手套戴上，显然是对木匣中的东西非常崇敬，不敢有丝毫玷污。

一众绣娘都凑过来看，不知道究竟是怎样一件衣服，值得主人花一百两金子补它。

见小厮打开木匣，像剥洋葱一样，剥开了好多层，才将一件衣服轻轻抖出来。

众绣娘都惊出了声。这件衣服残破不堪，还有烧焦的痕迹，已经不能叫衣服，叫几块破布片更贴切一些。虽然也是绸缎做的，但显然已经不知道经过了多少年月，就算街边的乞丐，也不会穿这样的衣衫了。如果现在埋进土里，过两天就会化为尘土。

绣娘们都摇头，七嘴八舌："难怪出一百两金子，这衣服根本就没法补了。"

马车里，似乎发出一声轻叹。

小厮连忙走向马车，将耳朵凑上去，听着马车里的主人指示，连连点头。

不多时，又回来，向众绣娘行礼：“请问各位，绣巷之中，可还有绣娘能补好这件衣服？”

众绣娘议论了一番，有人说了话：“能补好这件衣服的，只有一个人了。”

小断见到了希望：“敢问是谁？”

绣娘道：“绣风织雨。”

小断赶着马车，向绣巷深处驶去。

绣巷很深，越往里，人就越少。

马车在有些残破的巷口停下来，再也驶不进去。

小断跳下了车，打开了马车里的帘子，一个高冠的公子下了马车，对着小断道：“你带上木匣，我亲自去拜访。”

循着绣娘们的指引，公子领着小断往巷子里走。

巷子窄小，仅容一人过。小断竖抱着木匣，亦步亦趋地跟在公子身后。

到了。

一扇有些破败的木门，木门上有四个字，有两个字迹已经模糊了，但仔细看还是能看得清，写的是：万花如绣。

公子振了振衣衫，叩门。

良久，门才闪开了一条缝。

公子去看，却并没有人应门。

公子和小断对望一眼，小断刚要喊，被公子止住。主仆推门而入。

一庭小院子，简朴素净，到处都晾晒着花团锦簇的绸缎，让人以为误入了某朵花的花心。

此时，公子站在院子里，才向屋里喊道：“小可苏州程又远，有一件衣裳破了，特来拜访，想请绣风织雨给补一补。”

话音未落，从屋子里闪出一个女子，看年纪，似乎不大，但眼神深邃，像一双无人能看透的远古洞穴。

公子连忙行礼，女子也欠身还礼，道：“请进来吧。”

公子吩咐小厮在门外等，自己接过木匣，跟着女子往屋里走。

一进屋就吃了一惊，屋子里颜色各异的丝线纵横交错，风一吹，丝线震颤，程又远都看花了眼。

坐下来，又看到层层叠叠的丝线深处，高低不一地悬着六个精巧的茧子。

眼前的女子倒了一杯清茶，程又远连忙接过来：“多谢。”

女子劈头就问：“公子有什么衣裳要补？”

程又远忙喝了茶，打开了木匣，取出那件残破的衣裳，抖开给女子看，满怀期待地问：“能补吗？”

女子没应，却道：“这件衣服已经破成了这样，公子为什么还要补？”

程又远忍不住一声轻叹：“这是我亡妻的衣裳。”

女子表情没有什么变化，眼神却一动。

程又远接着道：“九年前，我妻子住的屋子失了火，命丧火海，这件是她贴身穿的衣服，我留存至今。九年来，我一直想找人把这件衣服补好，只是想留着做个纪念。

“我怕我有一天，会忘了她的样子。”

女子仍旧没有说话，缓了缓，才道：“请问公子几个问题。”

程又远一呆：“姑娘请问。”

女子看了看那件残破的衣裳，问道：“公子丧妻九年，可有再娶？”

程又远摇头：“不知道怎么，就是提不起兴致。古人常说，哀莫大于心死，我想我多少有所体会。”

女子喃喃道：“入我相思门，知我相思苦。”

程又远没听清，问：“姑娘说什么？”

女子摇了摇头，突然问：“公子看到那些茧子了吗？”

程又远看着丝线深处那些茧子，点了点头。

女子道：“公子想不想听个故事？”

程又远一呆：“好啊，不知道姑娘要讲的是什么故事？”

女子看向了丝线深处六枚精致的茧子，眼神变得愈发深邃。

“故事，要从百年前说起了。”

城里，人人都知道，妙手堂里有一对父子神医，有起死回生的本事。

陈生自幼跟着父亲行医，学会了本事，也见惯了生死。

医者有个毛病，在乎别人的生死，却不太在意自己的。

父亲对陈生说：“医者，是和阎王抢生意。你从小身子不好，大概就是因为我们抢了阎王的生意。”

陈生有少年人独有的豁达：“那就多抢一点。”

这一日，妙手堂收到了一个帖子，请父亲出急诊。

当天大雨如注，出诊的地方在郊外，远得很。

陈生说：“我去牵驴，生意来了。”

雨中，父子两个穿着蓑衣，各自骑着一头驴。

走了一个多时辰，驴子累得嘴里冒着白汽，父子两个都湿透了，穿过一层茂密的林子。

到了地方，是一间古旧的屋子。

有女子在门口焦灼地等，见到父子二人骑驴而来，急匆匆地迎上去。

父子二人跟着女子进去。

屋子里，五颜六色的丝线纵横，一个女子躺在榻上，虽然隔着帘子，但陈生还是能看见女子瘦得厉害，仔细听，连呼吸都轻飘飘的，了无生机。

父亲把脉，面色凝重。

身边站着的女子问：“如何？”

父亲没说话。

陈生在一旁看着，榻上的女子闭着双眼，头发散乱，若不是有轻微的呼吸声，看起来倒像是已经死了。

陈生仔细去看，女子突然睁开了眼睛，和陈生对望了一眼。不知怎么，陈生觉得她眼神里还有一丝光。

回去的路上，父亲对陈生说：“此女子心脉已死，怕是救不了了。”

陈生不解。

父亲说：“一个病人，如果自己不想好起来，那谁也救不活。”

陈生似懂非懂：“还有人不想活吗？她得了什么病？”

父亲指了指自己的心口：“心病。”

一路上，陈生满脑子都是女子那个有着一丝光的眼神。他突然对父亲说：“我想救她。”

父亲看看陈生，没说话。

第二天，陈生一个人到这里出诊。

带着父亲开的药，还有父亲的嘱咐：“药是辅助，人都活一口心气，你得找出她的病因。”

病中的女子叫丝丝，其他女孩是丝丝的姐妹们。

姐妹们穿着颜色各异的衣服。陈生数了数，黑白红绿青蓝紫，有七种颜色，像一道彩虹。

丝丝躺在榻上，昏睡。

陈生看着病中的女子，发着呆。

丝丝突然开了口：“你走吧。”

陈生一呆：“你病得很重。”

丝丝说：“我自己的命，不劳烦你救了。”

陈生蒙了：“难怪我父亲说，你自己不想活了。只是我不明白，蝼蚁尚且偷生，你为什么一心求死？”

丝丝没睁开眼睛：“大概是没有活着的理由。”

陈生想了想，说：“我从家里赶来的时候，一路上，看到牧童放牛，干完农活的农户捉弄老婆，媒婆到处说媒，每个人都有个活着的理由。你怎么没有？”

丝丝叹息：“我有过，后来没有了。”

“有过？那你以前活着的理由是什么？”

丝丝睁开眼睛，看着陈生，答非所问：“你多大了？”

陈生说：“这个月十五我就满十九了。”

丝丝看着陈生，又问：“是处男吗？”

陈生脸色一红，点点头。

丝丝又是一叹：“那你还不懂。”

陈生不解：“你不说，怎么知道我不懂？”

丝丝说：“女人都靠爱活着。但我没有了。”

“爱？”

陈生问丝丝的姐妹们：“丝丝姐说的爱究竟是什么？”

姐妹们瞬间安静了，看着陈生，她们眼神里也有一丝茫然。

“我们都不记得了。”

陈生更不明白了：“女人靠爱活着？这到底是什么意思？你们要是不告诉我，丝丝活不过今年了。”

姐妹们这才惊恐起来，商量了一番，对陈生说：“你跟我们来吧。”

走到屋后，进了林子。

姐妹们嘱咐：“记住了，一旦进了林子，一定要往右走，切不可往左走。”

陈生不明白：“为什么？”

姐妹们说：“往左走有妖怪，当心吃了你。”

陈生吓了一跳，再仔细看，发现林子里满是丝线。

好奇心上来，又问：“这些丝线是干什么用的？”

姐妹们说：“我们女孩子家住在深山老林里，总得有个防身的法宝。要是遇上什么危险，丝线震动，我们就知道了。”

陈生看着透明纵横的丝线，心里奇怪得很。

一路往右，循着丝线，穿过了林子。眼前一个深邃的洞穴，上面有三个古拙的大字：盘丝洞。

其中有凉风透出来，陈生一眼看进去，越往里，光就越少，看不清楚。

陈生想起父亲讲的妖怪故事，迟迟不敢挪动脚步。

姐妹们看着陈生迟疑，道：“你要是不敢进去，那就算了。”

陈生被激起了勇气：“我一身正气，有什么可怕的？走。”

走进了洞中，寒气和潮气袭过来，陈生忍不住打了个冷战。

姐妹们跟在身后，沉默不语。

进得深了，陈生看见了洞中丝线纵横，丝线深处吊着六个茧子，茧子随风荡漾。

陈生不解，回头看着姐妹们。

姐妹们说："我们的秘密都在茧子里。"

陈生愣了愣，转过身，看着那些茧子，下定了决心。走过去，打量，伸出手，摸过去。茧子触手温暖，有嗞嗞的跳动声传来，慢慢地，和自己的心跳同步了。

茧子里无形的丝线，如电光，如水流，绕着陈生的手臂，充盈了他全身，流入他脑海之中——

一队行脚商贩，载着丝绸和脂粉，不知道走了多少山川平原，经过多少无穷水道。不觉秋去冬残，又值春光明媚，眼前是好一座青山。

人困马乏，车队走不动了，围坐在一起歇脚。

其中有人指着眼前的青山，不无暧昧地说道："这座山上有个濯垢泉，真是一汪好泉水，无论冬夏，日夜蒸腾，从不结冰。

"挨着濯垢泉有一座小楼，唤作'濯垢楼'，可真是个销魂去处。里面住了七位女子，个个都是绝色美人，不知道有多少达官富贾来这里一掷千金。"

听者都有了兴致。

"既然都到这里了，那还有什么说的，自然要去看上一看，爽上一爽，解解一路上奔波的疲乏。"

商议定了，留下人看管车马货物，几个商人结伴上山寻欢。

抬头看，山顶上云霞蒸腾。

青山上，古树森森，飞鸟啁啾，远远地就能听见潺潺流水声。

再往前走，见不远处有石桥高耸，桥对面有一座庭院，庭院之中有一栋清雅小楼，小楼隐没在山野雾气之中，若隐若现，宛如仙境。

一行人过了桥，疾步走到小楼前。

果然，小楼上立着一块牌匾，上书三个大字：濯垢楼。

牌匾两侧是一副楹联。

此地有佳山佳水，佳风佳月，更兼有佳人佳事，添千秋佳话。

世间多痴男痴女，痴心痴梦，况复多痴情痴意，是几辈痴人。

商人们看罢，都隐隐纳罕，想不到这座青楼还是个风雅去处。

当即敲了门，轻轻一推，门开了。

商人们看进去。院落之中，四个女子，都坐在阳光里刺凤描鸾做针线。一旁的木香亭子里，三个年纪更小的女子，正在蹴鞠。

像是根本没看到来的客人。

一边是飞针走线，一边是叽叽喳喳，一片旖旎春光。

商人们走南闯北，什么都见过，青楼去过不少，女人自然也见了不少，但眼前这七位女子，穿着颜色各异的衣裳，却让商人们都愣在了当地。只顾着看过去，眼睛像是黏在了姑娘们身上，久久回不过神来。

心中冒出来所有美好的词儿都往姑娘们身上招呼：娇脸红霞衬，朱唇绛脂匀。蛾眉横月小，蝉鬓迭云新。

等姑娘们刺绣累了，玩得累了，似乎才发现了门口站着的客人。

三个踢蹴鞠的女孩一起迎上来，倒像是迎接出门很久以后才归来的丈夫。商人们在那个刹那都产生了某种幻觉——

他们外出经商一整年，今天刚刚回来，妻子们迎上来，无限温存。

端上来的食物精致，香气四溢，耳边全是丝竹管弦之声，能让人忘记尘世里的一切。

吃饱喝足。

七位妻妾穿七种颜色的衣裳，玉体横陈，对着丈夫做邀请的姿势。

丈夫们久旱逢甘霖，争先恐后地扑上去，撕扯妻子的衣服。

扯着扯着，却不知怎么，扯出一些丝线来。

丝线黏稠，丈夫们不明白，顺着丝线去找，发现这些丝线的尽头，竟是妻子们的肚脐眼儿。

丈夫们面面相觑，瞬间清醒了过来。

肚脐眼儿里丝线爆射而出，如飞瀑，如渔网，如一张又一张的幕布。

商人们一个一个被吊了起来，刚要喊，就被一团丝线堵住了嘴。

男人们急速地旋转，先后被裹成了茧子，悬在网上，荡着秋千。

陈生整个人跌落在地上，浑身湿透，迟迟不敢转过身，颤着声说：“你们是……妖怪？”

姐妹们调笑：“你怕了？”

陈生依旧不敢转身，原来父亲讲的故事是真的。“你们能不能不要露出原形？我多少还是有些害怕。”

姐妹们笑起来。

陈生又说：“你们吃人？”

姐妹们说：“这些男人都臭得很，就像酒一样，这些是劣酒，都是俗物。”

“这些男人死有余辜，只知道用眼睛看。看到漂亮的，就扑上来，根本不懂女人的好处。”

陈生吓得冷汗涔涔：“不管怎么说，吃人也不好吧？”

姐妹们说：“你继续看，看完了你就知道了。”

陈生站起来，把手放到茧子上……

山麓下，阳光，雨水充足。

洞穴里，蜘蛛产卵。

黑白红绿青蓝紫，七只蜘蛛受灵气，长了起来，越长越大。

母亲严令：不得和凡人接触，只食鸟兽，不准害人。

姐妹们少女心性，忍不住想要去城里看看。

结果吓惨了城里的百姓。

百姓们凑了钱，请了猎户、道士、和尚甚至巫婆，一股脑地杀到山麓，见到了巨大的蜘蛛，不由分说，发了狠，就一拥而上。

母亲为了保护姐妹们，只身和人群纠缠。

七姐妹趁机逃了。

母亲却被愤怒的群众烧成一团灰烬。

姐妹们无家可归，上了山，躲进了山林里。常年修行，幻化成了人形，开了一间濯垢楼，只杀嫖客。

姐妹们占了山林，洗劫嫖客，倒也快活。

丝丝年龄最长，常常有古怪的想法，跟姐妹们说：“佛家常说‘眼耳鼻舌身意’，可为什么我们见的男人，都只在乎我们的美貌，‘眼耳鼻舌身’都有了，可就是没有‘意’。我倒很想知道，人间的情爱究竟是什么。”

姐妹们年纪还小，不确定丝丝说的人间情爱到底是什么意思。

对她们来说，男人都一样，不过是对女人身体感兴趣的俗物。

陈生看到这里，忍不住同情起姐妹们。万物有灵，人的命是命，虫豸的命也是命，身后的姐妹们似乎也没那么可怕了。

他又把手放到了茧子上，看到了姐妹们的故事……

每个女人，都是一个故事。
你在不同的年纪，读到她的故事，会读到不同的秘密。

她们深受情欲折磨，个个都有情伤。有的被抛弃，有的被背叛，有的被辜负，有的怨憎会，有的求不得，有的爱别离。

陈生看完，唏嘘不已，但回头看看姐妹们，似乎眉眼间并没有伤心的神色。

于是问："怎么没有丝丝的故事？"

姐妹们说："丝丝的故事，在她心里。"

陈生回到丝丝身边，给她把脉，对她说："我想知道你的故事。"

丝丝没动。

陈生贴在丝丝胸口，听着她心跳微弱地鼓动……

一日，有一个书生登门寻欢。

丝丝见书生器宇不凡，便告诉姐妹们："这个我自己留着。"

到了床上，丝丝连换了几个姿势，却都被书生阻了，丝线就是喷不出来。

丝丝觉得书生似乎不是凡人，正要现出原形，书生的手却抚在丝丝后心，丝丝只觉得一股暖流从后心流入身体里，舒服得动弹不得。

书生笑道："孽畜，我念在你们修行不易，上天有好生之德，暂不取你们性命。以后，你们好自为之，不可再为祸一方。"

丝丝反而觉得有趣："你这些官话说出来真好听，可不是心里话。"

书生一愣："怎么不是心里话？"

丝丝索性瘫软在书生怀中，书生倒不自在了。

丝丝说：“我见的男人多了，不自觉就有了一样本事。”

书生配合得很：“不知道是什么本事？”

“男人能进我身体里，我能看进男人心里，你知道我在你心里看到了什么吗？”

书生冷笑：“你说说。”

丝丝慵懒地伸了个腰，答非所问：“你的手心好烫啊，烫得我很舒服。”

“孽畜！”

丝丝媚眼如丝：“得了，收起你那一套官话吧。”

书生又冷笑：“休得无礼，我乃二十八星宿之一，光明宫司晨啼晓的昴日星官黄仓，注意你们很久了。”

丝丝索性耍起了无赖：“我在你心里看到了三个字：舍不得。”

书生一呆，嘴硬：“笑话，你我素不相识，我哪来对你的舍不得？”

丝丝笑了：“我也是刚刚才明白，情爱这种事啊，就是这么奇怪。”

书生放开了手，下了床，转身就走。到门口，又停住：“此后，你最好本分一些，否则，即便我不收你，上天也不会饶过你。告辞。”

丝丝根本不接他的话，只是说：“我求求你用你的心收了我吧。”

书生喝止：“一派胡言！”随即拂袖而去。

姐妹们凑过来，问丝丝：“他是神仙？”

丝丝笑，点头：“我想我从他身上看到‘意’了。”

自那以后，每天天亮之前，黄仓都会来看丝丝，以各种理由。

“怕你惹出祸事。我恰巧路过。我来监督你，不让你为祸人间。”

丝丝就打趣他：“做神仙是不是很无趣，你看你脸上的表情，说话的腔调，都没有烟火气了。”

黄仓呆了，看着水里的自己，也觉得有些陌生。

天亮之前，黄仓要回到光明宫，司晨啼晓，迎接新一天的到来。

这时候，丝丝就仰头看着，听着。听着天底下的鸡鸣声，看着太阳从天际升起来，满眼的柔情。

姐妹们问："姐姐，你体会到人间的情爱了吗？"

丝丝看着万丈霞光，说："女人要是爱上一个男人，恨不得把骨头和魂魄都一股脑儿给了他。"

姐妹们也有些羡慕，问："姐姐，他值得吗？"

丝丝看向天际，阳光耀眼，说："只要你自己觉得值得，那就是值得。"

日子过得快。

丝丝见了人间的女子，到了年龄就要出嫁，坐轿子，穿上大红嫁衣，戴上红盖头，心里羡慕得很。有一次还吓跑了新郎新娘，自己穿上嫁衣，盖上盖头，坐在轿子里，幻想着有朝一日，成为新娘。

丝丝把这个想法告诉了黄仓。

黄仓慌张了好一会儿，敷衍道："这事儿不着急。"

敷衍的次数多了，丝丝就不高兴了，非要让黄仓给一个说法。

黄仓被逼得逃不了，终于说了实话："我是仙，你是妖，我们怕是结合不了。"

丝丝被这句话刺痛了，问黄仓："打从一开始，我就不在你的未来里？"

黄仓没说话，但眼神里有了冷漠。

丝丝苦笑："你忘了我能看进你心里了，我明知道你的未来里没有我，却还是不停地给自己希望，骗自己，直到再也骗不了自己。"

黄仓抬头看着天际："对不起，天快亮了，我要回光明宫了。"

说罢，起身乘风走了。

丝丝没追，她等在那里，看着天际慢慢亮起来。

听见了鸡鸣声。可这一天，太阳没有如约升起来，取而代之的是瓢泼大雨。

丝丝笑："谢谢老天，替我哭了。"

从那以后，黄仓再也没有来过。

丝丝一病不起，缠绵病榻。

陈生起身，什么都明白了。丝丝的伤，是情伤。

情伤，药石不能救。

陈生看着病榻上的丝丝，很难把这个女子和故事里那个当作同一个人。

陈生感叹："情爱能把一个女人变得更好，也能把一个女人变得更坏。"

陈生对丝丝说："看了你的故事，我只有一个感触。"

丝丝侧着身，背对着少年，没说话。

陈生说："他不爱你。"

丝丝的身子明显地抖了抖。

陈生说："为了一个不爱你的人，一心求死，你敢说你了悟了情欲吗？"

丝丝仍旧没懂，但身子明显地绷了起来。

陈生说："你说女人靠爱活着，但他没给过你真正的爱，说到底，他不过是爱自己更多罢了。"

丝丝的眼泪流下来了。

陈生站起来："我希望你走出来，看看，想想。大雨过后，天上还有一种东西，叫彩虹。如果你还是执迷不悟，一心求死，那我也救不了你，我现在要走了。"

陈生走出去。

丝丝的身子轻轻地动了动。

陈生怒气冲冲，大步往外走。进了林子，刚要往右，看着满地的丝线，心念一动，想了想，一咬牙，大步往左走去。

林子里雾气森森，陈生不多时就迷了路。

他凭着感觉往前走，脚下一软，踩在什么绵软的东西上，再抬脚，竟动不了了。

林子里轰隆作响，大地震颤，有什么东西从黑暗里逼近过来。

陈生仔细去看，竟然是一条如龙蛇一般的黑色蜈蚣。

陈生汗毛直竖，只觉一股黑雾欺过来，眼前瞬间黑了下去。

满地的丝线震颤，震颤传入了盘丝洞。

陈生觉得自己坠入了虚空，头顶上方明明有一道光，可他离着这道光越来越远。

他一瞬间想起了一条沉没的船。他不知道自己沉没了多久，但似乎听见了头顶上的光里有声音响起。

他睁开眼睛，看见了脸色惨白的丝丝正和一个一身黄衣的中年汉子对峙。

陈生惊喜地喊："你终于走出洞来了。"

丝丝叹息："你故意让自己犯险，确定我会来？"

陈生努力让自己保持清醒，摇头："不确定。"

丝丝看着眼前倒吊着的少年，苦笑："大概年轻的时候，人都傻吧。"

中年汉子一会儿看看丝丝，一会儿看看陈生，气急败坏地大吼："你们也太不把我放在眼里了吧。"

丝丝声音虚弱，但异常笃定："大哥要是不把人还给我，以后你我就是敌人了。”

汉子的气势明显软了，哀叹：“惹女人不划算，更何况是惹七个女人，算了算了。”

盘丝洞里，丝线纵横，丝线深处，吊着六只茧子。

姐妹们争先恐后地说道：“我来吧，我来我来。”

丝丝摆摆手。

姐妹们一怔：“可是姐姐你的伤……”

丝丝说：“不碍事，你们都出去吧。”

姐妹们心情复杂地缓缓走出去。

陈生悬在虚空之中，丝丝褪下衣衫，肚脐眼儿里缓缓吐出丝线，在陈生周身织了一张六出的蛛网。

陈生身体里的黑色毒液，沿着丝线慢慢渗了出来。

丝丝看着陈生，眼神里有某种久违的光透了出来。

陈生醒过来，丝丝看着他说道：“说真的，你跟我年轻的时候很像。”

陈生摇头：“年轻的时候，都一样。长大了，反而怕的东西多了。”

丝丝苦笑，身上似乎恢复了一点生机。

丝丝指着茧子给陈生看：“我的姐妹们深受情欲折磨，个个都有情伤，为了让她们能活下去，我把她们的情欲都取出来，放在这些茧子里，能忘了，对她们来说，也是福气。”

陈生看着丝丝：“那你呢？”

丝丝苦笑：“我不想忘。你不知道吗？女人都喜欢留着情伤的伤口做纪念。”

陈生看着丝丝，说：“伤心也是记忆的一部分，你不必忘。”

丝丝看着陈生，莫名地想到当年的自己。

丝丝一天比一天好了起来。

陈生再听丝丝的心脉，心跳鼓动，有了生机。

陈生每天都来。带吃的，带草药，带集市上买到的精巧的小玩意儿。

姐妹们每天都盼望陈生来。

陈生好奇心很重，丝丝每次都给他讲她经历过的事情。

丝丝说：“一个人要是经历得多了，心会变沉。”

陈生看着丝丝说：“心变沉了，人才会活得安稳。”

丝丝说：“为什么你年纪轻轻，会懂得这些道理？”

陈生笑：“这都是最基本的道理，只不过人长大了，反而忘了而已。”

丝丝看着陈生，感觉心底里有花开出来。

天要亮了，鸡鸣声响起。

丝丝似乎是习惯了，皱了皱眉头。

陈生看在眼里，拉着丝丝往前走。

“去哪？”

“带你去见一个人。”

“见谁？”

陈生和丝丝站在山顶，望着太阳升起来。

陈生指着太阳说：“爱过了，就是赚了。该放下了。”

丝丝抬头看，阳光猛烈。

转头看站在光里的少年，觉得太阳没那么刺眼了。

执着和放下，也都是一瞬间的事儿。

陈生告诉丝丝：“我想我明白了。”

丝丝不解："你明白什么了？"

陈生说："我不是处男了。我懂你说的情爱了。"

丝丝呆住。

陈生说："你说女人靠爱活着，那我想我能养活你。"

丝丝看着陈生，笑了。

陈生告诉父亲："我想娶她。"

父亲沉吟不语："你知道她非我族类。她是妖。"

陈生说："那我跟她一起做妖便是了。"

父亲不语。

陈生说："我随父亲治病救人，从不问来历，医者眼里只有生死，我想救她。"

父亲问："你是为了救她，还是因为爱她？"

陈生说："对我来说，这是一回事。"

父亲叹息："你的身子……"

陈生一脸傲气："生死有命，事在人为。"

陈生娶了丝丝。

新婚之夜，丝丝告诉他："一个女人，能睡在男人床上不稀奇，能睡在男人的未来里，真好。"

陈生二十八岁那年，告诉丝丝："我是医家，给自己把了脉，我自幼身子弱，怕活不过四十岁。"

丝丝强忍着，不让眼泪流下来。

陈生说："生死有命，无非是把每一天都当作最后一天来过。"

陈生四十岁那年，临死前嘱咐丝丝："你得活着，遇上更多的人，见识更多的情爱，不然人生太无聊了。如果你遇见了受情伤的人，记得像我救你一样救他们。因为，他们都在等一个人出现。"

丝丝忍着眼泪，说：“好。”

陈生说完，安详离世。

百年光阴，倏忽而过。
丝丝带着姐妹们来到了东京府，成了绣娘。

程又远听完，怔怔地说不出话来。

丝丝看着程又远，依稀从眉眼间，看出了陈生的模样，指着那件残破的衣衫，说：“公子放心，这件衣裳，我一定替你补好。”

程又远看着丝丝，整个人像是在做梦一般，痴痴地问：“以后，我能常来吗？”

丝丝笑了。

丝线深处，六个茧子，迎风而动。

如果你遇见了受情伤的人，记得像我救你一样救他们。

因为，他们都在等一个人出现。

16

十世金蝉

长安城最有名的算命师父，不是瞎子，不是老头，也不是寡妇，而是一个一袭华衣的清秀少年。

少年算命算得准，成了长安城里的红人。小摊上，天天排着长队。人们从四面八方涌来，问这问那，问过去，问未来。

少年身边总是跟着一个七八岁的小童，小童总是在吃东西，要么是一张饼，要么是一块糖。吃东西的时候，他什么也不看，嘴里的食物似乎就是他的一切。

少年算命，还有个古怪的规矩。

如果是给女孩算，不收钱，只收女孩身上的一件信物：一块玉佩，一条手绢，一只绣花鞋，一个香囊，甚至是一缕头发。

少年从这些信物上就能看出女孩要问的卜，要算的卦。

姑娘们叽叽喳喳地问："你一个大男人，要这些东西做什么？"

少年认真地回答："我有恋物癖。"

姑娘们笑得前仰后合，争相把自己贴身的东西给了少年，让他给自己算一卦。

青楼里的女子最爱来。

问姻缘："我什么时候才能被恩客娶走？"

少年要了女子头发上的一支簪子，端详了一会儿，说："再过十二个生日，你的姻缘就藏在这十二个生日里的某一个。"

女子再问，少年就摇头了："不能说得太细了，说细了，你就没期待了。"

女子走后，小童嚼着棉花糖，看着少年："你又骗人。"

少年笑笑："我只是给她带来希望。人人都要靠希望活着。"

良家的女人也愿意来，带着困惑来，哭着问。问的是情爱："他爱不爱我？"

少年尝了女人的眼泪，女人眼泪里面总有惊心动魄的秘密。

女人期待地看他。

少年摇摇头。

女人的眼神一下子气馁了："你有办法让他爱我吗？"

少年摇头："很多事情能改，偏偏爱不爱不能改。"

女人哭倒在地："那你让我忘了他。"

少年也不去扶她，捧出一盆花，给了女人，说："照顾它，等它开出花来，你就能忘了你想忘的人。"

女人捧着花，一路哭着回去。

小童看少年："你又骗人。"

少年伸懒腰："你知道个爪子，我不过是让她痛苦的时候有点事情可以做。有事情做了，就没那么痛苦了。"

天色晚了，少年收摊，回到郊外的住处。

茅草屋，干净整洁。

他从枕头底下取出一个盒子，打开，里面有八颗珠子，珠子里光华流转。

又打开一个包裹，里面都是白天收集来的胭脂水粉、簪子、绣花鞋。

摆了出来，八颗珠子如同活物，闻声而动，那些女人家的东西纷纷化成气雾，被八颗珠子一一吸收了。

吸收完，珠子一个比一个娇艳。

小童咬着一个素包子，百无聊赖地看着。

夜里，少年入睡困难，用了很久，终于睡着了。

此时，另一张床上的小童已经打起了呼噜。

盒子里八颗珠子腾空而起，如八颗星辰，彼此吸引，又彼此排斥，旋转着，闪烁着，侵入了少年的梦。

梦里，一片光怪陆离。

有些声音响起，有些人影走过，有些欢宴刚刚开始，有些相遇陡然结束。

那些声音里有笑，有哭。那些人影身上什么都很旧，只有簪子、绣花鞋、胭脂水粉是新的。

模模糊糊的人影，向少年招手，做邀请。

少年跟着他们走，几乎是狂奔起来，却始终不能走近，总是隔着什么。

一阵风吹过来，一切都消散了。

那些簪子、绣花鞋、手绢都跌落下来，失去了主人，就成了死物。

少年猛地惊醒，一身汗，喘着粗气，惊魂未定。

小童没睁眼睛，说："天还没亮，接着睡吧。"

少年又躺下来，闭上眼睛，却再也睡不着了。

做梦之所以累，是因为你在梦里动不动就会经历一整个人生。

昨夜里没睡好，少年今天很疲倦。

在街上给人算命也是无精打采。

那个女人迎面走来的时候，少年觉得她就像一棵招摇的花树。

少年觉得，女人和植物很像，和花很像，都有美的本事，都有站着坐着躺着都能招蜂引蝶的本事。

女人走近了少年，盈盈一拜，开门见山，声音脆得像酸萝卜。

“小女子春桃，想请公子给我治个伤。”

少年一呆：“我是算命的，不是大夫。”

春桃笑：“我要找的也不是大夫。”

说着，身子腻上来，媚眼如丝地看着少年：“你先给我摸个骨吧。”

少年心里觉得有趣。他没拒绝，伸出手，从春桃的头顶、肩膀、腰窝、屁股和小腿，一路摸下去，摸得认真仔细。摸完了，才开口说话：“你比旁人多了一块骨头。”

春桃显然有了兴致：“多了哪块骨头？”

“反骨。”

春桃笑得更艳：“噢，这么说，我很有性格。”

少年点头：“除非你自己妥协，不然你很难被说服。”

春桃满意：“也就是说我喜欢主动，我不认命。”

少年说：“是。”

春桃嘉许地看少年：“那你可以治我的伤了。”

“不知道姑娘你有什么伤？”

春桃盯着少年看，拿起少年的手，毫不忸怩地摸在了自己的胸口：“这里，老是疼。”

少年感受着春桃的体温和心跳：“心口疼？”

春桃当即就“哎哟”了一声：“疼得厉害。你能治吗？”

少年没答。

春桃说：“病急乱投医，就你了。”

说罢，拉着少年就走。

少年看都没看小童，跟着春桃走了。

小童身子没动，躲在阴凉里。眼神里，有光闪过。

少年抬头看着牌匾，三个字：寻芳楼。

少年看着春桃："这里是青楼？"

春桃看少年："这里是我家。"

"你家住在青楼？"

"青楼是我家而已。"

少年听出了春桃话里似乎藏着点禅机，笑了。

春桃说："在长安城，我还挺红的。可你最近抢了我的风头，我只好会会你，做做你的生意。"

少年笑："可我有戒律，不能近女色。"

春桃挽着少年的手："谁让你近女色了？你是来给我治心口疼的。"

春桃的房间很大。

少年知道，在青楼里，只有最红的姑娘房间才会这么大。

春桃看着少年，问："我们是先聊聊呢，还是先治病呢？"

少年乐了："听姑娘的。"

春桃想了想："那先治病吧。治完了病，才能好好聊天。"

春桃把自己剥开，盈盈地站在少年面前。

少年看见春桃心口有个胎记，像云朵，又像火焰。

春桃指着胎记说："就是它，烫得我心口疼。只有和男人在一起的时候，才能止疼。"

少年又笑了："所以我是你的止疼药？"

春桃欺上来："看你能止多久。"

春桃把少年抱进怀里，揉进身体里：“你听得见我的心跳吗？”

少年耳朵贴在春桃心口，经过她的胸脯、她的胎记，听着她的心跳，如风、如鼓。

春桃给少年展示自己的秘密：

“这里是个入口，也是个出口。

“听说，女人要是太温柔了，就会变成一条河，男人会溺死在女人身上。

“我劝你，待会儿还是抓着我的肩膀吧，不然我怕你飞起来，羽化登仙。”

少年说：“我听你的。”

少年不知道自己身在何方，他觉得自己无所依傍，轻飘飘的，如在云雾中，如在云朵中。

他觉得懒，觉得困，觉得心里一片澄澈，脑内一片空明。

在那一瞬，他可以什么都不用想了。

他抓紧了春桃的肩膀，抱紧了她，睡着了。

少年醒来的时候，春桃在镜子前梳妆。

少年看她的背影，看镜子里的她，又发觉了一个女人的美好角度。

少年问：“你的心口还疼吗？”

春桃在镜子里说：“还差那么一点。”

“差哪一点？”

“十五两银子。”

少年愣了：“我给你治病，你还收我的银子？”

春桃说：“这是规矩，你不给钱，我怕我爱上你。”

少年被说服：“我全部的身家，只有五两。”

“五两就五两。”

少年拿出自己的钱袋，递给春桃。

春桃接过来，打开，取出一两银子，给了少年。
少年不解。
春桃说："赏你的。"
少年笑了："多谢姑娘。"
"乖。"

少年辞别。
春桃叫住了他，问："你什么时候再来？"
少年问："我还能来吗？"
春桃说："除了每个月月底最后七天，你每天都可以来。"
"可我没钱了。"
春桃专心梳妆了，说："为了我，你会挣到钱的。"

少年走后。
女孩们都冲进来，围着春桃问东问西。
"他长什么样？"
"你们不都看见了吗？"
"我问的又不是脸。"
"什么感觉？"
"感觉像晒太阳，又像在淋雨。"
"太抽象了，能不能说得具体点。和别的男人一样吗？"
"不一样。"
"怎么个不一样法儿？"
"他留了东西给我。"
女孩们咯咯娇笑："哪个男人不留？"
春桃笑："他留的东西不一样。"
"那他留的东西到底是什么？"
春桃眼神远了："有一天你们都会知道的。"

小童看到少年回来，打量着他：“你不一样了。”

少年说：“我是不一样了。你不就希望我不一样吗？”

小童摇头：“放纵自己没好处。”

少年满不在乎：“放纵也是历练。”

春桃让人告诉妈妈：“今天我心口疼，不接客了。”

妈妈送来了莲子羹。

吩咐人在春桃门口挂起了牌子。

春桃走在街上，丫鬟陪着。

春桃就是一株桃树，走在路上，腰肢扭着，香气飘着，散播着花粉。

看得男人们起了淫邪，又是鄙弃，又是渴望。

看得女人们起了妒忌，又是痛骂，又是羡慕。

春桃心安理得地接受着一切，对她来说，这就是朝拜。

一连数月，春桃每天想办法和少年见面。

春桃喜欢坐在那里看少年给人算命，看得发了呆。

小童离着春桃很远，不近身。

等少年忙完了，走过来，递了一碗水给春桃。

春桃接过来，喝了一半，又递回去，让少年喝。

少年喝光，问她：“你做这一行，是不是因为凄惨的家世？”

春桃笑了，摇头：“哪有那么多凄惨的家世，我单纯就是喜欢。”

“喜欢这个？”

春桃指指自己的胸口：“这里，疼得厉害，只有做这件事的时候，才不疼。”

“噢。”

“男人把我当出口，我把男人当解药。两全其美。”

少年惊叹：“豁达。”

春桃说："今天我想跟你回家看看。"

少年不解："看什么？"

"看看你的秘密。"

少年问："你怎么知道我一定有秘密？"

春桃说："每个人都有秘密，男人的秘密还多一些。"

到了少年的茅草屋。

两个人坐着饮茶。

小童在角落里啃甘蔗。

少年指着外面的草木，跟春桃说："不下雨的时候，我就在外面睡，星星是灯火，风就是被子。"

春桃听得一脸向往："有趣有趣。"

指着小童问："你儿子？"

少年哈哈大笑："对，是我儿子。"

小童瞪了少年一眼："胡说八道。"

少年笑得止不住。

春桃推着小童往外走："去去去，出去玩儿去，接下来要少儿不宜了。"

小童无奈，被撵了出去。

少年抱着春桃，像春天在抱一株植物："这样算淫邪吗？"

"算。但还不够淫邪。"

"还不够？"

春桃抱着少年："我们去外面吧。"

起了风，春桃的吟啸声远远地传出去，和飞鸟一样高，和星辰一样高，鼓动着夜晚，摇曳着草木。

吟啸完，两个人都出了汗。风把汗赶走，让人浑身通透。

小童坐在树上，吐出嘴里的甘蔗渣，摇摇头，无限惋惜似的说：“还是改不了这个毛病，太容易动情了。”

春桃在少年怀里。

八颗珠子在少年魂梦里。

八颗珠子一个接着一个化成女子，女子们在少年面前笑、闹、跳、叫。

少年和她们之间，却始终隔着一层薄雾。

少年近不了她们的身。

他拼命靠前，女子们一个接着一个，在他面前起舞、旋转、飞腾，又渐渐消散成光和尘土。

少年猛地惊醒，大滴的汗滴下来，看看怀里的春桃，睡得正香。

少年和小童在门外嚼甘蔗。

少年问小童：“我这一世遇上的人，是她吗？”

小童不置可否。

少年心里一颤：“可我选了最不可能的人，我以为我能躲过。”

小童说：“该来的，谁也躲不过。”

少年心里一紧：“要是我以后不再见她呢？”

小童咬着甘蔗：“她因你而生，你不见她，她就没有存在的意义。”

少年眼里一阵疼：“你真狠啊。”

小童道：“这是历练。”

少年躺回到春桃身边，春桃没醒，但身子认出了他，缠绕着他。

少年抱紧了怀里的女人。

第二天早上，少年和春桃走在晨光里。

春桃看进少年的眼睛里：“你有秘密，有秘密容易痛苦，说出来，说出来的秘密，就不是秘密了，你也就不苦了。”

少年承认：“我有秘密，但我不能说。”

春桃说：“是因为姐姐们吗？”

少年一惊：“你……”

春桃笑，看穿了一切似的说：“我听说啊，男人爱过了一个女人，这个女人的一部分，就会长在男人身上，湿在眼睛里，黏在手腕上，住在心里，缠在男人的习惯里。”

少年说不出话。

春桃说：“你算命不收钱，收的那些胭脂水粉，都是女孩家的东西，都是给姐姐们的吧？”

少年叹了口气，看着春桃：“你聪明得有些过分。”

春桃又笑：“我不是聪明，我只是靠感觉。聪明的女人，往往没有好下场。但靠感觉的女人，总是活得不错。”

少年看着春桃，心里又是一动。

春桃看着盒子里的八颗珠子。

每一颗都晶莹剔透，都有光华流转。

春桃说：“这里面有故事，但我好像读不到，你讲给我听听？”

少年看着八颗珠子。

八颗珠子似乎感知到了什么，里面的光华更亮了……

听完了第八颗珠子的故事。

春桃发出一声轻叹：“经历了这么多，你一定很累了吧？”

少年闭上眼睛，藏起来眼泪说道：“很累了。”

“那你为什么不忘了呢？”

少年说：“我不能忘，我要是忘了，她们就真的消失了，我没什么可以纪念她们。”

春桃看着少年，满眼的宠爱：“既然你告诉了我你的秘密，我也告诉你我的秘密吧。”

春桃又抱了少年：“你听我的心跳。”

少年贴过去听，透过胸脯，透过胎记，春桃心跳得欢欣雷动。

春桃说：“跟你在一起的时候，我的心口就不疼了。”

少年似乎满腔心事，说：“那也未必是好事，我怕我不但治不好你，以后还会让你更疼。”

春桃腻着少年：“有了现在，谁还管以后呢。”

少年不自觉地抱紧了她。

把春桃送回家，少年问小童：“我和她还有多久？”

小童看着少年，眼睛里精光流转：“你真的想知道？”

少年眼神坚毅：“告诉我吧。”

“两年四个月零十五天。”

少年听完：“好短。”

小童不悲不喜：“不短了。”

少年起了身，往外走。

小童问：“你去哪儿？”

少年没回头：“时间不多了，我想好好挥霍，希望你别打扰。”

春桃听完少年的话，似乎早已经知道了似的，说：“我知道，我也愿意。”

少年不明白：“你知道什么？你愿意什么？”

春桃说：“我愿意成为你的第九颗珠子。”

少年心里一疼，好像春桃胸口的胎记烫在了自己身上。

他抱着春桃，告诉她：“我能算命，也能改命。”

少年眼睛里闪现了久违的寒光。

春桃坐在马车上，少年赶着车。

春桃觉得有意思：“以前有个恩客说要带我私奔，我只当笑话听了，想不到有一天，我真的和一个男人私奔了。”

少年赶着马，说：“凡事都有第一次。”

春桃笑着问：“我的第一次，也是你的第一次吗？”

少年一愣，不知道怎么回答。

春桃却自己答了：“心里觉得是第一次，那就是第一次。”

少年笑了。

“我们去哪儿，我的大英雄？”

“去谁也找不到我们的地方。”

少年催马狂奔。

大树下，小童闭目养神，突然睁开眼，看着身前的紫金钵。

紫金钵之中，少年赶着马车，载着春桃，一路奔袭。

山野之中。

少年盖起了茅草房。

春桃看着有趣：“这是要过茹毛饮血的生活了吗？”

少年说：“你现在后悔还来得及。”

春桃咯咯娇笑：“我活着，做事情，从不知道什么是后悔。”

一个简朴的仪式。

一个男人和一个女人，终于彻底地身心相对了。

两个人恶作剧似的，你叫一声夫君，我叫一声娘子。

从此，过上了属于他们的小日子。

如世间所有寻常的夫妻一样，起床，散步，做饭，斗嘴。

春桃知道，少年还有秘密。

但少年不说，春桃就不问。

爱情最容易催生默契。

默契又呵护着爱情。

少年却忍不住想要告诉春桃："你得知道我是谁。"

春桃看着少年："我当然知道你是谁。"

少年吃惊："你知道？"

春桃说："你是我的丈夫，是我最后一个男人。"

少年的心融化了，还用多说什么呢？

过了两年四个月零十四天，小童出现在夫妻两个面前，带了一坛酒。

春桃铅华洗尽，下厨做羹汤。

小童环顾着简朴的屋子，啧啧称奇。

春桃做的小菜简单朴素。

三个人围坐，一夫一妻一童子，像一家人。

少年给自己倒酒，问小童："你喝吗？"

小童摇头："酒是给你喝的。"

少年一口喝干："那我就不客气了。"

小童看着春桃，问少年："这两年，开心吗？"

少年还没说话。

春桃先开了口："开心得很。"

少年看了春桃一眼，说："开心得你都不会明白。"

小童笑："那就好，吃饭，吃饭。"

春桃洗碗筷。

少年和小童到山林里散步。

少年说："你还是找来了。"

小童很轻松："你知道你跑不远的。"

少年笑："我总得试试。"

小童说："你试过了，可以认命了。"

少年眼里有了杀意："我不知道什么叫认命。"

小童叹气，带着惋惜的眼神说道：“你会输的。”

少年道：“不试试怎么知道？杀你，我才能改命。你缠了我八世，该了结了。”

小童摇摇头：“你还是没有了悟，这是历练，是你的命数。你真的要为了一个青楼女子，毁了你八世苦修？”

少年悲悯地看着小童：“你这么顽固，不会懂的。”

小童说：“只有真理才顽固。”

少年身形一晃，身后绽开一只巨大的金蝉。

小童眼里一道精光闪过，身后腾起一尊巨佛，金光笼罩。

金蝉与巨佛斗成了一团。

山林间，被照得如同白昼，大地震颤。

春桃系着围裙，远远地看着，感叹着：“知道你还有秘密，但没想到你的秘密还这么帅。我真幸福。”

金蝉光芒变得微弱，两面蝉翼已经残损，跌落在地上。

小童收了佛光，站在金蝉面前：“我是为了你好，师弟。”

少年吐出一口血：“你是为了你自己。”

小童摇摇头：“我需要塑造一个典型。你就是我的典型。”

少年看着小童：“我不会让你得逞的。”

说罢，挥掌要自毁。

小童还没拦，春桃突然闪身出来，走到少年身边，和他躺在一起，看着天际很快就要透出来的天光。

小童皱起眉头。

春桃吩咐小童：“我们要少儿不宜了，你走开。”

小童抬头看看天际：“天快亮了，给你们留点时间。我的心也不是石头做的。”

说罢转身走了。

春桃和少年躺在风里。
春桃说："谢谢你治好了我的心口疼。"
少年叹息："我现在治好了你，可以后，你会更疼。"
春桃在少年耳边说："有了现在，谁还管以后呢？"
少年抱紧了春桃。
春桃说："你再给我摸一次骨吧。"

少年从春桃头顶，摸到肩膀，再摸到胸口，突然觉得一阵滚烫。
伸出手，一看有血，再看，春桃心口的胎记上，插着她平日里做女红的剪刀。
血像泉水一样涌出来。
少年疼得叫不出，动不了。

春桃说："我要做你的第九颗珠子，我一定是最大最亮的一颗。"
说罢，闭目而逝。
少年抱着春桃，已无眼泪。

春桃的身躯化为尘土，尘土归拢成一颗珠子，跌落在木匣之中。
她果然是最大最亮的那一颗。
女人啊。

天光大亮。
小童回来，看着少年。
少年看着珠子，发着呆。
小童感叹："我也弄不明白，为什么每个女人都愿意爱你。"
少年不看小童："你怎么会懂呢？你只是一块石头。"
小童耸耸肩："我能感觉到你的疼，这一次，疼得最厉害。金蝉子，你要历的劫，总算结束了。”

少年笑：“我要历的劫才刚刚开始。”

唐太宗年间。

进士陈光蕊的妻子殷温娇怀了身孕。

陈光蕊前去赴任。

赴任途中，遭奸人所害。

殷温娇遭奸人霸占，忍辱负重，产下一子。

为了保护孩子，她将他放在木板上，随河漂流。

孩子被寺里的和尚收养，取名江流儿。

这是少年的第十世了。

他当了和尚，成了从大唐东土而来，前往西天拜佛求经的唐三藏。

小童从紫金钵里看，金蝉子、猴子、猪、白龙马、沙僧，取经的队伍，几乎是个动物园。

小童化归如来，对众人说法：“这都是我精心塑造的典型，人人都能成佛。”

师徒们茶余饭后闲聊。

猴子问：“师父，吃了你的肉，真能长生不老？”

猪打趣：“说真的，我们已经长生不老了，对你没坏心思。只是想尝尝你的肉是什么味儿。你看看方便不方便，弄点自己的肉下来，实在怕疼，指甲、头发、角质层也行。”

唐僧随即把鞋脱了。

猪连忙拦住，嫌弃：“师父，脚皮就算了。”

唐僧脱下鞋袜，给徒弟们看自己的脚，小脚趾不见了。

唐僧说：“看到了吧，目前为止，唯一吃了我肉的人，是我母亲。她把我放进江水之前，咬掉了我的小脚趾，以便日后相认。可她后来还是被名节所累，投河自尽。由此可见，长生不老什么的，不过是骗傻子的谎话。”

徒弟们面面相觑：“那这个谎话是哪个孙子说出去的？”

唐僧指了指自己，念了句“阿弥陀佛”。

徒弟们不解：“这又是为何？”

唐僧说：“要不然路上太无聊了，我给大家找点事情做。”

“臭秃驴！”

徒弟们纷纷骂了脏话。

唐僧哈哈大笑。

西行路上，途经女儿国。

女儿国国君对唐僧情根深种。“自从御弟哥哥来了，我这胸口就疼得厉害。我想这是天赐的姻缘，就请御弟哥哥留下来，你我共享天下。”

唐僧看着女王陛下，觉得似曾相识，当即就问：“女王陛下介不介意让我看看你的胸口？”

女王一呆：“御弟哥哥倒是爽快。”

当即脱掉了衣衫。

唐僧看着女王心口的胎记，如云朵，如火焰。怔怔地流下泪来。

女王送出去一百里。

唐僧在马上，没有回过头。

女王终究停了下来，远远地道了声：“保重。”

走得远了，猴子问：“女王一片深情，师父为何不留下与她成亲？”

唐僧笑：“前面还有风景可以看。”

骑在马上，唐僧打开那个盒子，里面的九颗珠子晶莹闪烁。

唐僧喃喃自语：“可不能再多一颗咯。”

— 17

薄幸锦衣郎

苏州城里，有个古怪的老秀才，名叫韩萧。

传闻，韩萧年少时，是一掷千金的花花公子，身边女人无数，号称“苏杭第一薄幸锦衣郎”。

后来，却不知经历了什么，韩萧散尽家财，闭门不出，再也不近女色，终生未娶。

城中轻薄的少年都将韩萧视作偶像，想从韩萧口中打听打听，当初的苏杭第一薄幸锦衣郎到底是怎样一番风采。

这一日，纨绔少年们结了伴，来到韩萧的老宅，在门外站了半晌，求见韩萧。

老奴将少年们引进宅子。

宅子破败不堪，院子里一株古树森森，青苔侵上台阶，处处透露着一股腐朽气味，跟印象中钟鸣鼎食的豪门完全扯不上关系。

少年们过了中庭，进了屋子，见一个老头躺在一张榻上，挺着肚腩，扇着扇子，须发都白了，乱糟糟的。

看少年们进来，也没什么反应，眼神里一片浑浊。

老奴说："这便是我家公子。"

少年们不免失望，面面相觑，谁也不敢相信眼前的人就是当年的"苏杭第一薄幸锦衣郎"。

但既然来了，只好硬着头皮开口："素来听说您老当年的风流事迹，心里仰慕，特来求见，想听您老亲口说说，让我们这些年轻人开开眼界。"

韩萧扇着蒲扇，看看少年们，个个年幼，眼神里又是狡猾又是好奇，笑道："好汉莫提当年勇，不说了不说了。"

少年们再三恳请，不惜用上了激将法："莫不是那些传说都是假的？"

韩萧听了，浑浊的眼神里透出一丝光亮来，忆起往事，却忍不住皱了眉头："你们真想听？"

少年们齐声道："真想听。"

韩萧一声长叹："年少荒唐，讲给你们听听也无妨。只是，从哪儿说起呢？"

韩萧生在钟鸣鼎食之家，生性狷狂，相貌又好，爱穿奢华的绸缎，又写得一手好诗文，被视为才子，极受姑娘们欢迎。

韩萧尤其喜欢出入青楼，交际无数，用杜牧的诗自况：十年一觉扬州梦，赢得青楼薄幸名。

这也是韩萧"薄幸锦衣郎"这个名号的由来。

除了青楼里的女子，相好也不少，上至达官贵人的千金小姐，下至路过卖唱的戏班花旦。

女人们提起韩萧，都是又爱又恨，得出了同一个结论：女人年轻的时候，不要遇到韩萧，遇到他，就误了终身。

要论江浙一带，谁有让女人伤心的本事，韩萧是状元之才。

旁人问韩萧："交往这么多女人，图什么？累不累？"

韩萧说："人生苦短，多经历一些人，多经历一些事，总是好的。"

苏杭待得腻了，韩萧起了念头，想要浪迹天涯，去更多的地方，看更多的风景，见识更多的女人。

买舟南下，一路风花雪月，散尽千金，处处留情，韩萧颇为自得。

一日天降大雨，船上的吃穿用度都尽了，不得不下船补给。

小厮们去采购，韩萧闲来无事，独自撑伞闲逛，远远地看见有一座古寺，隐没在过分茂盛的草木之中，跟平常见的寺庙很不一样，当即就起了好奇心，撑着伞，往古寺方向走。

走了小半个时辰，进了古寺，雨也停了。

古寺里，香火算不上旺盛，出奇地安静，大概是下雨的缘故。

四处乱走，看到一些香客聚在一起，盯着一块墙壁看。

走近，从人群中看过去，墙壁上是一幅画。仔细看，画中烟雾缭绕，都是一对又一对的男女。

男男女女，有嬉笑追逐的，有夜晚河边幽会的，有拜堂成亲的，有被窝里狎昵的，有女人伤心落泪的，有男人削发为僧的，有抛弃妻子的，有背着丈夫通奸的，有夫妻天人永隔的……

看得久了，忍不住心神动摇，觉得红尘太苦，想要斩断一切，剃去三千烦恼丝，一了百了。

突然肩膀被人拍了一下，惊醒过来。回头一看，是一个年轻女子，脸上沾着墨迹，手里拿着毛笔，正在地上摊开的一张宣纸上临摹石壁上的画。

韩萧看看女子临摹的画，虽然人物都一样，却没有石壁上那种凄惨凄苦，反倒是一片旖旎春光。

女子看着韩萧一脸迷惑，开了口："这些都不是好画，没什么好看的。”

韩萧一呆：“那什么才是好画？”

女子看着韩萧：“你想看看？”

“想看。”

“那跟我来。”

韩萧反正也无事可干，等着女子收起了纸笔，抱在怀里，跟着她往古寺深处走。

韩萧问：“还不知道姑娘的名字。”

女子回过头，倒着走，声音清脆：“叫我小环。”

走了一会儿，雨停了，却又起了浓雾，雾下得狠，几乎看不见周围的风景。小环走得又快，韩萧几乎跟不上，一不留神，就看不见小环了，只好疾步跟上。

浓雾中，小环突然停下来，韩萧差一点撞在小环身上。

小环说：“到了。”

韩萧四下望望，见朱栏白石、绿树清溪，感慨道：“真是人迹希逢、飞尘不到的好所在。”

不远处，有一栋楼台隐没在雾气中。上面横着一块牌匾，浓雾中也看不清牌匾上的字。

小环说：“随我来吧。”

韩萧跟着小环进了楼台，小环关了门，把雾气也关在了门外，韩萧眼前清晰起来。

拾级而上，楼台里面，四处都悬挂着一人高的画。

画上，都是一个又一个的女人。

这些女人长相形态各异，但仔细看过去，每个女人似乎都很伤心。有的皱着眉头，有的噙着泪水，有的捧着心口，有的泪痕未干，有的强颜欢笑。

韩萧看不明白："这是？"

小环说："这里是薄命司，伤心阁。这些画都是我画的，你觉得怎么样？"

韩萧回答说："画得极好，只是为什么画上的女人一个比一个伤心？"

小环看着韩萧，说："因为我画的都是被辜负过的女人。"

韩萧悚然一惊："被辜负过的？"

小环点头："古人写诗说'一片伤心画不成'，是说伤心难画。其实不然，伤心好画，伤心的女人更好画。"

韩萧觉得莫名其妙："画这么多伤心的女人，你不会心情不好吗？"

小环笑："心情不好的是她们，伤心的是她们，我不过是把她们画下来罢了。"

韩萧再去看那些画像，看着看着，自己也禁不住难过起来，心里闷得狠，不敢再看了。

小环随手一指："你再仔细看看，画中人，有没有你认识的？"

韩萧一愣，顺着小环的手指看过去。那幅画上的女子，哭得梨花带雨、我见犹怜，但似乎并不认识，就对小环摇了摇头："我不认得她。"

小环看着韩萧，咬着嘴里的笔，似乎是在吃着墨汁，说："你只是现在还不认识她。"

韩萧更不明白了："这是什么意思？"

小环说："你再仔细看看。"

韩萧又去看画，画上的女人突然动了动，转过身，往画像深处走，渐渐变成了一个小墨点，不见了。

韩萧看得蒙了。画像中，山水显现，一艘画舫漂在湖面上，琵琶声悠悠传出来，和一叶小舟相遇在湖上。小舟船头站着一个男子，仔细看，竟然是韩萧自己。

韩萧向着画舫作揖："斗胆请姑娘为我弹奏一曲。"

画舫上，琵琶声传出来，轻拢慢捻抹复挑，大珠小珠落玉盘。韩萧听得痴了。

一曲弹完，画舫上的女子走出来，对着船上的韩萧行礼。

韩萧心神震动，再仔细看，画中的情景又变了。

画舫上，韩萧和琵琶女一起吟诗作赋，看风花雪月，琵琶女靠在韩萧肩膀上，满眼深情和依赖，问韩萧："你会带我走吗？"

韩萧搂着琵琶女，信誓旦旦地说："我去哪儿，就带你去哪儿。"

画像再次变幻，琵琶女一人立在船头上，从天亮等到天黑，又从天黑等到天亮，却始终没等来韩萧。

琵琶女迎风洒泪，怒斥："我风尘数年，攒了钱，本来是为了找到如意郎君过日子，山盟海誓，白首不渝。恨只恨我椟中有玉，郎君眼内无珠。我不负郎君，郎君辜负我一片真心。"

说罢，将身边的一口箱子推入湖中。

箱子打翻，里面满是金银珠宝，纷纷沉入了湖底。

从此，琵琶女在画舫上卖唱，卖身，卖笑，再也没有相信过男人，也没有再为男人哭过。

韩萧看得冷汗涔涔，连连后退："这……"

小环说："一年以后，你遇到她，她是你将来要辜负的女人。"

韩萧惊慌失措，差点跌倒。

小环扶住他，指着另一幅画像："你再看。"

韩萧颤颤巍巍地看过去，画像上的女子，身形瘦削，一脸哀怨。韩萧猛地认出她来。

她叫莹莹，原本是城中胡员外的掌上明珠，倾慕韩萧的才华。虽然一直听说韩萧名声不好，处处留情，但还是对他情根深种，不顾家人反对，想要嫁给韩萧。

韩萧买了宅子，安置莹莹，但自己仍旧四处风流，停不下来，和莹莹也是聚少离多，绝口不提婚嫁之事。

两年以后，莹莹等得死了心，收拾了东西，回了家，从此不再见韩萧。

韩萧卖了宅子，再也没有莹莹的消息。

韩萧汗湿衣衫，一幅一幅地看过去，每一幅画像上，都是韩萧辜负过和将要辜负的伤心女子。

每看一幅，韩萧的心就重一分，终于体力不支，瘫软在地。

小环仍旧笑盈盈地看着他："我问你，你让这么多女人伤心，到底是为什么？"

韩萧心力交瘁，袒露心迹："一辈子太短了，我想活好几辈子。太怕孤独，时时刻刻都想要女人陪着。但又贪心，总觉得下一个才是更好的。特别容易爱上，也特别容易忘掉。"

小环问："你想过那些被你辜负过的女人吗？你想没想过，她们心上的伤口，可能永远都好不了。"

韩萧几乎没有力气，似乎现在才明白，让女人伤心的滋味不好受。看着小环，涕泪都流了下来："你到底是谁？这里到底是什么地方？"

小环举着毛笔，凭空一抹。韩萧眼前楼台隐去，千百幅画像凌空悬着，四下飘荡。

韩萧低头一看，自己脚下一片虚空，仰不见日月，俯不见河海。

远处的雾气中，一些字迹若隐若现，写的是：痴情司、结怨司、朝啼司、夜怨司、春感司、秋悲司……

韩萧浑然不解，再看，云雾中，方才见到的那块牌匾显现，上面赫然有四个古篆：

孽海情天。

两边挂着一副楹联：

厚地高天，堪叹古今情不尽；
痴男怨女，可怜风月债难偿。

小环的声音似乎是从四面八方传过来的："开辟鸿蒙，谁为情种？吾居离恨天之上，灌愁海之中，乃放春山、遣香洞、太虚幻境、警幻仙姑是也。司人间之风情月债，掌尘世之女怨男痴。"

韩萧陡然间大悟，心中一片清明，当即跪倒在地。

小环道："自古以来，尘世之中，多少轻薄浪子，标榜'好色不淫''情而不淫'，用以掩饰自己的多情、滥情、无情乃至绝情。殊不知，好色就是淫，滥情更淫。所有的巫山之会、云雨之欢，说穿了，都是被色相和情爱所迷。

"你风流冤孽，仗爱欺人，一生中，令无数女人伤心，滋润她们，又折磨她们。我奉命来点化你。"

韩萧一脸虔诚："我错了，我愿意赎罪。"

警幻仙子看着韩萧，道："六十年后，你再来古寺，到时候，我会告诉你，你的风情孽债有没有赎清。"

说罢，毛笔一挥。韩萧身下一空，整个人直直地跌落下去。

韩萧醒过来，发觉自己倒在石壁上的壁画前，周围空无一人。刚才的一切，宛如南柯一梦。

韩萧不再周游，回到了苏州，将家财都散给了被他辜负的女人，求她们的巴掌，也求她们原谅。

自己从此闭门不出，不近女色，把自己关在老宅中作画。

画的都是一个又一个女人。女人们相貌、形态各异，但一个比一个伤心。

这就是“苏杭第一薄幸锦衣郎”的故事了。

少年们听完，久久说不出话来。

韩萧说：“男人只要记住一件事，这辈子就能活得安心：不要辜负女人，也不要让女人伤心。”

少年们直到被老仆送出去，还没有回过神来。

老仆熬了药，端给韩萧。

韩萧没接，对老仆说：“六十年期满，我也将死。你给我备好船，我该去赴约了。”

老仆一呆：“我陪公子去吧。”

韩萧摇摇头：“我自己的约，自己去赴。”

下了船，到了古寺。

仍旧在下雨。

古寺周围，草木更茂盛了。

进了古寺，来到石壁前，石壁上的画却不再是男男女女，而是换成了佛陀讲经。

韩萧凭着记忆，拖着年迈的身子，往古寺深处走。

走着走着，周围就起了雾气，眼前露出一块牌匾，上面的古篆清晰：孽海情天。

“你来了。”

韩萧看过去，眼前雾气消散，小环叼着笔，现身出来，她一点也没变。

韩萧作揖：“警幻仙子，我来领罪了。”

小环看看老迈的韩萧，审视良久，最终点了点头：“你的风月债赎清了。这幅画，送给你。”

韩萧抬头看去，一幅画从雾气中飘过来。飘到近前，才发现画上一片空白，仔细去看，画布上轮廓一笔一笔地显现。

韩萧慢慢地认出来，画像上画的，正是韩萧少年时候的模样。

恍如隔世。

韩萧对着画像笑了，抱拳：“别来无恙。”

画像中的少年也笑了，抱拳：“别来无恙。”

韩萧一呆，这才明白，那根本不是画像，而是一面镜子。

看看镜子里的自己，仍旧是个少年。

回头看看小环，小环咬着笔头，笑了。

韩萧大彻大悟，跪倒在小环面前：“谢谢仙子点化，我不会再让女人伤心了。”

跋 情爱里，你我永远都是少年

写爱情故事，不容易，正如写情色小说一样艰难。

爱情故事不好写，因为难出新。

牡丹亭、西厢记、诗词歌赋唐传奇、莎士比亚，今天我们要写的，大师们早就写过。

情色小说不好写，因为难出奇。

无非就男女之间的那些事儿，写不好，容易流于淫邪，一不留神，成了黄书，失了格调。

所以大师在写爱情故事和情色小说的时候，往往赋其更多意义，或家国天下，或人之本性，爱情故事置于台面上，演悲欢离合，雅俗共赏，容易传播。

家国天下、人之本性藏在台面后面，懂的人自然会懂。

人人都能从爱情故事里品出不同的味道。

我们看的是别人的故事，动的却是自己的悲喜。

人类的情感是普遍适应的，逃不脱六欲七情八苦。

爱情故事是刚需，爱情故事的本质是反抗乏善可陈的生活。

有时候生活中我们很想要，却得不到。

或是因为自己不敢，或是因为自己不能，或是等我敢了，我能了，往事已成错过。生活本身充满了枷锁和束缚，所以反抗精神才尤为珍贵。

爱情故事是一面镜子，照出你我的可贵与可鄙，给自己一个观照，可回顾过去，也可指导当下与未来。

这是我写爱情故事的一个重要出发点。

当然，更多的意义是为了发泄荷尔蒙和力比多，不写憋得慌，顺便能挣钱泡妞，多好的生活方式。

此前，我写现世，写小人物谋生谋爱，嬉皮笑脸追求爱情，反抗生活，不服软，不服输，有玩命精神。

于是有了《玩命爱一个姑娘》系列。

时过境迁，我对爱情就有了更多思考。

玩命爱系列故事，都在现实层面探讨爱情，人物三两个，情节简约，说句大言不惭的话，至少在我的创作生涯中，自认为写到了某一种状态，回归了爱情的本真，以后再写，我也会沿袭这个路线，抛开我们强加给爱情的部分，回到爱情本来的样子。

爱情故事丰富多彩，易传唱，可深可浅，又能赋予更多的意义，是一块上好的幕布。

受鲁迅先生启发，着手开始写“故事新编”系列，努力在更广的维度上探讨爱情和人性，生死、跨物种、背天逆命，看爱情在这些阻力面前，会爆发出多么耀眼的光芒。

写女人对男人的慈悲，男人在情爱里的成长。

写痴男怨女在爱情里的自我牺牲。

写反抗精神，万物有灵，对自由的渴望。

写人和命运之争，不服输，不服软。

写执着，写少年心气儿，写最初让我们动心的那个人。

写逝去的，写即将到来的。

不敢说能了悟情欲，但至少提供一种可能。

人都会变老，但在情爱里，你我永远都是少年。

歌功颂德让他们去吧，我们来歌颂爱情。

爱看月亮的猪